ベリーズ文庫

ベリーズ文庫溺甘アンソロジー2

極上オフィスラブ

STARTS
スターツ出版株式会社

目次

ベリーズ文庫溺甘アンソロジー2
極上オフィスラブ

嘘つきな恋のはじまりは

あさぎ千夜春

The Office Love Anthology

「うっそスミレ、黒川《くろかわ》君のこと本当に知らないの⁉」

年が明け慌ただしい時期は去り、気が付けば一月も半ばに差しかかろうかという月曜日。食い気味な友人の言葉に、野瀬純恋《のせすみれ》は『南条《なんじょう》ホールディングス』の社員食堂で、飲んでいたお茶をこぼしそうになった。

「し、知らない……っていうか、ごめん。そんなに有名なの？」

お茶を吹き出さなくてよかったとハンカチで口元を押さえながら、純恋は同期で友人でもある浜口飛鳥《はまぐちあすか》の顔を見返す。

「うわぁ……」

そんな純恋の反応に、飛鳥は信じられないと言わんばかりに口を開けたあと、ズイッと純恋に顔を近づけた。

「あのね、黒川君のことは世間の常識として知ってないとまずいレベル」

「じょ、常識だったの……？　なんだかごめん……」

これから入社する人を総務部の自分が知らないことがそんなにまずいとは思えない

のだが、真面目な純恋は戸惑いながら、友人の真剣な顔に向かって頭を下げる。

　事の起こりは十分ほど前。一面がガラス張りになっている社員食堂で、純恋は席に座るや否や『大変大変、四国の、ほら、甲子園の王子様、黒川君がうちに中途入社だって！』という飛鳥の言葉に『えっ、どちら様？』と答えて驚かれたのだった。

　話題の主の〝黒川君〟こと黒川敦司《あつし》は、純恋たちが勤める南条ホールディングスに来週入社予定なのだという。しかも年は二十五歳。ちなみに早生まれの純恋はもうすぐ三十歳になるので、噂《うわさ》の彼は五つも年下ということになる。

（五つ下……って、弟たちと同い年だ）

　純恋には双子の弟がいて、ひとりは大学院生、もうひとりは都内で高校教師をしているのだ。

「でも中途って珍しいね」

　純恋が口にすると飛鳥は真面目にうなずく。

「そうなの。ってか黒川君、御曹司だからその関係だとは思うけどね。四国にある『黒川製紙《くろかわせいし》』知ってるでしょ」

「黒川製紙って、高級ティッシュとか作ってる大手の？」

　いくらかんでも鼻の頭がむけないしっとりしたティッシュは、花粉症の母がいつも買いだめしているくらいお世話になっている。

「そうそう。それ以外にも、ありとあらゆる紙製品作ってるとこよ。業界トップスリーね。そこの三男坊なんだって」

「へぇ……そうなんだ」

さすが南条ホールディングスの内情に詳しい秘書課に勤めているだけのことはある。飛鳥の語る〝黒川君〟情報に純恋は感心しながらうなずいた。

大手町《おおてまち》に本社を構える南条ホールディングスは、江戸時代のひとりの天才商人から発展した旧財閥金融系のグループだ。銀行やシンクタンク、コンサルタントまで、今でも確固たる同族経営でその基盤を維持している。たとえば有名百貨店の『南天百貨店《なんてんひゃっかてん》』も数あるグループ企業のひとつだ。

なので社内にはどこかの御曹司やご令嬢というのがわりと多い。業界大手企業の御曹司が異種業者で働くのはよくあることだった。

ちなみに純恋はいたって普通の家の庶民出身だが、飛鳥は銀座《ぎんざ》にある老舗楽器店の娘だ。彼女の家にはしょっちゅう有名な芸術家やプロのミュージシャンが出入りしているらしい。秘書課に配属になったのもうなずける、育ちのよさと溌剌《はつらつ》とした明るさが飛鳥にはあるのだった。

「もしかしてその黒川君。元アイドルとかそういうこと？」

ならば彼女が騒ぐのも無理はないと思ったのだが、飛鳥は「違うんだってば。甲子園って言ったでしょ」と、じれったそうに首を振る。

「彼が有名になったのは高校野球なの。四国の名門男子高校出身で甲子園に二十年ぶりに進出、最後の最後までたったひとりで投げぬいたエースで四番！　おまけに長身の超イケメン！　惜しくも決勝でチームは破れたんだけど、当時、黒川君は国民のヒーローだったのよ！」

「へぇ……」

どうやら噂の黒川君は元高校球児らしい。だったら知らなくても仕方ない。

純恋は野球のルールがまったくわからない。何人でやるスポーツなのかも知らない。父は釣りを愛するおじさんだし、母にいたっては宝塚《たからづか》の大ファン。弟たちは小さい頃からロボットと宇宙を愛している理系眼鏡男子なのだ。そして純恋も趣味は散歩と渋いことこの上ない。

そういった環境でスポーツに触れる文化がなかったので、甲子園中継などテレビでも見たことがなかった。

十代で国民的ヒーローになってしまうのは大変だろうなと思いながら、純恋は首をかしげる。

「黒川君はプロ野球選手になったの？」

飛鳥は深くため息をついて首を横に振った。

「それがねぇ、大学野球の道に進んでプロにはならなかったのよ。しかも卒業後はきっぱり野球をやめて海外留学しちゃって。帰国後は当然、野球を始めないのかと一部界隈《わい》で騒がれたけどなんとうちに就職というね……ビックリよね」

「へぇ……」

「もったいないでしょ～……彼ならすぐに一億円プレイヤーになったはずなのに」

「はぁ……一億円……」

すごさが理解できない純恋の返事はあいまいになってしまう。

そんな純恋の返事を聞いて、「もうっ、純恋ったら相変わらず浮世離れしてるんだから」と、飛鳥はあきれたようにため息をつく。友人の反応に純恋はごめんと肩を竦《すく》めるしかない。

「だってそんな国民のスーパーヒーローみたいな人、雲の上の人でしょ？　全然現実味がなくて」

「雲の上ねぇ……。でも同じ職場になるのよ。純恋にだってチャンスがないとは言いきれないと思うけど」

飛鳥がからかうような表情で顔を覗き込んできたので、純恋は慌てて首を振った。

「そんなわけないでしょ……からかわないで」

肩に届くくらいの柔らかい栗色の髪に、ちんまりとした目鼻立ちのいたって平凡な容姿をした純恋は癒され顔と言われがちだが、自分はわき役だと自覚している。

一応、大学生時代に一度だけ彼氏がいたことはあるのだが、彼の就職を機に遠距離恋愛が始まり、半年もしないうちに浮気をされ、あっけなく振られてしまった。

それっきり純恋は誰にも恋をしていない。

心がときめくような運命の恋は、小説やドラマ、もしくは自分以外の主役たるべき人たちがするものであって、自分のようなモブキャラタイプには縁のないものだ。

今ではそうやって達観《たっかん》できるくらい、純恋は恋する気持ちから離れている。

ちなみに自分の人生の大当たりは、都内の大学で真面目に勉学に励んだ結果、教授の推薦で南条ホールディングスという大企業に入社できたこと、ただひとつ。

今年で三十歳という微妙なお年頃ではあるが、両親からは結婚しろと言われたことは一度もない。その点はすごく気楽だった。あとはこのまま定年まで働いて、のんびり暮らせたらいいやとおっとりしたものである。

スーパーヒーローの話を聞いても、すごいなとは思うが、お近づきになりたいとは思わない。逆に友人が気になっているというのなら応援したいくらいだった。

「私はいいわ、飛鳥が頑張ったらいいじゃない」

「ええーっ、私だって黒川君は遠くから見ていたいわ。五つも年下だし、許されるならマネージャーのように、そっと見守りたいのっ」

飛鳥の架空の壁から覗き込むような仕草に、純恋は笑いが止まらなくなった。

この時点では他人事だと思っていたのである。


だがそれから数週間後の火曜日。純恋は話題の黒川君と意外な形で遭遇《そうぐう》する。場所は職場ではなく純恋の自宅最寄り駅前のロータリーだ。

一時間程度残業したあと、書店に寄ったせいですっかり遅くなってしまった純恋は、急ぎ足で改札を出て自宅方面へと向かっていた。

世間はバレンタインを間近に控え、駅もピンクやリボンの装飾で飾られているが、純恋にはわざわざチョコレートをあげたい男性もいない。

（家に帰ったらおうどんでも茹でようかな……寒いし……鍋焼きにしようかな）

そんなことを考えながら歩いていると、子供の泣き声のような細く高い声が聞こえた。

「ん？」

空耳だろうか。立ち止まり、辺りをキョロキョロと見回し耳を澄ませると、やはり「にゃー」とか細い声がする。

「猫……？」

純恋の実家は昔から猫が絶えない家だった。純恋も大変な猫好きだ。いつかひとり暮らしの部屋で猫と一緒に暮らせたらと思い、ペット可のマンションを選んだくらいである。聞き間違えるはずがない。どこかで子猫が鳴いているのだ。

足早に通り過ぎる人が多い中、純恋が声のした方にじっと目を凝らすとロータリー中央の花壇の中に、灰色っぽいなにかが動いているのが見えた。

「あっ……！」

少し汚れているが間違いなく子猫がいる。なぜそこに一匹でいるのか、もしかしてほかに兄弟がいるのだろうか。しかも子猫は今にも花壇から飛び出しそうだ。ロータリーなのでタクシーや送り迎えの車の往来が激しい。このままでは本当にひかれてしまうかもしれない。

（大変っ……！）

慌てた純恋はなにも考えず、そのまま花壇に向かって走りだそうとしたのだが――。

「危ないっ！」

後ろから腕をつかまれると同時に、目の前をタクシーがクラクションを鳴らして走り抜けていく。

「あっ……」

飛び出していたらどうなっていただろうか。周囲を巻き込んだ事故を起こしていたかもしれない。背筋がゾッとした。

「すっ、すみません……」

猫のことしか頭になかった純恋は反省し、振り返りながらペコペコ頭を下げる。

「猫がいるんですね？」

ずいぶん高いところから低く落ち着いた声がした。

返事をする間もなく、顔を上げると同時に、

「すみません、これ持っててください」

スーツ姿の青年が手にしていたビジネストートバッグを純恋に渡し、手を挙げながらロータリーを突っ切っていく。

「あっ……」

突然のことで止めることもできず、純恋はその背中を見つめるしかできなかった。

（背が……すごく高い……）

もしかしたら百九十センチ近くあるのではないだろうか。筋肉質で逞《たくま》しい体をオーダーに違いない上等なスーツで包んでいる。周囲の車に視線を配り、身振り手振りで道路を横切ることを謝罪しながら、ロータリーの中央にある花壇に入っていき、プルプルと震えている猫をひょいと抱き上げた。

「あ、よかった……！」

それを見て、純恋はバッグを抱えたまま緊張していた息を吐く。

「ありがとうございました」

戻ってきた青年に声をかけながら彼の腕の中にいる猫を見つめた。薄汚れているが、生後三カ月くらいの白い毛並みの子猫だ。薄く青い目がとてもかわいい。

「これ、あなたの猫ですか？」

青年が問いかける。

「あっ、いえ。たまたま見かけただけで私の猫ではないです」

純恋は慌てて首を振った。

「そうですか。首輪もしてないし……野良かな。ちょっと周囲に親猫がいないか探してみましょう」

青年はそう言って、そのままスタスタと歩きだしてしまった。

「あっ、待ってください。私も探します！」

純恋はそう言いながら手に持っていた彼のバッグを返し、自分の首に巻いていたショールをほどき彼の前に広げた。

それを見て一瞬不思議そうにしたが、青年は純恋の意図するところを知ったのか、そのまま子猫をのせる。

「寒くて震えてるみたいなので……」

純恋はゆるくショールをたたんで猫を包むと腕に抱いた。

にゃあ、と泣く声は細いが暴れる様子はなかった。たった今助けた命の重さを感じ、純恋の目は潤んだが泣いている暇はない。

それからぐるっと駅の周りをふたりで回り、それらしい猫がいないか探し回ったが、影も形も存在しなかった。

「親猫とはぐれてしまったのかもしれないですね……」

先にそう言ったのは青年の方だった。

「そうですね……」

純恋ははぁ、とため息をつきながら、腕の中の子猫を見下ろす。

(やっぱり野良猫なのかな……)

首輪もしていないし毛並みも若干すすけたように汚れている。飼い猫ではなさそうだ。だが子猫はいつのまにか眠ってしまっていた。こちらの状況などどこ吹く風といった大物ぶりである。

「寝てますね……」

百九十センチ近い長身から繰り出される声は低いが物言いが穏やかで、いい人そうだ。

「その猫、どうするんですか?」

彼が問いかける。

「そうですね……とりあえず病気があるようには見えないし……いったんうちで……」

もともと猫は大好きなのだ。そう答えながら純恋は顔を上げる。

「あ……」

そこでようやく純恋は、ずっと自分に付き合ってくれていた青年とまともに向き合った。彼の顔を見上げた瞬間、純恋の頭のてっぺんに稲妻が落ちた気がした。

少し吊り上がった切れ長の目は涼し気な奥二重で、鼻筋はスッと通っており、唇は薄めだった。髪は清潔感のある少し短めの黒髪ですっきりしたヘアスタイルである。背も高いが肩幅も広い。さらに手足が長く、筋肉質なのがスーツの上からでも見て取れる。あまり人の容姿をどうこう言うつもりはないのだが、彼は絵に描いたような美形で、好青年だった。

（か……か、かっ、かっこいい……）

全身にびりびりと電流が走る。これがいったいなにを意味するものなのか純恋は知らなかった。ただ目の前の彼から目が離せない。吸い寄せられるように見つめてしまう。

おそらくほんの数秒の出来事だったはずだ。けれど長い間ぽっかりと空いていた純恋の心の一ピースが、彼を見た瞬間、パチッとハマった気がしたのだった。

（え、なに……私、どうしちゃったの……？）

自分のことなのになにがなんだかわからない。ただ理解できるのは、彼の前にいると、心臓がドキドキして息が苦しくなる、それだけだ。

そうなると途端に、純恋の体に違った意味の緊張が走る。

（そうだ、これはあれだ、かっこよすぎて怖いってことだ！）

純恋は猫をしっかりと抱きしめたまま深々と頭を下げた。

「あの、すみません、ではこれで失礼します！」

「えっ、あっ、ちょっと待ってっ……」

立ち去ろうと一歩引いた純恋の腕を、青年が軽くつかんで引き寄せる。

その瞬間、体格差のせいだろう。純恋はバランスを崩し青年の腕の中に飛び込むような形になっていた。

「きゃっ……」

「わっ、すっ、すみません！」

純恋が悲鳴をあげるのと青年が謝罪するのが同時だった。

転びそうになる純恋の肩をつかんで抱き留めたあと、慌てたように手を離した彼は申し訳なさそうな表情になり、高いところから深々と頭を下げた。

「急につかんで申し訳ない」

「あ、い、いいえ、そのっ……私こそ、急に逃げるような感じになってしまって……ごめんなさい……」

考えてみれば、彼は車にひかれそうになった自分を助けてくれた善意の人で、猫関係にいたっては無理に付き合わせたようなものだ。きちんと説明をするべきだろう。

冷静さを少し取り戻した純恋は、ゆっくりと口を開く。

「あのですね、うちのマンションはペット可なので、とりあえず少しの間預かって、なんなら実家に連れていってもいいかなと思います。その、私が生まれる前からずっと猫がいる家なので、私もこういうことは慣れてますし……」

「そうですか……よかった」

純恋の話を聞いて、青年はホッとしたように笑顔になった。そしてふと思い出したように胸元に手を入れ名刺入れを取り出す。

「もしなにかあれば連絡ください」

いきなり名刺を差し出されて驚いたが、言葉は真摯で丁寧だ。本当に猫の行く末を気にしているのだろう。

（いい人だなぁ……）

「はい。ご丁寧にありがとうございます」

純恋は猫を抱いたまま受け取り、名刺に目を落とした。そこには〝南条ホールディングス第一営業部〟という肩書と〝黒川敦司〟という名前が書いてあった。

黒川敦司。少し前に飛鳥に教えてもらった甲子園の王子様ではないか。

「えっ、黒川さん？　うちに中途入社してこられた、黒川さん？」

名刺を持ったまま青年――黒川敦司を見上げると、彼も純恋と同じように目をぱちくりさせて驚いていた。

「えっ、うちってもしかして、同じ会社？」

「はい。私は総務ですけど……南条ホールディングスの本社勤務です。あなたのことは知っています」

「うわ、マジか……。ビックリした。すごい偶然だな。俺はお客様のところから帰るところだったんだけど」

同じ会社とわかって気がゆるんだのか、黒川は途端に人懐っこい雰囲気になって、にっこりと笑う。

「じゃあ、普通に連絡先交換してもらってもいい？　猫、気になるし」

「あ、はい。もちろんです」

純恋は真面目にうなずいて、肩にかけたバッグの中からスマホを取り出し、よく使うメッセージアプリのＩＤを交換した。

「ありがとう。ところで家は近いの？」と尋ねられた。

「ええ……歩いて十五分くらいです」

「じゃあ家まで送る」

「えっ?」

驚いたが黒川はいたって真面目だった。

「女の子のひとり歩きは危ないし……もう真っ暗だろ?」

「あ……そうですね」

言われてみれば駅に降り立ってから時間がだいぶ経っていた。ピークを越えて人気《ひとけ》も減っている。だが純恋は笑って首を振った。

「でも……私なんか大丈夫ですよ。女の子って柄でもないし」

だから気にしないでいい、ひとりで帰れると言いたかったのだが、それを聞いて黒川は渋い表情になった。

「私なんか、柄じゃないなんて……だめだろ」

「え?」

なにがだめなのかわからない純恋はポカンとしたが、

「送らせてほしい。猫は君、荷物は俺だ」

黒川は純恋が肩にかけていたバッグをひょいと手に取ると、穏やかな笑顔になる。

本当に彼は、純恋を女性として気遣ってくれているのだ。急に女の子扱いされたことに戸惑いながらも、純恋の胸の奥がぎゅうっとつかまれたような気がした。

(黒川君、とっても紳士なんだ……)

そう、彼は紳士だ。だから自分をこんな風に扱ってくれる。〝私なんか〟と言ってしまったことを少し後悔しながら純恋はペコッと頭を下げた。

「ありがとうございます。じゃあお言葉に甘えていいですか。うちはこっちなので」

そしてふたりで歩き始めた。黒川は足が長いので、普通に歩けばさっさと純恋を追い越していくはずだが、こちらの歩調に合わせてくれているようだ。肩を並べてゆっくりと歩いていると、ひとりで夜道を歩くときよりずっと安心感がある。

(黒川君が優しくて親切な人でよかった……)

「そういえば、名前聞いてなかったけど」

道すがら、黒川に尋ねられる。

「あ、すみません。私は野瀬純恋といいます」

「野瀬……スミレちゃん？」

黒川が切れ長の目を細めて、純恋を見下ろす。

まさか突然ちゃんづけで呼ばれるとは思わなかった純恋は、苦笑し肩を竦める。

「スミレちゃんって年ではないです」

そもそもこの愛らしい名前は、母が将来結婚して娘が生まれたらどうしてもつけたかったという、非常に気合が入った名前なのだ。大人になった今はそれほどでもないが昔はコンプレックスでもあった。純恋の言葉を聞いて黒川は頭をかしげる。

「でも俺と同じ年か、下くらいだろ？　あ、俺は二十五になるけど」

童顔の純恋は年が若く見られがちだった。だから黒川は勘違いしたのだ。

「あ、あの……」

今すぐ『違いますよ、五つも年上なんですよ』と訂正しなければならないのに、言葉が出てこない。

自分をじっと見つめる黒川の黒い瞳から目が離せない。

（そっか……私は彼より五つも年上なんだ……）

五つ。弟と同い年の彼――。五つ違えばもう世代が違うはずだ。年上の自分を、彼はどう思うだろうか。話が合わないと思うだろうか。

そう思うと胸の奥がざわついた。

「そ、そうですね……同じ年です……！」

とっさに純恋の口からは嘘が飛び出していた。口にした瞬間、しまったと思ったがもう遅い。

「じゃあやっぱり、スミレちゃんでいいな」

黒川はクスッと笑って目を細めると、どこか弾むように半歩先を歩き始めた。

（な、な、なんで嘘、ついちゃったの⁉）

本当はもうすぐ三十歳なのに、五つもサバを読んでしまった。なぜ自分がそんな大胆な嘘をついてしまったのか、意味がわからない。

純恋は焦りつつも『今のは嘘です、本当は二十九歳です』と言わなければと、背の高い黒川を見上げる。

「あ、あの、黒川君……」

「なに、スミレちゃん」

黒川がにっこりと笑って振り返る。

星が輝く夜空の下、その笑顔があまりにもきれいで、清々しく爽やかなものだから、純恋は自分の口から嘘をついたと告白するのをためらってしまった。

（いやでも、ここで嘘の年齢を言ったからって、黒川君とはこれっきりだろうし……だったらもう訂正なんてしなくても……いいよね……。むしろ、嘘ついたなんて言ったら、なんでそんなことしたんだって今すぐ引かれそうだし……）

純恋はそう自分に言い聞かせて、ぎこちなく笑みを浮かべた。

「――いえ、あの……なんでもないです……」

純恋はブルブルと首を振って、それから腕の中の子猫を見下ろした。

（たった一度の嘘くらい……どうってことないよね）

そう、たった一度嘘をついただけ。彼とはもう関わることはないと思っていたはずなのだが――。

「どっ、どうぞいらっしゃいませ……」

土曜日の朝、十時過ぎ。純恋はぎこちなくマンションのドアを開けて、黒川を自宅に招き入れていた。純恋の住まいはごく普通の１ＤＫだが、背の高い黒川が足を一歩踏み入れるとそれだけで部屋が狭く感じる。

「お邪魔します」

ショート丈のＰコートに、ベージュのタートルネックとデニムという、カジュアルなスタイルの黒川は、脱いだ靴を丁寧に揃えたあと純恋と一緒にダイニングへと向かった。

「これ駅前のケーキ屋で買ってきた。お土産のシュークリーム」

黒川が紙箱を純恋に差し出す。

「わざわざありがとうございます」

それを恭《うやうや》しく受け取り、黒川を見上げた。

「ここのシュークリーム、すごくおいしいんですよ」

「そっか。じゃあ買ってよかったな。あとで一緒に食べよう」

「はい」

純恋はこっくりとうなずいて、シュークリームを箱ごと冷蔵庫にしまった。ふと黒川を振り返って見ると、耳の先が真っ赤に染まっている。

「外、寒いですか?」

「そうだな。かなり冷えてる。もうやんだけど少しだけ雪がちらついてたな」

そう言いながら黒川は着ていたコートを脱いで、純恋を見て目を細めた。

「スミレちゃんの私服、かわいいな」

「ええっ!」

「あはは、驚きすぎ」

驚いて目を丸くする純恋の様子がおもしろかったのか、黒川がクックックッと笑う。

確かに驚きすぎた。彼にとっては社交辞令に過ぎないはずだが、男性からの誉め言葉に慣れていない純恋にはどうにもこうにも恥ずかしい。

「いえ、その……ありがとうございます」

純恋はもじもじしながら、うつむいてしまった。

(初めてお母さんの少女趣味に感謝したかも……)

着るものはなんでもいいと思っている純恋の私服は、基本的に母が選んだものだ。さすがにフリルやリボンがついた服はやめてくれるようになったが、甘めの女の子らしいスタイルが多い。今日はハイウエストの紺色のひざ丈フレアスカートに、白のカットソー、そして優しい玉子色をしたカーディガンを着ていたのだが、かわいいと言われて心臓が止まりそうになってしまった。

「コーヒーと紅茶どっちがいいですか?」

「じゃあコーヒーで」

そう答えながら、黒川はソワソワと閉め切っている部屋の向こうに目をやる。

「で、子猫は?」

「たぶん寝てると思います。一応、ドアはそっと開けてもらっていいですか?」

「うん、わかった」

黒川は純恋の言葉に緊張したようにうなずいたあと、そっとドアを開け、するりと部屋の中に大きな体を滑り込ませた。

ダイニングの向こうの部屋は窓際にベッドがあり、そのほかにはテレビとローテーブル、それと備え付けのクローゼットがあるだけだ。そして今は先日拾った猫と純恋が生活する部屋になっている。

「うわぁ……」

純恋がコーヒーを淹れていると、ドアの向こうから黒川の声が聞こえた。

「きれいになったなぁ、お前……ふわふわじゃないか」

目には見えないが、大きな彼が子猫を抱き上げている姿が目に浮かぶ。

(なんだか微笑ましいかも……)

そう、黒川は今日、純恋の部屋に先日助けた猫を見に来たのだ。

彼からコンタクトがあったのは、猫を助けた火曜日から三日後――金曜日のことだった。お昼休みが始まって十分ほど経った頃。総務部の入口のL字カウンターにやってきた黒川は、カウンターの奥の窓際の席でお弁当を広げようとしていた純恋の前に立ち、にっこりと笑った。二十人ほどいる総務の社員は外食か社食に出ているので、ここにいるのは純恋ひとりだけだった。

「弁当、うまそうだな。手作り?」

「くっ、黒川君!?」

お昼ご飯を食べようかと思っていた矢先のことで、純恋は黒川の突然の訪問に椅子から転げ落ちそうになった。

「俺もここで食べていいかな」

そして軽いノリで空いたデスクの椅子を引っ張ってきて、純恋の隣に腰を下ろしてしまった。

「いっ、いいですけど……」

純恋の隣に座っているのはひと回り年上の同僚で、昼休みは基本的に社食に行く。ずっとデスクで仕事をしているので、みんな外に出がちなのだ。ギリギリまで戻ってこないので問題はない。

(ビ、ビックリした……)

まだ心臓がドッドッと激しく鼓動を打っている。

(あ、そうだ。もしかして、猫のこと聞きに来たのかな?)

純恋は隣に座った黒川を横目でチラチラと見つめた。

「あー、腹減った」

彼は会社の前にやってくるサンドイッチ屋のビニール袋を持っていた。ガサガサと中身を取り出して、クリームチーズとイチゴのサンドイッチとチキンサンドをデスクにのせて、それからペットボトルのコーヒーを出す。

そしてびりびりと包装紙を外したあとは、大きな口でパクパクとそれらをあっという間に平らげてしまった。

「わぁ……」

思わず感嘆の声をあげる純恋に、黒川は「あ」と息をのみ、それから少し恥ずかしそうに肩を竦める。

「早食い、よくないって言われるんだけど」

「でも……私はすごく遅いって言われるから……ちょっと羨ましい」

「俺とスミレちゃん、足して二で割るとちょうどいいやつだな」

黒川はクスクスと笑って、それから「ゆっくり食べろよ」と落ち着いた声でささやく。

「う、うん……」

純恋はうなずいたが、見られていると思うと緊張して喉を通っていかない。

「もう、おなかいっぱいになったかな……」

まだ半分以上残っているお弁当に蓋《ふた》をしようとしたのだが、それを聞いて黒川が目を丸くした。

「もう食べないのか？」

「うん……」

するとに黒川がいたずらっ子のように瞳をきらめかせた。

「だったら俺にちょうだい。だめ？」

「だっ、だめっていうか……ごく普通のお弁当だし……」

今日のお弁当は冷蔵庫の残り物で作った卵と鳥そぼろとさやいんげんの三色ご飯だ。人に食べさせるようなものではない。

「いやいや普通じゃないって。すごくうまそうだし……。うーん、わかった、じゃあひと口だけで我慢する」

「えっ、それは全然わかってないし、我慢してないのでは？」

純恋はアワアワとうろたえてしまったが、黒川は動じない。ニコニコ微笑んで、むしろ純恋が慌てている姿すら楽しんでいるように見える。

（なんていうか……押しが……強い……勝てない……）

その様子を見て純恋は観念するしかなくなった。

「じゃあ、ひと口だけなら……」

お箸で大きめにひと口をよそい、黒川の口元に運ぶ。

「はい、あーんして……」

こんなことは早く終わらせた方がいいと思ったのだが、そこでじいっと自分を見つめる黒川の視線に気が付いた。

(どうしてそんなに私の顔を見て……あっ……！)

なぜ、あーんなどしてしまったのだろう。

いやこれは癖《くせ》だ。弟たちにこうやって昔はご飯を食べさせていた。その癖がつい出てしまったのである。

「ごっ、ごめんなさい……」

慌てて手を引っ込めようとしたのだが、次の瞬間、パクッと黒川が箸を口に入れる。

「ああっ……！」

「ん……うん……うま……」

黒川はモグモグしたあと、唇を親指でぬぐって、ふっと表情を和らげる。

「あーん、だって。意外だったな」

「っ……！」

その瞬間、純恋の顔はカーッと赤くなった。もう耳まで真っ赤になっている自信がある。

「いっ、今のは、その、言い間違えですっ！」

そして急いでお弁当に蓋をして、彼を上目遣いで睨む。

「あのっ、今日はなんの御用ですか？」

「ああ、そうだった。今度の休みに、猫を見せてもらえないかなと思って。スミレちゃんの家にいるんだろ？　猫」

そして彼はにっこりと笑ったのだった。


（それで本当に家に来るとはね……）

純恋はコーヒーをトレーにのせ、そっとドアを開けて部屋に入る。

関わってまだ日は短いが、黒川は人懐っこい。そして他人の領域にどんどん入っていくのがうまい。基本的に引っ込み思案な純恋からしたら異次元の存在に思える。

「よしよし……」

彼は床の上に胡坐《あぐら》をかいて猫じゃらしを左右に振りながら、子猫――しらたまと遊んでいた。しらたまは元気いっぱい鳥の羽根を模したねこじゃらしを追いかけていて、黒川も楽しげにその様子を見つめている。

彼の満足げな横顔から、猫が好きなことは十分伝わってくるのだが、一方純恋は、自分の部屋に黒川がいることが落ち着かない。

（やっぱり写真を送っておけばよかった……）

そうすれば彼は、わざわざ家に来るとは言わなかったのではないだろうか。

実際、黒川に自宅マンションまで送ってもらったあと、何度か連絡はしようとは思ったのだ。洗ってきれいになった猫——しらたまと名付けた彼女を見せたいと思ったのも本当だ。

けれど彼の顔を思い出すと、どうしようもない嘘をついたことが恥ずかしく、結局連絡できないまま、ずるずると日にちが過ぎてしまった。

そこで突然、猫に会いたいと言われたのが昨日のことで、純恋は断りきれず、家に呼んでしまったのである。

（でも、一度見ればもう次はないだろうし……うん）

気を取り直して、純恋はコーヒーをローテーブルの、黒川の前に置く。

「お砂糖とミルクはいる？」

「いや、ブラックでいいよ。ありがとう」

片手でねこじゃらしを振りながら、もう一方の手でコーヒーを口にし、黒川はほうっと息を吐いた。

「おいしい。あと、しらたまっていい名前だな」

「ありがとう。洗ったら真っ白でもちもちになったから……しらたまかなって」

スミレが斜め前に腰を下ろすや否や、しらたまが跳ねるようにやってきて、純恋の膝に飛び乗った。そして純恋の指先にじゃれて飛びかかる。

「あっ、し、しらたま……！　俺を裏切ってそっちに行っちゃうのか」

黒川が拗《す》ねたようにつぶやきうなだれる。純恋は苦笑して、両手でしらたまを抱いて丸く撫《な》でた。

「ほら、こうやって丸くするとお餅みたいになるの」

「確かに正月の餅みたいだな。上にみかんのせたい」

黒川は楽しそうに目を細めると、純恋の膝の上でゴロゴロと喉を鳴らしているしらたまに手を伸ばした。

彼の大きな手でしらたまの背中を撫でると、すっぽりとおさまってしまう。

「手、おっきいね。ピアノ、楽々弾けそう」

なにげなくつぶやくと、「ピアノはしてないけど、野球してたから」と、黒川が口にした。

そういえば彼は〝甲子園の王子様〟でかつては国民のヒーロー的な扱いを受けてい

たと飛鳥から聞いたことを思い出した。

「ちなみにスミレちゃん、俺が野球してたこと知ってる？　その、自意識過剰とかじゃなくて、純粋に聞きたいんだけど」

黒川は穏やかに問いかける。

（どうしよう……）

自分のことを知らないと言われて彼が気を悪くしないだろうか。

一瞬迷ったがこれ以上嘘は重ねたくない。

「ごめんなさい、実は当時のことも知らなかった。黒川君が入社することも秘書課の同期から聞いて初めて知ったくらいで……」

純恋はうなだれながら真面目に答える。

しかし、それを聞いて黒川は驚いたように目を丸くした。

「え、ほんとに？」

「うん……失礼だよね。でも野球まったく知らないし、当時のニュースの話を聞いても全然覚えてなくて……本当に非国民でごめんなさい……」

純恋が真剣に謝罪の言葉を口にしたその瞬間、黒川はプッと吹き出したかと思ったら、豪快に笑いだしてしまった。

「いやいや、なんだよその非国民って……！」

笑われた純恋は慌てて首を振る。

「だ、だって、その、友達がね、私に向かって言うのよ。黒川君がどれだけすごかったか、素晴らしい成績を残して、国民のヒーローになったんだって……。でも……うちの家庭、スポーツに誰も興味がなくて……」

今さら思うが、高校時代の黒川君を見ていたらきっとファンになっていただろう。後悔先に立たずだ。

「いやいいんだ。野球はやめたし、当時はプレッシャーだったし」

落ち込む純恋に黒川はあっけらかんと言い放つと、純恋の顔を覗き込んできた。

「え……プレッシャー？」

「ああ」

少し自嘲《じちょう》するように笑って、切れ長の目を細める。

「あの夏が嘘だとは言わないけれど、十八の俺には大きすぎる熱狂とプレッシャーだった。甲子園が終わったあとも私生活まで追いかけ回されてさ……。勝手に写真は撮られるし、私物が盗まれたり盗聴器が仕込まれたプレゼントとか届くし……。俺に振られたから自傷行為をしたって、いきなりそういう写真を送ってくる女の子とかいて……。気持ちに応えられない俺が悪いのかなって、ちょっとノイローゼになった」

　そして少しだけ声を落とす。

「やめられなくて大学まで続けはしたけど、状況は変わらなかった。大好きだった野球のこと嫌いになりそうになって……やめると周囲に言ったら相当ののしられた。逃げるなんて弱者のすることだって。結果を出せば周囲を黙らせられるって。俺もそう思ったけど、無理だった。だから大学卒業後は家族のすすめもあって留学して日本を離れてたんだ。完全に野球から離れたくてさ……。がっかりした？」

「まっ、まさか！」

　純恋は慌てて首を振った。

「黒川君の才能を認めている人が、たくさんいたってことなんだろうけど……そんなつらい思いをしてまで続ける意味なんてないよ。そんなにやれって言うんなら、自分がやればいいんだよ。黒川君の人生は黒川君のものなんだから。全部自分で選んでいいんだよ。そこに口を出すなんて、本当に余計なお世話だと思う」

　純恋にしては珍しく強い口調になっていた。

　それはおそらく身内で集まるたび、アラサーという微妙なお年頃を揶揄《やゆ》し続ける親戚の顔が、純恋の脳裏によぎったからなのだが――。

純恋の言葉を聞いて、黒川は少し驚いたように目を見開き、それからふんわりと力が抜けたように笑った。

「スミレちゃんは、優しいな」

「えっ？」

「野良猫助けるために車の前に飛び出すし……。よく知らない俺の話を聞いて、真剣に怒ってくれるだろ」

「そっ、それは……」

悩みのレベルは全然違うのに、確かに少し熱を入れすぎたかもしれない。恥ずかしくなりうつむいてしまった。

ほんの数秒、沈黙が続く。

「──スミレちゃん」

彼の声が少しだけ低くなった。突然訪れた甘やかな気配に純恋の心臓がドキリと跳ねる。呼びかけられて顔を上げると、思っていたよりもずっと近くに黒川の端整な顔があった。

「ところでちょっと気になってるんだけど。ひとり暮らしの部屋に男を招き入れてしまう意味、わかってる？」

「あ……」

純恋は息をのむ。

「もちろん猫を見たいって言ったのは俺だけど。やっぱりだめだろ……こういう状況になると期待する」

「きっ……期待って」

期待とはどういう意味なのか。いったい自分が彼になにを期待されているというのか。頭の中がグルグルし始める。

「スミレちゃん」

彼の声が響く。膝の上のしらたまが「にゃあ」と鳴いたその瞬間、黒川が純恋の頬に手をのせて顔を近づける。

「嫌ならそう言えよ」

「――」

息が上手に吸えない。彼から目が離せない。

嫌だなんて、あるはずがない。

(だって、私が年をごまかしてしまったのは……彼のことを意識してしまったからで……)

ひと目惚れなんか信じていない純恋だったが、まさにあの瞬間、純恋は彼に恋をしてしまったのだ。

好き。大好き。本当は口に出して言いたい。

だが言えない。恥ずかしがり屋の純恋が心の中でそうつぶやくと、黒川の黒く澄んだ瞳がこれ以上ないくらい近づいた。

「あ……」

純恋が息をのむと同時に唇が重なる。唇の上で一度だけちゅっと音がして、それから黒川が息を吐いた。

「──スミレちゃん……スミレ」

何度か名前を呼ばれて胸がぎゅうっと締め付けられる。

けれどそれは嫌な痛みではなくて。切なくて苦しいけれどずっと浸っていたいような、そんな甘やかな痛みだった。

純恋は緊張に震えながら黒川の胸元に右手を伸ばし、彼のセーターを握る。

すると彼は純恋の手首をつかんで熱っぽい声でささやいた。

「もっとしたい」

つかまれた手首から熱い熱が伝わってくる。

「……ん」

それは純恋の精いっぱいのイエスだった。

かすかにうなずくと同時に黒川の両手が純恋の顔を包み込む。そして上から覆いかぶさるように、深く純恋に口づけた。

唇を舌でこじ開けてからませはしたが、大きな手は純恋の頬を撫で、指先は目の下や頬のライン、耳の下に優しく触れていく。唇を吸ったり優しく歯を立てながら純恋の唇を味わうキスに、純恋の心と体はとろけそうになる。

「……んっ」

口蓋《こうがい》をなめられてビクンと体が震えた。

経験がたったひとりなので比べようもないかもしれないが、黒川はとてもキスが丁寧で、しかも上手だった。

(ど、どうしよう……頭が真っ白になりそう……)

だが不安よりもときめきの方がずっと強い。ただ触れていたくて、この時間が少しでも長く続けばいいのにと願いながら、かすかにコーヒーの味がするキスに純恋は胸を高鳴らせ、されるがままになっていたのだが――。

「――これ以上は、ちょっと、やばい……」

黒川がささやきながら唇を離したところでハッと我に返る。

「あ……」

純恋は口元を指先で押さえながら、ごくりと息をのみうつむいた。

確かにこれ以上はまずい。付き合っているふたりならまだしもそうではないし、それ以前に純恋は彼に重大な嘘をついているのだ。

「スミレちゃん、あのさ」

黒川がちょっと恥ずかしそうに視線をさまよわせながら、口を開きかける。

次の瞬間、純恋はいつものおっとり加減が嘘のように、「しゅっ、シュークリーム食べましょうか！」と叫んでいた。

「えっ……ああ。うん」

勢いに押された黒川が目をパチパチさせながらうなずく。

「じゃあ今度は紅茶でも淹れましょう……！　お土産ですけど、いいものもらったんですよ、本当においしくてっ！　ではしらたまお願いします！」

純恋は膝の上でゴロゴロと寝ていたしらたまを抱き上げ、黒川に押し付けると、お茶を淹れるためにそそくさと立ち上がったのだった。

結局、その日はシュークリームを食べてお開きになった。

黒川は終始なにかを言いたげだった気がするが、純恋はそのことに気づかないふりをした。正直困る事態でもあった。

「はぁ……」

お風呂にお湯をためて、お気に入りの入浴剤を入れてゆっくりと浸かっていると、黒川の唇の感触が蘇《よみがえ》ってくる。思い出すだけで身もだえするほど素晴らしい時間だったが、同時にやってしまった感が押し寄せてきて胸の奥がどんよりと重くなる。

（キスしたってことは……黒川君は、私のことをその……好ましく思ってくれていると思っていいんだろうか……）

自分がモデル級の美女ならそういうこともあるかもしれないと思うのだが、残念ながら純恋はごく普通のアラサー女子である。かつて国民のヒーローだった男性が自分に好意を寄せるなどということがあるだろうかと、いまいち信じきれない。

（とりあえず今日のキスのことは私個人の胸に秘めておこう……。もしかしたら黒川君も後悔してるかもしれないし）

ぼうっとお風呂の天井を見上げていると、浴室のドアの向こうで「にゃーん」と声がした。どうやらしらたまが純恋が出てくるのを待っているらしい。

これ以上浸かっているとのぼせそうだ。

「ごめんね、しらたまー、今出るねー！」

純恋は返事をして、バスタブから立ち上がって足を一歩外に出す。

その瞬間、つるっと足が滑って体が傾く。

「きゃっ！」

急いでどこかにつかまろうとしたが遅かった。

視界がぐるっと回って、純恋は豪快に床に転んでしまった。


週が明けた月曜日の朝、八時。

「ちょっと純恋、ねん挫って大丈夫？」

南条ホールディングスの一階エントランスのソファーに座っていた純恋のもとに、出勤する人々をかき分け、飛鳥が急ぎ足で近づいてくる。

「うん……たいしたことはないんだけど今日はちょっとね。出勤してくるのに苦労したよ……」

あまり人目につきたくなくていつもより早く出勤した純恋は、ソファーの上でため息をついた。

転んだ拍子に足首をねん挫したらしい。昨日一日家でじっとしていたのだが、よくなる気配はなかった。骨折はしていないようだがひどく腫《は》れてしまい、今朝はかばいながら会社に来たのだ。

左足の足首には湿布が貼られている。ストッキングをはいているので目立たないが、歩き方はどうしてもぎこちなかった。

「はいこれ、お弁当どころじゃなかったんでしょ？　私のお昼ご飯あげるから。私、今からミーティングだから行かないといけないんだけど。なにかあったら言ってね」

「うん。ありがとう」

朝、通勤電車の中で純恋がねん挫したことをメッセージで知って、飛鳥は自分のお昼ご飯を譲ってくれた。持つべきものは友達だが申し訳ない。

純恋はうなだれながらそれを受け取り、飛鳥を見送った。

（久しぶりにドジしちゃった……）

情けないなと思いつつゆっくり立ち上がって、ひょこひょこと歩きながらエレベーターへと向かっていると、

「すみっ……野瀬さん！」

背後から少し慌てたような声が近づいてきた。振り返るとなんとスーツ姿の黒川が、

純恋に向かって一目散に駆け寄ってくるではないか。

「あっ……く、黒川君……」

まさかたくさんの人間が出入りするエントランスで、朝一番に黒川と遭遇するとは思わなかった。純恋は動揺しながら近づいてくる黒川を見つめる。

なにしろ土曜日のキスからたった二日しか経っていない。彼の情熱的な口づけを思い出して、顔がどんどん赤く染まっていくのが自分でもわかる。

(もうっ、なんでここで思い出しちゃうの!)

足がどうにもなっていなければ、気づかないふりをしてエレベーターに駆け込んでいただろう。だが黒川はまるで弾丸のような速さで純恋のもとに駆け寄ってくると、切れ長の目を見開き、慌てた様子で肩をつかんできた。

「足、どうしたんだ」

「えっ……あ、その、ちょっとくじいてしまって……」

「ねん挫?」

そして黒川は持っていたビジネストートを床に置き、その場にしゃがみ込んだ。

「えっ、ちょっ……きゃっ!」

エントランスで黒川にひざまずかれると思わなかった純恋は、軽く悲鳴をあげたが、黒川は顔色ひとつ変えない。いたって真面目だった。

「失礼」

そう言って足首にそっと触れて、確かめるように指を動かす。

「ああ……けっこう腫れてるな」

どうやら純恋の足の調子を見てくれているらしい。

「病院は？」

「行ってないです……」

「そうか。折れてはいないみたいだけど」

そして黒川は軽くため息をつき、ひざまずいたまま純恋を見上げた。

「歩くの痛いだろ？」

「あ……う、うん……少し」

純恋はこくりとうなずきながら黒川を見下ろす。そこでふと視線が重なって純恋はなんだか不思議な気持ちになった。彼の方が圧倒的に背が高いので、こういう体勢は珍しい。

（私の方が、見下ろしてる……）

状況を忘れて彼を見つめていると、突然黒川が唇を尖《とが》らせて、自分の頭の上を隠すように手のひらをのせた。

「つむじ見た？」

「え？」

「いや俺、つむじが変なんだよな……グルンとしてて」

黒川が少し恥ずかしそうに、視線を逸らす。

それはまったくもって不意打ちで——。

（つ、つむじがグルンとしてる？　えっ、かっ……かわいい……）

黒川のような非の打ちどころがない青年でも、つむじに癖があることを気にしているとは思わなかった。

「ふふっ……」

当然わざとではないが笑い声がこぼれる。すると黒川は余計不満そうに眉根を寄せ、すっくと立ち上がった。

「笑うの禁止」

「ご、ごめんなさい……ふふっ……」

それでも笑いをこらえきれない純恋が、両手で口元を覆って肩を揺らしていると、

「……よかった」と、すぐ近くで声がした。

顔を上げると、黒川がうっすらと目の縁を赤くしてささやく。

「もしかしたらちょっと避けられるかもって思ってたんだよな。だから、笑ってる顔見たらホッとした」

そして黒川はじっと純恋を見下ろす。彼の黒い瞳が不安そうに揺れてきらめいている。

「あのさ……」

「黒川さーん！」

なにかを言いかけた黒川の背後から、黄色い声が響く。

「チッ……」

その瞬間、黒川は軽く舌打ちしたかと思ったら、あからさまに余所行きの笑顔を作って肩越しに振り返った。

「竹村《たけむら》さん、おはよう」

「おはようございますぅ〜！」

キャピキャピした声の持ち主の名前を聞いて、純恋はハッとした。

（えっ、あれは噂の竹村さん⁉）

竹村香奈《かな》は今年の新入社員だ。ちなみに〝仏の竹村〟と呼ばれる専務の娘で、生粋《きっすい》のお嬢様でもある。秘書課に配属されたのだが、あからさまにコネで、しかもまったく使えない社員を押し付けられたと、飛鳥が毒を吐いていたのを覚えていた。

だが当の本人はまったく気にしてないという。ある意味心臓が強いと評判の女子社員だ。

「ねぇねぇ、黒川君、今日のお昼、どこで食べるの～？　こないだのイタリアン、いまいちだったじゃない？」

香奈は女らしく巻いた髪に愛されメイクを施した、絵に描いたようなかわいらしさと、いったいいくらするんだと言わんばかりのツイード素材の高級ツーピースに身を包んでいた。

女性として完璧だなと、地味なオフィスカジュアル姿の純恋はおののいてしまうが、彼女の狙いは黒川らしい。目の前にいる純恋など完全に目に入っていない。

「香奈ね、おいしいところ知ってるんだけど、今日は、そこにしない？」

彼女の言葉を聞いて黒川は一瞬口を開き、それから困ったように唇を引き結んだ。

「ええっと……それは俺が決める立場にはないから」

「えーっ、でも香奈と黒川さんが食べるんだから、ふたりで決めないと～」

どうやらふたりはランチを一緒にする仲らしい。

（あ、そうなんだ……そっか……）

さっきまで盛り上がっていた気持ちが、みるみるうちにしぼんでいく。

（私、ちょっとお邪魔かな……）

そう思いうつむいたところで、香奈が彼の前にぼーっと立っている純恋の存在に気が付いたようだ。「この人だぁれ？」と、いきなり矛先が向いて飛び上がりそうになった。

「あ……ただの、通りすがりの総務の者です……失礼しますっ……」

純恋は慌ててそう口にして、黒川にペコッと頭を下げて踵《きびす》を返す。

「あ、すみっ……」

黒川が慌てたように口を開きかけたが、純恋は全身に〝話しかけないでください〟オーラを放ちつつ、足を引きずりながらその場を離れたのだった。

パソコンのキーボードをたたく指に自然と力がこもる。

仕事中、純恋はずっとイライラしていた。基本的に穏やかでのんびりしている純恋のその様子に、総務部にいる面々もどうしたものかと腫れ物に触るような雰囲気を醸し出している。いつもの純恋ならそんな空気にいち早く気が付くはずなのだが、今日は無理だった。完全に頭に血が上っていた。

だが、とうとう我慢しきれなくなったらしい。

「野瀬さん、どうしたの……？　なんだか荒れてない？」

隣に座っている同僚の女性がこそっと声をかけてきた。

純恋はハッとしてキーボードを打つ手を止める。

「ごめんなさい……その……ちょっとイライラしていて」

「そうなの～？　珍しいことがあるものね。ほら、飴ちゃんあげるから元気出して」

小学生の子供を持つ一児の母である彼女はふんわりと笑って、引き出しからいちご味のキャンディを取り、純恋に差し出した。

「ありがとうございます……いただきます」

純恋はしょんぼりしながらそれを受け取り、包み紙をはがして口に入れた。甘いいちごミルクの味が口の中に広がって、逆立った気持ちが少しだけおさまっていく。

（プライベートなことで仕事中にイライラするなんて、だめだなぁ……。社会人失格だよ……はぁ）

キャンディをコロコロと舌で転がしながら、純恋は気分を入れ替えようと、お茶を淹れるために立ち上がる。

こんな風になってしまった苛立ちの原因はわかっている。黒川だ。

(私にキスしておいて……竹村さんともそういう関係なの？)

朝見たふたりのやり取りから、そのことがずっと胸にひっかかっているのだ。

だが同時に、自分は黒川を責められるような立場にはないことも承知している。

黒川とは恋人同士でもなんでもない。彼がどこの誰と付き合おうが、ランチを取ろうが自由だ。香奈の天真爛漫《てんしんらんまん》を通り越したあの無邪気さはどうかと思うが、彼女はそれを許される立場でもある。そしてなにより黒川と並んでいると美男美女だし、少なくとも嘘つきな自分よりはお似合いだ。

(そうだよね……誰が悪いって、一番悪いのは私だし……。私、ほんとひどい嘘ついちゃった……)

五つも年齢をごまかした自分が黒川を責められるはずがない。

いちごミルク味のキャンディが口の中でじんわりと溶けていく。

甘いはずなのに、純恋の心は苦々しいままだった。

「じゃあお先ー」

「お疲れ様です」

総務部の最後のひとりが出ていくのを見送って、純恋はまたパソコンに向き合った。

「さて、もう少し頑張るぞ……」

ディスプレイの画面には、各部署から届く備品の発注書がずらりと並んでいる。夕方ギリギリにまとめて届いたため、帰る前にメールで注文しておこうと処理をしていたら、気が付けば最後になっていた。

(病院行きたかったけど、もういいか……)

仕事が片付いていればさっさと病院に行こうと考えていたのだが仕方ない。ため息をつきつつ仕事をしていると「失礼します」と、低い声が入口の辺りで響く。顔を上げると、そこには黒川が立っていた。

「あっ……」

彼の顔を見て反射的に立ち上がりかけた純恋だが、足がズキッと痛んで顔が歪んだ。崩れるように座ると「立たなくていいから」と黒川が足早に近づいてくる。

「よかった、まだ帰ってなかったんだな」

「あ……うん」

いったいどんな顔をしていいかわからない。それでも不愉快な態度はとらないようにしようと、純恋は平常心を装って問いかける。

「総務部に用事ですか?」

すると黒川が持っていたビニール袋を軽く持ち上げた。

「テーピングした方がいいんじゃないかと思って、薬局で買ってきた」

「えっ⁉」

「そんじょそこらの整形外科より俺の方がうまいから。安心して」

「えっ、ええっ……」

そして黒川は先日と同じように隣の椅子を引いて腰を下ろし、ビニール袋からテープとスプレーを取り出す。

「ストッキング脱いで」

「えっ、ちょっと待って、でも……ここで？」

確かにプロ入り間違いなしとまで言われていた黒川なら、テーピングの技術も高いだろう。彼が自分のために用意してくれたと聞いて嬉しいが、ストッキングを脱いで足を彼に晒《さら》すのは死ぬほど恥ずかしい。

戸惑う純恋を見て、

「スミレちゃんの家でもいいけど」

黒川は意味深にニヤリと笑う。

「家って……」

こうなるとまずい。彼のペースに巻き込まれてしまう流れだ。本当に家に押しかけてくるかもしれない。

「わっ……わ、わかりました。後ろ、向いてください……」

「了解」

黒川は笑ってくるりと椅子ごと回って、背中を向けた。

(そうだ、これは治療だ！)

自分が意識しすぎているだけで、本来なんら恥ずかしいことではないはずだ。

純恋はゆっくりと立ち上がり、ストッキングを脱ぐためにスカートの中に手を入れる。ごそごそと身もだえするようにしてストッキングを脱ぎ、たたんでバッグの中に入れた。そして左足に貼ってあった湿布をはがしてゴミ箱に捨てる。

「できました」

「よし。じゃあテーピングするから」

黒川は純恋の椅子の前にひざまずくと、純恋の裸足の足をつかんで、自分の膝にのせる。

「きゃっ……！」

いきなり足に触れられて、思わず悲鳴をあげる純恋だが、

「大丈夫、大丈夫」

黒川は笑って慣れた調子で足にスプレーをかけ、それからテープを伸ばすと足首の上の方にぐるりと巻いていく。

「これ、土台になるんだ。んで、ここに向かって、こうやって足首が内側に反れないように補強していく」

ビーッ、ビーッビーッとテープが伸びる音が響く。たくさん巻かれたような気がしたが、思ったほどぐるぐる巻きにはなっていなかった。手さばきからも慣れた様子が伝わってくる。あっという間に足がしっかりと固定される。

「俺の肩に手を置いて、立ってみて」

「うん……」

恐る恐る黒川の肩に手をのせつつ、立ち上がってみて驚いた。

「あっ、すごい、全然痛くない！」

あれほど痛かったはずなのに痛みがほとんど感じられない。これなら電車に乗って帰るのもそれほどつらくなさそうだ。

「ありがとう……！」

純恋がパーッと笑顔になるのと同時に、黒川も立ち上がり純恋を見下ろした。

「本当は昼休みにでもしてあげたかったんだけど」

「あ……」

その言葉を聞いて思い出した。そういえば彼は今日、香奈とランチに行ったはずだ。

「そんなの気にしないで……」

純恋は笑顔を作って首を振った。

「でも……」

「いいからいいから。黒川君、ありがとう。おかげで助かりました」

そして純恋は自分のバッグから財布を取り出す。

「テーピングのお金、いくらでした？」

「俺が勝手にしたことだから」

「でも、そういうわけには……」

すると黒川はふと思い出したように、同時に少し恥ずかしそうに口を開いた。

「だったらさ……今度、スミレちゃんの作ったお弁当が食べたいな」

「黒川君……」

黒川から向けられるまっすぐな好意に、純恋の胸はぎゅうっと締め付けられて苦しくなる。

(でも彼は私が同い年だと思ってる……五つも年上だなんて思っていない)

最初についた嘘が、純恋を臆病にしてしまっていた。

「──そういうこと、言わないで」

これ以上彼と心を通わせても未来はない。

純恋がそうつぶやくと、黒川が一瞬切なそうな表情になった。

「俺、君を困らせてるのか?」

「──」

「スミレ……」

黒川がささやきながら、純恋の頬に手をのせ顔を近づける。

それはキスをするというよりももっと甘やかな、純恋の反応を近くで見たい、知りたいという、黒川の熱っぽい反応で──。

(困るなんて……違う、本当は私が困らせてるだけ……)

純恋はとっさに黒川の胸を手のひらで押さえていた。これ以上彼を自分に近づけたくなかった。

こんな嘘をつく自分に、彼はふさわしくないから──。

「ごめんなさい……」

絞り出した声は震えていた。身を切るような痛みだった。

だがそれは黒川からしたら、明確な拒否としかとられなかっただろう。

純恋が深々と頭を下げると同時に黒川はふうっと息を吐いて、それからかすかに唇に笑みを浮かべて、首を振った。

「スミレちゃんはなにも悪くない。俺こそ強引に迫ってごめん。でも俺、スミレちゃんに『黒川君の人生は黒川君のもの。全部自分で選んでいいんだよ』って言ってもらえて、本当に嬉しかったんだ。そんなこと言ってくれる人、これまで家族以外にはいなかったからさ。本当にありがとう」

そして黒川は「じゃあ、また」とさわやかに告げて、踵を返し総務部を出ていった。

ああ、さよならなんだ、と純恋は呆然《ぼうぜん》とし、彼が出ていった方向をじっと見つめる。

（私……本当に馬鹿だな……）

自分という人間に嫌気がさす。

だがほかにどうしたらよかったというのだ。

純恋が五つも年上のアラサーだと知っていたら、きっと彼は好意を寄せてはくれなかったはずだ。そして今さら実は年上だったと告げたら、そんなあさましい嘘をつく自分のことを軽蔑するに決まっている。

（そうよ、だからこれでいいの……思いが実らなくても、嫌われるよりマシ……）

そう、何度も純恋は自分に言い聞かせたのだが――。

どうしてだろう。思い出すのは出会いから今日にいたるまでの彼との時間、そしてついさっき、つむじを恥ずかしそうに笑ったちょっと拗ねたような笑顔で……。

純恋の心には、彼に対する恋心しかない。出会ってからずっと心は黒川の存在でいっぱいだった。

「……っ」

視界がぼんやりとにじむ。胸の奥から熱い塊《かたまり》がこみ上げてきて息が止まりそうになる。

（嫌だ……このまま終わりなんて、嫌だ……！）

純恋は浮かんできた涙をぐいっと手の甲でぬぐったあと、いてもたってもいられず、あとを追いかけ飛び出していた。

「……黒川君っ」

彼にしっかりと巻いてもらったテーピングのおかげか、ほとんど痛みは感じなかった。勢いよくエレベーターに乗り込み、営業部がある階へと上がっていく。

営業部のフロアはまだ多くの社員が残っていたが、黒川の姿は見当たらない。

通りすがりの顔見知りの社員をつかまえて「あっ、あの、黒川さんはどちらに？」と尋ねると、彼は「あー……」と言いながら周囲を見回したあと肩を竦めた。

「いないな……。たぶん専務のお嬢さんと会食じゃないか。お嬢さん、さっきウキウキでここに迎えに来てたし」

「あ、そうなんですか……」

その瞬間、頭から冷や水を浴びせられたような気がして、純恋は我に返る。

そうだった。黒川には竹村香奈という彼にふさわしい相手がいたのだ。やはりもうどうにもならないのだ。

肩を落とす純恋だが、男性社員は軽口を続ける。

「いや～かなりご執心みたいだぜ、専務もお嬢さんも。いいよな、甲子園のヒーローさんは、楽して出世できてさ」

それはおそらく軽い冷やかしのようなものだったのだろうけれど、聞いた瞬間、純恋はガツンと頭を殴られたようなショックを受けていた。

（楽して出世って……）

悪気がなさそうに言われて、唖然《あぜん》とした。

だがきっとこれは氷山の一角にすぎないのだろう。現役の頃からずっと彼はこんな風に他人から評価されてきたのだ。そしてこれから先も……。

黒川がこれまで置かれていた状況が少しだけわかったような気がして、胸が苦しくなった。

（そんなの……つらすぎるよ……）

純恋はここにやってきた理由も忘れ、こぶしをギュッと握りしめていた。

顔を上げてしっかりと男性社員を見つめる。

「それは違いますっ……！」

「えっ？」

突然の反論に、社員が驚いたように目を見開く。

「彼は楽してなんか、ないでしょうっ……？　楽してたどり着ける場所ではないでしょうっ……？　どうして、そんなこと言えるんですか……？　十代の頃から、ずっと、人の百倍努力した人に向かってっ、そういうこと、たとえ冗談でも言わないでください。すごく、すごく、彼に失礼だと思いますっ……！」

「え……あ、なんか、ごっ、ごめん……」

じんわりと涙目になる純恋を見て、社員はひどく慌ててうろたえたが、ポロポロと涙が溢れて頬を伝った。

（なに言ってるんだろう、私……）

黒川には大事なことをなにひとつ伝えられないままのくせして、勝手に彼の気持ちを代弁している自分は何様なのだ。

「しっ……失礼しますっ……」

自己嫌悪に陥りながら純恋は流れる涙をそのままに、ぺこりと頭を下げて総務部に戻ろうとしたのだが、

「――野瀬さん？」

背後の応接室のドアが大きく開き、中から黒川が飛び出してきた。

「えっ？」

純恋はポカンと口を開ける。しかも専務と、専務の娘である香奈も一緒だ。

専務は苦笑していたが、香奈はなにか気に入らないことがあったのか、大きな目を潤ませて唇を噛みしめている。

まさかの当事者そろい踏みに驚き硬直する純恋だが、黒川はそんな純恋に駆け寄り、ポケットからブルーのハンカチを取り出して頬にのせた。

涙を拭かれながら純恋は激しく混乱する。

（ど、ど、どうしようっ……！）

どこからどこまで、彼に聞かれてしまったのだろうか。

「あ、あのっ……」

彼は今から会食に行くのだ。専務と、その愛娘と三人で。

自分がここにいたら彼の立場が悪くなるのではと全身から血の気が引く。

「なっ、なんでも、ないです、あのっ……」

熱心にハンカチで純恋の涙をぬぐおうとする黒川から逃れようと、純恋はあとずさった。

「いや、待って、なんでもないって、それはいくらなんでも無理があるだろ」

黒川もまたひどく動揺しつつ、迫ってくる。

「だって、君の声が……俺を探してる声がしたから……」

「っ……」

どうやら最初から最後までほぼ全部聞かれていたらしい。純恋の顔がみるみるうちに赤く染まっていく。

だがそこで、香奈が声をあげた。

「なんでっ、どうして香奈じゃだめなの⁉　どうしてそんなおばさんにかまうのよっ！　香奈の方がずっと若くてかわいいのにっ！」

そして香奈は憎々しげに純恋を指さし睨みつけた。

「その人、今年三十になるおばさんじゃないっ！」

その瞬間、純恋の頭は真っ白になった。全身がビクッと震えて硬直する。黒川も目を見開いて香奈を見下ろした。

「なんだよ、それ……」

切れ長の目に力が宿る。それはどこかすごみがあって、見下ろされた香奈は一瞬怖気づいたように口ごもったが、「ふんっ……おばさんなのはほんとでしょ」と鼻を鳴らして、ふてくされたように横を向いた。

（私のことを調べたの……？）

今朝の黒川との様子を見て、香奈はなにかを感じ取ったのかもしれない。秘書課にいる彼女なら純恋の素性を調べることは可能だろう。

いきなりおばさん呼ばわりされて驚いたが、純恋には香奈に対する怒りはなかった。ああ、バレてしまった——せめて黒川にはちゃんと自分の口で言いたかったのにと、気が抜けただけだった。

純恋は指先で頬に残る涙をぬぐいながら、黒川を見上げる。

「嘘ついて……ごめんなさい……」

頭を下げる純恋だが、次の瞬間、「嘘……？　いや純恋ちゃんは普通にかわいいだろ……誰がおばさんだ」と、黒川はどうでもいいことを口にする。

「あ、いや、そうじゃなくて……年のこと……なんだけど」

「年？」

黒川はきょとんとする。それからハッとしたように目を見開いた。

「えっ、ああ。年上だったんだな……そっか……。ああ……そういうことか。やっと理解できた……。嫌われてるわけじゃなかったんだな……よかった」

黒川が深く息を吐きつつ、うなずく。

別に怒っているような雰囲気は感じられない。むしろどこか満足そうにも見える。

（えっ、でも〝よかった〟って、どうして？）

まさかの反応に、純恋は唖然と黒川の顔を見上げる。

「私、嘘をついたのに……騙したのに……」

首をかしげると、黒川はニコニコと笑いながら腰に手を当てた。

「いや、そんなの……別に、たいした問題じゃない。むしろ、もしかして最初から俺に好意を持ってくれてたのかなって、めちゃくちゃ嬉しくなってる。ヤバい……顔がにやける……ゆるむ……フフッ……あー、どうしよ……」

そしてにやける口元を片手で覆って、天井を見上げて、「よかった……ほんと……」と、ひとりで満足げだ。

呆然とする純恋だが、そこでようやく専務が動いた。黒川と純恋の間に立って、純恋に向かって頭を下げる。

「野瀬さんといったね。まずは娘の暴言を謝罪します」

「パパッ！　どうして謝るの！」

香奈が悲鳴をあげたが、仏のような専務の顔が一瞬で鬼瓦に豹変《ひょうへん》する。

「香奈っ！　大人の女性として、恥ずかしくないのかっ！」

その瞬間、香奈はひどくショックを受けたようだ。

「っ……ぱっ、パパが怒った……」

めったに叱られたことがないのだろう。しおしおとうつむいてしまった。目には涙がたまっている。少しかわいそうかもしれない。純恋は思わず同情してしまう。

「そういう私も父として娘の教育がなっていなかった。お恥ずかしい限りです。黒川君、強引に話を進めようとしてすまなかったね」

「いえ。専務のお気持ちは嬉しかったです。ただ先ほどもお伝えしたように、彼女は珍しく俺の新しい人生を認めてくれる人なので。大事にしたいんです。すみません」

黒川は専務親子に向かって丁寧に頭を下げると「では、失礼します」と純恋の手を取り、歩きだした。

会社を出て、タクシーで向かった先は純恋の部屋だった。玄関のカギを震えながら開け、もつれるように部屋に入ると同時に、純恋の体は黒川の腕の中に抱き寄せられていた。

「専務には、好きな人がいるから、娘さんとこれ以上親しくすることはできないってあそこで断ってたんだ」

「そんなことを……」

だから香奈は突然自分を責め立てたのか。そう言われると納得できる。

「実は俺の高校、専務の母校なんだ。だから当然、甲子園時代からずっと応援してくれてた。それであまり強く断れなくて、ずるずると食事くらいならって付き合ってきた。でももうしない。俺はスミレちゃんが好きだから」

そして黒川は優しく純恋の髪を撫で、額に口づける。

「あっ……」

その優しい唇に純恋の心臓が跳ねる。好きだと言われて胸が激しく高鳴り始める。

「で、俺の話は終わり。スミレちゃんの俺を振り回した罪は、どうしてくれようか？」

いたずらっぽくささやく黒川の声は、優しかった。

「ご、ごめんなさい……」

確かにたくさん振り回した自覚はある。

結局、この事態は自分の嘘が招いたことなのだ。

「私……勝手に劣等感を抱いてしまって……私なんか不似合いだからって、年齢のこと、嘘をついてごめんなさい。そのあと、逃げるような態度をとって、ごめんなさい。でも、最初からずっと……私、黒川君のことが好きで……本当につまらない嘘をついて……ごめんなさい」

素直に謝罪の言葉を口にする純恋の体を、黒川は強く抱きしめた。

「いい。許す……これからたくさん、俺を愛してくれたら、許す……」

熱っぽい声を聞いて、純恋の体にじんわりと温かいものが広がっていく。

夢中で彼の背中に手を回すと、黒川の顔が近づいてくる。

「ん……」

唇が一度重なったあと、純恋の頭を支えるようにして指が髪の中に滑り込む。そして黒川は頬を傾けて純恋に深いキスをした。舌がからみ合い、濃厚な口づけに純恋の息が次第に上がり始める。

「スミレ……」

熱っぽい声でささやかれて全身がとろけそうになる。

(このまま体がグズグズに、溶けちゃいそう……)

そう思いながら、ベッドに横たわり、のしかかってくる黒川を見上げたのだが——。

「にゃーん！」

突然、黒川の背中に白い塊が飛び乗って、バリバリと勢いよく爪を研ぎ始めた。

「あっ、こら、しらたま……！」

黒川が焦ったように背中を振り返るが、まだ子猫のしらたまは遊んでもらえると思ったのだろう。はしゃいだように背中から飛び降り、今度は純恋と黒川の間に体を滑り込ませて大暴れし始めた。

「ちょっ……あはは！」

たまらず笑い声をあげる純恋に、黒川も遅れて笑いだす。なんだか無性におかしい。

一瞬にして部屋に満ちていた甘い空気が吹き飛んでしまった。

「猫には勝てないよな」

しこたま笑い合ったあと、ふたりで体を起こし、ベッドに並んで座る。しらたまは純恋の膝の上で丸くなった。

「——ゴロゴロいってる」

黒川が笑いながらしらたまの背中を撫でる。

「ちょっと今、勢いでどうこうなりそうだったけど……頭が冷えた」

黒川はそう言って、純恋をじっと見つめた。

「俺たちまだ、全然お互いのこと知らないだろ。少しずつ向き合っていけたらって思うんだけど、いい？」

「う、うん……っ」

それは純恋も願ったりかなったりだ。これからはくだらない嘘などつかなくていいように、誠実に黒川に向き合いたい。

「よかった」

黒川はホッとしたようにうなずくと、それからふと思い出したようにささやいた。

「まず黒川君じゃなくて、名前で呼ぶところからだな」

「えっ……」

黒川敦司。それが彼の名前だ。だが口にすることを想像すると、かなり恥ずかしい。

モジモジしていると、黒川が神妙な顔でささやく。

「名前で呼んでくれないと、今日、泊まっていって、メシ食わせてってごねる」

それを聞いて純恋はすぐにその目を輝かせ叫んでいた。

「えっ、黒川君と一緒にごはん食べられるの、嬉しいっ……！」

それは純恋の本心だったのだけれど。その笑顔を見た瞬間、黒川は目をまん丸に見開き、かすかに頬を赤くして拗ねたように唇を尖らせた。

「あー、もう……嬉しいってなんなんだよ……無防備すぎかよ……。俺になにされるかわかってないの？　でもかわいい。死にそうなくらい、かわいい……すげえ好き……」

黒川は優しい笑顔になって、そのまま純恋をぎゅうっと正面から抱きしめる。

「純恋……好きだ」

突然の抱擁《ほうよう》に驚きながら、純恋もおずおずと彼の背中に腕を回す。

「私も……好きです」

もう嘘なんてつかなくてもいい。好きだから好きだと口にしてもいいのだ。

膝の上では穏やかにしらたまが寝息を立てている。

優しい空気が部屋を満たしていた。

END

クールなCEOの熱い唇

佐倉伊織

The Office Love

Anthology

「それで、横浜《よこはま》の件はどうなった？」

「はい、近々チームを編制します」

今日は、月に一度ある営業戦略会議。

部長に低音ボイスで質問しているのは、我が社『プレジール』の若きＣＥＯ《シーイーオー》岩波朔也《いわなみさくや》さん、三十四歳。

スッと通った形のよい鼻に凛々《りり》しい眉。薄い唇の下の小さなほくろがセクシーで、顔面偏差値がとんでもなく高い。おまけに身長は百八十センチを軽く超えていて、スタイル抜群だ。

おそらくオーダーしているだろうスーツがよく似合い、少し長めの前髪の間から覗く切れ長の目は、ときに優しく、ときに鋭く。

女子社員から熱い眼差しを送られるモテ男でもある。

プレジールはシアトル発のコーヒーショップを展開していて、八年前に日本初上陸。最初は親会社の『プレッスル食品』が手がけ、一号店は『La mer TOKYO《ラメールトーキョー》』という大型商業ビルの二階にある。

商品の価格帯は決して安くはないが、ちょっとおしゃれなカフェとしてブームになり、現在では全国に八百近い店舗数を誇る。

岩波さんは立ち上げの頃からの社員で、続々と新規出店を果たした有能な人物。三年前にプレッスル食品の一事業部から昇格して、別会社として独立したときにCEOに大抜擢《だいばってき》され、それから業績はうなぎのぼり。

CEOとなってからも月一回の会議には必ず顔を出して、自らプロジェクトの進捗状況について確認するのが彼のスタイル。

普段は、我が営業戦略事業部の部長やそれぞれの新規開拓チームに任せてはいるけれど、気になったことがあれば積極的にアドバイスをくれる。

CEOとはいえ、イスにふんぞり返っているわけではなく、私たちと同じ視点を持つ人だ。

厳しい人なので、目の上のたんこぶのように思っている社員も一部いるが、彼の洞察力と行動力は一流で、正直なところ彼なしではこの発展はありえなかった。

私、森崎菜々子《もりさきななこ》は大学を卒業後、岩波さんがCEOに就任した年にプレジールに就職した二十五歳。

営業戦略事業部に配属され、先輩たちが引っ張るチームで全国各地の新規出店に携わりながら勉強してきたが、三年目にして初めてリーダーを任せられることになった。初めてリーダーの役割をするときは、新規出店ではなくまずは店舗改装を担当するのがここのしきたり。私も改装担当ではあるけれど、ちょっと大きな仕事にプレッシャーを感じている。

というのも、その改装する店が、La mer TOKYOにあるあの一号店だからだ。プレジールの歴史が始まったあの店舗を私が担当していいのか腰が引けたものの、こんなに光栄な仕事を断る理由なんてないと自分を奮い立たせて頑張っている。大好きなプレジールの歴史を自分が塗り替えるつもりで、丁寧に、そしていっさいの妥協なく仕上げると心に誓って。

とある日。ひとりで残業していると、事業部のドアが開いた。

「誰が残っているのかと思ったら……。森崎、根《こん》を詰めすぎだ。そんなに青い顔をして、睡眠はとっているのか？」

声をかけてくれたのは、岩波さんだった。

岩波さんも残ってたんだ……。

ＣＥＯ室は同じフロアにはあるが少し離れていて、様子はわからない。

「は、はい」

「嘘つけ。目の下にクマができてるぞ」

「はっ、すみません」

ＣＥＯに醜態をさらしたと慌てて顔を手で覆うと、彼は近づいてきて隣の席に座る。

「なに慌ててるんだ」

「お見苦しい顔をお見せしまして……」

うつむいたまま答えると、彼は「あははは」と声を上げて笑いだす。

仕事中は笑った姿なんて見たことがなかったのでびっくりだ。

「見苦しくなんてないぞ。必死に頑張っている社員にそんなことを言うわけがないだろ？　ただ、心配なだけだ。森崎は我が社の大切な宝物だからね」

「宝物？」

どういう意味かわからず首を傾げると、彼は再び口を開く。

「あぁ。努力を怠《おこた》らない社員はプレジールの財産なんだ。でも、こんなに残業させて申し訳ない」

ＣＥＯに謝罪されるという事態に驚き、勢いよく立ち上がる。すると彼は目を丸くしている。

「ち、違います。残業しているのは私に能力がないからです。こちらこそ申し訳ありません」

ガバッと頭を下げるとまたクスクス笑う。

「お互いに謝り合っても仕方ないな。それじゃ、ちょっと手伝うよ」

「なにをおっしゃっているんですか？　岩波さんはCEOなんですよ。私の手伝いなんて……」

ありえないでしょ？

「俺、CEOなんて押しつけられたけど、本当は現場が好きなんだ。うちは若手が多くて、皆経験も少ないから今は会議にも顔を出すけど、もう少し育ってきたら全部任せないととは思ってる。でも、本当は寂しいんだぞ。ほら、座って」

彼はそんなことを言いながら、私を座らせたあとパソコンの画面を覗き込む。

「寂しいんですか？」

「そう。CEO室にこもって報告を受けているだけじゃ、なんの刺激もない。やっぱり自分が手がけた店舗が成長していくワクワク感は何物にも代えがたい」

口角を上げて微笑《ほほえ》む姿は、会議中の凛々しい表情とまったく違った。まるで、新しいおもちゃを探している子供のように、希望にあふれた表情をしている。

「そう、ですよね。私もこの仕事が好きなんです」

「だと思った。イヤイヤやっているヤツとは無理難題を言い渡されたときの顔が違う。森崎は落胆ではなく目が輝くんだ」

「そう、でしょうか」

自分では無自覚だった。しかし、難しい課題を与えられると、これをクリアできれば新規出店に近づけると張り切るのも事実。

「あぁ。それにいつも自分の仕事を楽にすることより、お客さまのことを考えてる。実は森崎を La mer TOKYO 店の担当に推《お》したのは俺なんだよ」

「岩波さんが？」

「そう。会議のとき、森崎の意見は常にお客さま視点だった。他の社員は、店舗スタッフの動きやすさや経営のしやすさばかり。でも、森崎はまずはお客さまがどうくつろげるかを考えて、それならスタッフの配置はどうしたらいいのかを考えるスタイルだっただろ？」

そう言われるとたしかにそうかも。

新規出店の場合、基本、スタッフの人数や利益の確保から考え始め、そのために席は何席にするのかや営業時間を決めていた。

でも私は、その地域の客層から営業時間を提案したり、お客さまがくつろげる席や注文しやすいカウンターの配置を優先して考えた。その結果、必要な席やスタッフの数が自然と決まり、よい店舗にすれば売り上げも伸びると信じて動いていた。

ただ、今まで携わってきた店舗立ち上げのチームのリーダーは先輩社員だったので、私の意見はほとんど通らなかったんだけど。

でもまさか、岩波さんが直々に私を推してくれたなんて驚きを隠せない。

「そう、かもしれません。カフェに来るお客さまの目的はまちまちで、静かに過ごしたい人もいれば、友達とワイワイしたい人もいます。中には仕事をする人も」

私は今まで出店してきた店舗の様子を思い浮かべて続ける。

「ひとつの空間でそれぞれのニーズに応えるのは簡単ではありません。ですが、おひとりでも多くの方にプレジールに来てよかったと思っていただきたいので、できる限りの配慮はしたいと思っています」

いつの間にか私に視線を移していた彼は、満足そうにうなずいている。

「この部分は、仕事をしたい人のためのスペースに変更すると言ってたよね？」

再びパソコンの画面を見つめる彼は、表示された見取り図の一部を指さす。

「はい。この一角にはパソコンを充電できるコンセントを準備します。それと、集中していただけるようにひと席ずつ小さなパーティションで区切るつもりです」

奥の席の一部は仕事に集中したい人に満足してもらえるように工夫するつもりだ。

「いいね。ここは？」

「実はそこを迷っているんです。本当は子連れでも楽しめるスペースにしたいんですけど……」

「反対されてるんだな。まあ、しかるべき反応だ」

プレジールは、ファミリー向けのカフェではない。大人のためのカフェだ。だから今までの店舗は最初から子連れ客を想定せず造られている。

だけど、La mer TOKYO店担当になってから実際に店舗に出向いて客としてコーヒーを飲み、気づいたことがあったのだ。

その日はたまたま、ベビーカーに一歳くらいの女の子を乗せて来店したお客さまがいた。女の子は眠っていたが、お母さんがコーヒーを注文して席に着いた途端に泣きだしてしまい、ひと口飲んだだけで出ていった。

きっとお母さんにとっては、子育ての合間にやっと得た自分のための時間だったはずなのに、今のプレジールには子供が騒げば出ていくしかない雰囲気がある。

そうした層がターゲットではないので問題はないのかもしれないけれど、そのときの残念そうな顔が頭から離れなかった。

もしかしたらあのお母さんは子供が生まれる前は常連で、プレジールのコーヒーを愛してくれたひとりかもしれない。

そんなことを考えだしたら、ターゲット層ではないから締め出してもいいのかと疑問が湧いてキッズルームを提案した。しかし、チームの人たちには必要ないと言われてしまった。

「La mer TOKYOを訪れる人たちのリサーチ結果は?」

「こちらです。オフィスフロアや高級ホテルがありますのでほとんど大人です。でも隣のビルに……」

「たしか、子供服のフロアがあったような」

さすがだ。よく知っている。

「そうなんです。今は利用できる店がないから子連れのビル利用者が少ないだけで、需要はあると踏んでいます」

「いい目のつけ所だ」

雲の上の人からお褒めの言葉をいただけた?

「ただ、プレジールはあくまで大人のためのカフェだ。子供に騒がれたらブランド価値が低下するぞ」

やっぱり反対なんだ。

「はい。ですから、思いきってひと区画を防音壁で区切ってキッズルームを造り、子連れの方専用にしようかと」

私は見取り図のその部分を指で示しながら説明する。

「森崎って……」

「なん、でしょう？」

なぜか私を見つめ目を大きくしている彼に首を傾げる。

「かわいい顔して大胆だな。そんなことは思いつきもしなかった」

「えっ？　いえっ……」

『かわいい』という部分に必要以上に反応して勝手に照れる。お世辞に決まっているのに。

「あっ、えっと……子供が騒いで困るのは他のお客さまだけではなくて、子連れのお客さま自身もだと思うんです。せっかくつかの間の休息を楽しんでいても、子供が泣きだしたら店を出なくてはならなくなります」

私は火照《ほて》った頬を隠すためにうつむき加減で話を続けた。

「そっか。世の中のお母さんたちって、窮屈なんだな。でもそんなことによく気づいたな。もしかして隠し子がいたりして」

「な、なに言ってるんですか！」

彼がとんでもないことを言うので、必要以上に大きな声が出る。

だって、ろくな恋愛経験もないのに子供なんて……。

「冗談だよ」

「そ、うですよね」

冗談に決まっているのに、真に受けるなんて恥ずかしすぎる。

「森崎っていろんなところに気が回るよね。こんな奥さんもらったら、旦那は幸せだろうな」

奥さんって……。もうやめて。ドキドキしすぎて息がうまく吸えない。

もちろん、〝岩波さんの〟という意味ではないのはわかっている。でも恋愛経験値の低い私は、いちいち反応してしまう。

なんと答えたらいいのかわからず黙り込むと、彼は口元を緩めた。

「ごめん。森崎が真っ赤になるのが新鮮で、ちょっといじめすぎたかな」

からかってたの？

でも、頬を赤らめていることに気づかれていたんだ。

「す、すみません。こういうお話は慣れなくて」

あぁ、この歳にしてさらっと受け答えできないなんて、残念かも、私。きっと彼の周りにいる女性は、話を弾ませられるんだろうな。

「謝らなくても。男はウブな女の子って好きだと思うなぁ。それに、嘘は言ってないから」

『嘘は言ってない』って『こんな奥さんもらったら、旦那は幸せだろうな』ってところ？

しかも『好き』なんていう言葉が飛び出して、とても平常心ではいられない。

もちろん、岩波さんがではなく、一般論だとはわかってはいるけれど。

「ごめん。仕事しないと帰れないね。その防音壁で区切るって案、なかなか斬新だと思う。それで子連れのお客さまが増えれば、子供用のメニューを開発するのもいい。んー、たしかアメリカにはあったような」

彼は私のパソコンを操作して、アメリカ本社のホームページを表示した。

「本当ですね。この小さいスコーンかわいい」

「ひと口だな」

彼は優しい目で画面を見つめ微笑んでいる。

「日本第一号の子連れOKな店舗を目指して進んでごらん。バックアップが必要なら俺がする。面白いアイデアだしね」

チームの人たちに否定されていたアイデアを、トップの岩波さんに『面白い』と言われるとは。

「皆、攻めの姿勢が足りないんだよ。売り上げのいい店舗に右に倣《なら》えばかりでは、それを越える店舗は作れない。たまには冒険も必要だ。しかも、ちゃんとお客さま視点で考えられているから、成功すると思うけどね、俺は」

百戦錬磨の彼にそう言われると勇気が湧いてくる。

「私、もっときちんとプレゼンしてチームの人たちを説得します」

「うん。期待してる」

「はい！」

まだあきらめるのは早い。アメリカの成功例を探してみようかな。

そんなことを考えていると、反対されてへこんでいたのにワクワクしてきた。

岩波さんもこういう気持ちの高ぶりが楽しいのかもしれない。

「悩みはひとつ解決した？」

「はい。アメリカ本社に問い合わせをして、成功例を探ろうと思います。どうしたら私の案をチームの皆さんに納得してもらえるか、もう一度考え直します」

意気揚々と告げると彼は小さくうなずく。

「うん、頑張れ。ところで森崎って英語できるの？」

「あ……」

まったくだ。以前、アメリカからマーケティング担当者が来てミーティングがあったけど、同時通訳がいなければ内容は把握できなかった。

「翻訳ソフトを使ってメールでも……」

「ああいうソフトって、すごくおかしな翻訳するんだよね。伝わらないかも」

たしかに、わからない英文を訳してみたことがあるが、間違いだらけだった。

「あー、もっと勉強しておけばよかった。どうしよう……」

「あはは。頼ってみたら？　俺、一応話せるけど」

『頼って』って、岩波さんを？　本社とやり取りしてくれるの？

「でも、ＣＥＯにそんな……」

「ＣＥＯなんて肩書だけさ。それに、ほら。今、俺、すごく楽しんでるけど。なんならＣＥＯなんて辞めるか」

「え！」

またまた驚愕《きょうがく》の発言に目が飛び出そうになる。

「って、冗談だよ。俺はこの会社を成長させるためにＣＥＯになったんだ。志《こころざし》なかばで辞めたりはしない」

「驚かせないでください。私、岩波さんのこと尊敬しているんです。ついていきたいんです」

彼に辞めてほしくなくて、ちょっとムキになった。

外資が入っている企業は、日本の会社よりずっとトップの入れ替わりが激しい。それは、業績が振るわないと責任を取らされるということもあるし、よければよいでヘッドハンティングなんてことも多々あるからだ。

これだけ業績を伸ばしているのだから、彼が首を切られることはないだろう。でも、その手腕を評価した他社やアメリカ本社が引き抜く可能性がないわけじゃない。

「うれしいことを言ってくれる。それならもっと頑張らないとな。優秀な社員もいることだし」

彼は私を見つめて微笑む。

『優秀な社員』って私も入れてもらえているの？

「もう九時になるぞ。今日は帰ろう」

「はい。お時間をとらせて申し訳ありませんでした」

私はお礼を言って、パソコンの電源を落とした。

「戸締りはして帰ります。どうかお先に」

いつまで経っても立ち上がらない岩波さんに声をかける。

「森崎って実家だっけ？」

「いえ、ひとり暮らしです」

「なら、飯食って帰ろうか。この時間だと空いてる店は限られるけど……」

腕を組んで考えだした彼に目が点になる。

岩波さんと食事？

「い、いえっ。お気遣いなく。コンビニでもなんでもありますし」

「コンビニでいいのか？　それじゃ買って俺ん家で食う？」

「えっ？　そういう意味じゃなくて……」

店を探してくれていることに恐縮しているのではなく、一緒に行くことのほうなのに。しかも岩波さんの家に行くなんてありえない。

「あぁ、もしかして飯に行くこと？　気遣ってるんじゃなくて、ひとりじゃ寂しいだろ？　一緒に行ってもらえるとありがたい」

「私でいいんですか？」

「なんだその返事。ぜひお願いします。俺と行くのがイヤならスパッと振ってくれ」

彼はクスクス笑っている。

「振るなんてとんでもない！」

「それじゃ、決まり。イタリアンに行こうか」

スッと立ち上がった彼は、私の背中を押して促した。


イタリアンはイタリアンだけど……。

彼が高級車で連れてきてくれたのは、『フルジェンテ』というこれまた高級店。

私が普段行くお店とはまったく違い、眩《まばゆ》いシャンデリアが印象的で、それでいて落ち着いた雰囲気の素敵なレストランだった。

「コースでいいかな？　嫌いなものは？」

「いえ、特にありません」

コンビニ弁当でも食べていたはずなのに、コース料理になるとは。

「車だから飲めなくて。森崎は飲んでもいいぞ」

「けっこうです！」

私だけ飲むなんて、できるはずもない。

お断りすると、彼はてきぱきと注文を済ませ、緊張気味の私に視線を移す。

「顔が険しいな。緊張してる？　俺とじゃ、やっぱりイヤだった？」

盛大な勘違いに思いきり首を横に振る。

「イヤなわけがありません。岩波さんと食事するなんて、びっくりというか……。しかもこんなに素敵なお店だとは思ってなかったので」

「あぁ、そっか。たしかにあまり会社の人間とは飯を食わないようにしてる。仕事が終わってからも一緒って疲れるだろ？」

「す、すみません！」

それなのに誘ってくれたんだ。

「誤解するな。森崎は大丈夫だ。お前を見ていると、昔の自分を思い出すんだよ。プレジールを心地いい場所にするために徹夜で知恵を絞ったこともあったなって。そんな情熱がよみがえってきて、気持ちが高ぶったというか、まだまだこれからだと気合が入った」

彼は柔らかな笑みを浮かべて楽しそうに話す。

本当にプレジールを愛しているんだな。

そんな人の下で働けて、私は幸せだ。

「CEOという立場になると、数字ばかりに追われて、大胆な行動がしにくくなる。でもやっぱりそれじゃあプレジールに明日はない。森崎みたいな新しい発想が必要なんだ。初心に返らないと。森崎の話を聞いていると楽しくて仕方ないんだ」

「よかったです。私も反対されて落ち込んでいましたが、さっき岩波さんとお話ししていたらすごく楽しくて。やっぱりこのまま突き進みたいと思いました」

彼は大きくうなずいている。

それから炭酸水で乾杯したあと、見た目も美しい食事に舌鼓を打った。

最初こそ緊張気味だったけれど、岩波さんの話を聞いているとすぐにほぐれた。

「俺が初めて新規出店の責任者をやった店舗はすごく小さくて、席も二十しかなかったんだ」

「それはかなり小規模ですね」

「うん。大学が集まる地域への出店だったんだけど、ちょっと商品の価格が高いからダメなんじゃないかって反対されて、二十席が精いっぱいだった。でも、ふたを開けてみたら毎日大盛況で、行列が途切れなかったんだ。お茶《ちゃ》の水《みず》店なんだけど」

それを聞き腰が抜けそうになる。お茶の水店は、今や店舗面積も売り上げも全国一を誇る店舗だからだ。

「岩波さんが担当だったんですね」

「そう。オープン一年後には移転して大きくなったから、最初に勝負しなかったのはもったいなかったよね」

きっと念入りにリサーチして自信があっての出店だったんだろう。ただそれを周囲の人に認めてもらえなかっただけ。

私もめげていないで頑張ろう。

「すごいですね。私も岩波さんみたいになりたいです」

「そんなの簡単さ。森崎の情熱があれば、俺を越えるなんてあっという間」

簡単なわけがない。でも、やる気が湧いてきた。

それからは仕事の話ではなく、プライベートの話になった。

「趣味がカフェ巡りって……。岩波さん、とことんカフェ好きなんですね」

「カフェ好きっていうか、プレジール好きなんだよ。いろんなカフェに行って、このアイデアはいただこうとか、ここはプレジールのほうが断然いいとか、ひとりでほくそ笑んでる。あっ、性格悪いな」

バツの悪そうな顔をしている彼だけど、その気持ちはよくわかる。

「いえ、実は私も……」

告白すると彼はプッと噴き出した。

「やっぱり？　俺たち、性悪コンビだな」

『コンビ』なんて恐れ多いけど、どうやらプレジール大好き人間であることは共通しているようだ。

「実は気になってるカフェがあるんだけど、今度一緒に行ってみない？」

「行きます！」

前のめりになって即答したものの、すぐに後悔した。

話が弾んで思わず乗ったけど、彼はＣＥＯだった。本来、私みたいな下っ端が関わっていい人じゃない。

「あっ、いえ……。私なんかが調子に乗りました」

「誘ってるのは俺のほうだぞ？　それに、森崎以外には性悪なことを隠しておきたいから、頼むよ」

彼は柔らかい子羊のローストを口に運びながら微笑む。

「わかり、ました。性悪なことは隠しておきます」

「あはは。よろしく。俺も秘密にしておく」

口の前に人差し指を立てていたずらっ子のようにお茶目に笑う様子は、とてもCEOには見えない。思っていたよりずっと人懐こい彼にホッとした。


それから約二週間後の週末。

本当に岩波さんからお誘いがあって、郊外にあるカフェに足を運ぶことになった。

四月の今日は空も晴れ渡り、出歩くには心地よい気温。

私の家の近くの駅で待ち合わせをすると、彼の車が滑り込んできた。

「待たせたね」

わざわざ降りてきた私服姿の彼に、一瞬見惚《みと》れる。

淡いブルーのシャツにチノパン姿。特に珍しい服装ではないけれど、彼が着こなすととてつもなくかっこいい。スタイルがいいせいもあるだろう。

「いえ。時間より早いですし」

「ビジネスマンの基本だろ？　森崎、こういう姿は新鮮だね。似合ってる」

彼は手を伸ばしてきて私の髪にそっと触れる。

肩下十五センチほどで緩くパーマのかかった髪を会社ではいつもひとつにまとめているけれど、今日は下ろしてきたからだろう。

「ありがとうございます」

不意に触れられてドキドキした私は、目を泳がせてお礼を口にした。

早速車に乗って出発だ。

「プレゼン頑張ったんだって？」

「はい。岩波さんがアメリカ本社に子供向けメニューの成功例を提示するようにかけ合ってくださったおかげで、皆さんの気持ちが揺れ始めました。もう一歩という感じです」

実は四日前。もう一度チームでの会議があり、キッズルームの確保のためのプレゼンをやり直した。そうしたら反対一辺倒だった人たちの気持ちが、『やってみてもいいかもね』と変化してきたのだ。

「すんなり通るときより燃えるだろ」

「あはっ。そうかもしれません」

岩波さんと私って、似ているのかも。まったくその通りで、絶対にこの企画を成功させるんだ！と闘志がメラメラ燃えている。

「負けるなよ」

「はい、必ず通します！」

大きな声で決意表明をすると、ハンドルを操る彼は白い歯を見せた。


彼が案内してくれたのは、プレジールとはタイプの異なる住宅街にあるカフェだった。大きな窓から柔らかな太陽の光が降り注ぎ、室内には観葉植物があふれている。一角には本棚があり、小説がずらっと並んでいた。

しかもその本棚の向こうは、小さな机とイスが置かれた子供たちのためのスペース。絵本が散乱しているそこには、お母さんの膝の上でニコニコ顔で絵本をめくる子供たちがいた。

「いい光景だろ？」

もしかして、このスペースがあることを知っていて連れてきてくれたの？

「はい。穏やかな時間が流れていますね」

「うん。ここは近所の新米ママたちの憩いの場所らしいんだ。外遊びに疲れたらお母さんはお茶を飲み、子供たちは絵本を読む。お母さん同士が仲良くなって子育ての悩み相談をすることもあるとか」

彼は私の背中を押して席に促したあと、ブレンドコーヒーを注文した。

「泣きだしたりしないのかな？」

「もちろん、そういうこともあるさ。それに、こうした光景はプレジールのブランドイメージとは異なる。でも、ブランドイメージを作り替えるのも悪くない」

大人のためのおしゃれなカフェという位置づけのプレジールでは、子連れ客を意識するのは大きな冒険だろう。だけど、これを機に発展していく未来も見える。

「ただし、ここのように完全に共存するのは難しいと思う。既存のお客さまをないがしろにはできない。だから森崎の案は最適だ」

岩波さんは『気になってるカフェ』なんて言っていたけれど、私のために来たんだ。私の背中を押すために。

「やっぱりチャレンジすべきですね」

「あぁ。それと、ここ、プレジールより穏やかな空気が流れていると思わない？」

「たしかに」

彼に言われて周りを見回す。プレジールはカウンターで注文を受けてそれを席まで運ぶシステムだけど、ここは席まで注文を取りに来るオーソドックスなカフェだ。しかしそれは別として、なにか秘密があるような。

「客層も違いますね」

「そうだな。ここは主婦もいればお年寄りもいる。プレジールのお客さまはもっと年齢層が低くて、若いビジネスマンやOL、学生が多い」

私はうなずいた。

たしかに、メインターゲットとしているのはその層だ。

「他には……。あっ、観葉植物……」

「そう。プレジールは〝都会のスタイリッシュな〟というイメージで店舗開発をしてきた。だからこういう演出をしている店はない。ただここまで店舗が増えた今、新たな客層にも挑戦していかないと頭打ちになる」

そっか。岩波さんはもう次のことを考えているんだ。

「森崎と一緒に来るなら、正直、今のプレジールよりこっちがいい。リラックスして話せる点では、こっちの勝ち」

彼はそう言いながら、なぜか私をじっと見つめる。その視線が熱く感じられるのは気のせいだろうか。

「俺はスタイリッシュなだけでなく、癒しにこだわった店舗も造りたいと思ってる。それをいつか森崎にやってほしい」

「私⁉」

華々しい実績を持つ先輩社員はいくらでもいるのに、私？

「そう。森崎は適任だよ。柔軟な発想力を持っているし、チャレンジも忘れない。今のスタイルで大成功の経験がある社員だと、その枠からはみ出すのはおそらく怖い。でも森崎はこれからの人間だし、きちんとお客さまのことを考えられる」

それは過大評価だ。私が大胆な発言ができるのは、岩波さんをはじめとする先輩社員たちが基礎を作ってきてくれたからこそ。私はそれにプラスアルファすればいいだけ。

でも、岩波さんの提案は、今までの店舗とはあまりに違いすぎる。

「自信がありません」

正直に答えると、彼は少し残念そうな顔で小さくうなずく。

「今はそうだろうな。けど、絶対にできるよ。森崎には新しいプレジールの未来を作ってほしいんだ。さ、仕事の話はこのくらいにして、今日は楽しもう」

『新しいプレジールの未来』か。まだそんな力はないけれど、すごく魅力的な話だ。岩波さんと一緒にできたらいいな。

私は、運ばれてきたコーヒーのいい香りをかいでから喉に送った。

「おいしい。プレジールのブレンドよりマイルドかな？」

「だね。それに、森崎の笑顔を見ながら飲むコーヒーは格別うまいよ」

「私、ですか？　それを言うなら、岩波さんみたいな素敵な男性と一緒だと特においしいです」

そう返すと、彼はちょっと眉を上げる。

「それ、本気だと思っていい？」

「えっ？」

私をまっすぐ見つめる岩波さんは、カップをソーサーに戻した。

「俺は本気でそう思ってる」

そう言われた瞬間、胸がざわざわと音を立て始め、息が苦しくなった。

なんだろう。こんな感覚、初めてだ。

「本気、です」

小声になったのは、見つめられているのが恥ずかしくてたまらないからだ。

だけど、尊敬する岩波さんとこうして時間を共有できるのは、とても光栄で……すごくうれしい。だからコーヒーが何倍もおいしく感じる。

「そっか。よかった」

仕事中には決して見せないはにかみに、ドクッと心臓が音を立てた。

「あとでもう一軒、カフェに行かないか？　そこに行くのは初めてなんだけど、ランチがうまいって噂なんだ。ケーキもつけるぞ」

本当にカフェが好きなんだな。でも、私も同じだからうれしいかも。

「はい。一日に二軒も行けるなんて贅沢《ぜいたく》です」

「そうだろ？」

したり顔をする彼もまた新鮮だった。

雲の上の存在だった岩波さんが、こんなに近い。


その日のカフェ巡りは本当に楽しかった。

プレジールとは趣《おもむき》を異《こと》にするカフェから刺激をもらい、仕事への意欲も湧いてくる。

マンションの前まで送り届けてくれた彼は、律儀に車を降りてくる。

「本当にありがとうございました。おごっていただいてばかりで、すみません」

「そんなこと気にするな。今度はもうちょっと高いレストランにも招待するぞ」

本当に？　また一緒に食事に行けるの？

「うれしいです。楽しみにしています」

あっ、勢いでそう言ってしまったけれど、『うれしいです』なんて、図々しいかも。

「うん、俺も。森崎といると、ワクワクする気持ちがあふれてきて、すごく楽しいよ」

よかった。特に変には思われていないみたい。

しかも私も同じ。仕事の話をしていても、決してイヤではなく気持ちが高ぶる。

「はい。それでは」

「また会社で」

彼は爽やかな笑顔で挨拶をして去った。

この胸がぽかぽかするような温かな感じは、なんだろう。

「また頑張ろう」

岩波さんからもらったたくさんの刺激を無駄にしないように、明日からも頑張ろう。

私は西の空に沈みゆく夕日を見ながら、そう誓った。


それからしばらく、会社で岩波さんの姿を見かけることはなかった。

もともと全国各地を駆け回っている忙しい人なので、社内にいないことも多い。これまでもそうだったのに、なんとなく寂しい。

それでも、彼にもらった勇気は大きく、チームミーティングでキッズルームの設置が正式に決まった。

「森崎さん、珍しい企画通したんだって？」

私に話しかけてきたのは、腰まであるサラサラの髪が印象的な三つ先輩の粕谷《かすや》さん。

彼女は今、大阪《おおさか》の大型店舗立ち上げのチームを仕切っている優秀な人だ。なんでも、あのお茶の水店の座席数を超えそうなんだとか。

「はい。子連れの方にも楽しんでいただけるブースを造ろうと思っています」

「子連れね……。プレジールと路線が違わない？　しかも一号店でしょ、あそこ」

たしかにLa mer TOKYO店は、プレジールの象徴のような店だ。でも、だからこそ変革はここからでもいいと思っている。

「そうですね。ですが、これからは新しいことに挑戦していく必要があると思います。それに、実際アメリカでは子供用のメニューも好評で、客層が広がって売り上げも上々らしいんです」

「へぇー。だけど、初めてリーダーを経験するあなたがやることかしら」

粕谷さんは刺々しい言葉と、冷たい視線を残して立ち去った。

生意気なんだろうな。

一号店というのは特別な場所だし、規模も大きい。それに、初リーダーで担当する改装はこれほど大きく手を入れることはまずなく、せいぜい照明や席の配置の変更くらいが多い。

それを繰り返して経験を積んだあと初めて新規出店を担当して、他の店にはない工夫を取り入れるなど、自分の意見を反映させられるようになる。

そのステップを逸脱しているのかも。

それでも、負けたくない。だって岩波さんが応援してくれているんだもの。

私は気合を入れ直した。


岩波さんが会社に顔を出したのは、その週の金曜のことだった。どうやら福岡《ふくおか》と大阪に出張していたらしい。

粕谷さんが彼に呼び出されて三十分ほどで戻ってきたものの、浮かない顔をしている。

「大阪チーム、集まって。第二会議室ね」

そしてチームの人たちを招集した。ピリピリとした雰囲気に、誰もなにも発言できない。

それから二十分。粕谷さん以外の人たちが戻ってきた。

「だから無理だって言ったんだよ。粕谷さん他人《ひと》の話を聞かないもんな。プレゼンに説得力もなかったし」

　隣の席の先輩で、黒縁メガネが似合う男性の島田《しまだ》さんがぶつくさ言い出した。

「どうかされたんですか？」

「新しい大阪の店舗、学生街なんだよ。夏休みや春休みのような長い休日のときの客入りに不安があって、もう少し敷地面積を小さくするか、駐車場を確保したほうがいいってずっと意見が出てたんだ。でも、粕谷さんが席の多さにこだわって譲らなくて」

　順風満帆かと思っていたけど、そうでもなかったんだ。

「お茶の水店が成功してるからって言うんだけど、同じ学生街でも周辺の環境がまるで違う。大阪店の近くには駅がなくて、各大学も駅から送迎バスを出してるくらいで。車がないと不便な場所なんだ」

　島田さんが小さなため息をつくと、向かいの席のわりと小柄でおしゃべりな同期、小林《こばやし》くんが続く。

「それで、今回岩波さんが現地に足を運んで、今の計画はずさんすぎるからいったんプロジェクトを止めろと命令が下ったんだ。で、粕谷さん大荒れだよ。リーダー降ろされるかもね」

そうだったんだ。

私は自分のことで精いっぱいで、他のチームのことは知らなかったから驚いた。

結局大阪の件は島田さんがリーダーに昇格して、粕谷さんは外れることが翌週決定した。それも岩波さんの判断らしいが、詳しいことはわからない。

ただ、あれから彼女はニコリともせず、別のチームの一員となり働いている。

一緒にカフェに行ってから岩波さんとすれ違うことすらなかったけれど、金曜の夜にひとりで残業をしていると、彼が顔を出した。

「誰かと思ったら、また森崎か」

「すみません。気になることがあって」

キッズルームを造ることになったので、ベビーカーの各メーカーからパンフレットを取り寄せてサイズを確認し、動線をシミュレーションしていたのだ。

「ベビーカー？」

彼は隣のイスに座ったあと、デスクの上のパンフレットを手にして首を傾げる。

「はい。子連れのお客さまはベビーカーを使われることも多いはずですので、既存のお客さまから邪魔だと文句が出ないようにしないといけないと思いまして。そのためにベビーカーのサイズを考慮して動線を確認していたんです。今までの通路では狭すぎるので」

そう伝えると、彼はなぜか「ふー」と大きなため息をついた。

「驚いたよ。まさか未婚の母なのかと思った」

「えっ、私がですか？」

彼は二度首を縦に振る。

「そんなわけありません。第一お相手もいないですし」

「ホントに？」

彼はなぜか真剣な顔で食いついてくる。

「……はい。皆が皆、岩波さんみたいにモテるわけじゃないんですよ」

きっと彼なら、たくさんの女性が好意を示すはずだ。

「でも森崎、すごく魅力的だけどね」

彼は頬杖をつき、私の顔を覗き込む。会議のときとは違うリラックスした笑顔に、胸を鷲《わし》づかみにされる。

「み、魅力？　どこにあるんですか？」

そんなことを言われたのは初めてだった。

「どこって……。全部。夢に向かって努力を惜しまないところとか、自分の意見をしっかり持っているところとか、あとはよく気づくところ」

と言われてもピンとこない。でも『気が回る』と前にも言われたな。

「よく気づく、ですか……」

「あぁ。例えばこれもそう。お母さんの気持ちも、他のお客さまの気持ちもきちんと想像してこういう配慮ができる。それって優しいからなんだぞ」

「優しい？」

特別優しいというわけじゃないと思うんだけど……。

「森崎は無意識だろうけど、なにに関しても優しい目を持っている。お客さまにも、スタッフにも。新規店舗の手伝いに行ったあとの森崎の評判、知ってる？」

新規オープンのときは人手が足りないので、私たち本社のスタッフも手伝いに行く。でもそのときの評価なんて聞いたことがない。

「いえ」

「大体第一声は、『森崎さんをうちのスタッフに欲しい』なんだ。本社の大事な戦力だから無理だって突っぱねてるけどね」

「そうだったんですか？」

初耳だ。

「うん。慣れなくて失敗したスタッフの代わりにためらいなく頭を下げるし、営業時間が終了したあと、スタッフひとりひとりに『お疲れさまでした』とねぎらって回ってるだろ？　休憩なしに走り回った自分はもっとヘトヘトなはずなのに」

たしかに、スタッフの人たちには気持ちよく働いてもらいたいから、声はかけている。

「そういうところ、店舗スタッフは皆評価してるんだ。そうした意見があまりにもあがるから興味が湧いて、俺も一度こっそり見に行ったことがあって」

「え！」

「もう閉店間際に行ったんだけど、疲れた顔ひとつ見せずに笑顔で接客してるし、閉店したあと率先して掃除までして。で、やっぱりスタッフに『お疲れさまでした』と自然に言ってた。そのとき、あぁ、この子いいなって」

まさか見られていたなんて知らなかった。

「それから、会議のときの発言や仕事ぶりをよく観察するようになったんだ。そうしたらますます好感度アップ」

クスッと笑う彼が、不意に私の髪に手を伸ばすのでドキッとする。

「髪、下ろしてるんだ」

「は、はい。変ですか?」

実はカフェ巡りをしたとき岩波さんに褒められたので、下ろすことも多くなった。だけどそれがうれしかったからなんて言えない。

「いや。すごくいい。けど、会社ではやめてほしいな」

「すみません。だらしないですよね」

髪を下ろしている女子社員も多いし大丈夫だと思っていたけれど、仕事にはそぐわない髪形だっただろうか。

「あぁ、違う。俺だけが知っている森崎の魅力って、なんかちょっといいだろ?」

それ、どういう意味?

口角を上げて意味深に微笑む彼を前に、鼓動が暴走を始める。

「また仕事の邪魔してるな、俺。動線はどうなった?」

岩波さんが話を変えるので、肺に酸素がなだれ込んできた。

「カウンターの付近が問題で——」

それから悩みをひとしきり聞いてもらい、改善案までもらった。

「さすがですね。席の配置をいじれば解決しそうです。今度ミーティングで提案してみます」

「うん。ちゃんとリーダーやれてるね」

そう褒められたとき、粕谷さんのことが頭に浮かんだ。

「どうかした？」

「いえ……」

私が首を突っ込むのもおかしいと思い、言葉を濁《にご》す。

「粕谷のことか」

すると彼のほうから言い出したので、驚きながら正直にうなずいた。

「彼女も頑張ってはいるが、全国一の客席数とか自分の実績にばかり目が向いていて、お客さまの視点が足りないんだ。それに、計画に裏付けがない。粕谷が提出した企画書と関連資料は、たった五枚だ。森崎は何枚出したっけ？」

覚えてないいや。でも五枚は少なすぎると思う。

「何枚、でしょう……。二十枚くらいはあったでしょうか」

「ハズレ。三十枚超えてた」

それは自分でも驚愕だ。だけど、さまざまな視点からリサーチを重ね、いくつものパターンを作っていたらそれくらいになった。

「もちろん、多ければいいというわけじゃない。森崎が提出した書類にも必要ないものがあったし」

「すみません……」

「いや、それでいい。必要ないと判断できるのはあとからだ。とにかくあらゆるリサーチをして、たくさんシミュレーションすることが大切。粕谷はそれができていない。いくら経験があったって、リスクを避けるためには手を抜いてはいけない部分だ」

おそらく、岩波さんもそうやってきたんだろう。実に説得力がある。

「少し頭を冷やしてもらおうと思って外した。俺たちはお客さまの笑顔のために働いていることを思い出してほしいんだ」

「お客さまの笑顔のために……」

「そう。森崎みたいにね」

私を見つめる彼の視線が熱く感じられるのは気のせい？

「そろそろ帰るか。森崎、明日忙しい？」

「いえ、特に予定はありません」

「それなら、前に約束してたレストランに行かないか？　出張続きで疲れたんだ。森崎と話して癒されたい」

私で癒されるの？

家でゆっくり過ごしたほうがいいような気もする。でも、彼がまさか約束を実行してくれるとは思っていなかったので、心が躍る。

「はい。楽しみにしています」

それから彼は私を車で家まで送ってくれた。


岩波さんとはそのあと、時々一緒に食事やカフェに行くようになった。

どうして私なんかを誘ってくれるのか不思議でたまらないけれど、互いにプレジールが好きで話が合う。だからとても盛り上がって楽しい。きっと彼もそうなんだと思う。

La mer TOKYO 店の改装についてほとんど案がまとまりかけたある日、社内で偶然岩波さんを見かけて追いかけた。

「岩波さん」

「森崎か。お疲れ」

「お疲れさまです。La mer TOKYO 店の改装案がほぼ固まりました。これから建築士の方と相談に入ります。たくさんのアドバイス、本当にありがとうございました」

彼はなにか問題にぶつかるたび、適切なアドバイスをくれた。経験に裏打ちされたそれはとても役立ち、チームの人たちも諸手を挙げて賛成のことが多く、彼の能力の高さを思い知った。

「そこまできたか。俺はたいしたことはしていない。森崎の努力の証だよ。あのチームはまとまっているし、リーダーとしてもよくやれている。最後まで気を抜くな」

「はい。ありがとうございました！」

もう一度お礼を口にして頭を下げると、彼は優しい笑みを浮かべてうなずいた。

営業戦略事業部に戻って席に着くと、粕谷さんがうしろを通りかかった。

「森崎さん、おとなしそうな顔してよくやるわね。まさか、岩波さんに媚《こび》を売ってるとは」

「えっ？」

突然『媚を売ってる』なんて大きな声で言われ、部内の人たちの視線が突き刺さる。

「そんなこと、してません」

驚き、立ち上がって反論する。もしかして、さっき話していたところを見ていたのかもしれない。

たしかに岩波さんにアドバイスされたけど、私から近づいたわけでもないし、うまく取り入って手伝ってもらったわけでもない。

「どうかしら。あの店の担当にあなたを推したのも岩波さんなんでしょ？」

どうしよう。彼女が私を気に入らないのはわかっているが、岩波さんのことまで悪く言われたくない。

「岩波さんにアドバイスをいただいたのは本当ですが、私だけじゃありません」

彼は他の先輩たちともよく話をしているし、会議のときもたくさんヒントをくれるのを知っているでしょ？

「特に、なんじゃない？」

「粕谷。口がすぎるぞ。仕事に戻れ」

私たちの様子を見かねた部長が口を挟んだので、粕谷さんは私を一瞥《いちべつ》して自分の席に戻った。

「森崎、気にすんな。粕谷さん、自分がうまくいかないからイライラしてるんだ」

「はい」

島田さんが慰めてくれたが、私のことより岩波さんだ。

彼はこの部屋にも時々顔を出して、さりげなく気になっているところを指摘していく。だけどそれは私だけでなく、どのチームにもなのに。もちろん粕谷さんだって経験があるはずだ。

でも、一緒にカフェや食事に行ったのは事実なので、強く反論できない。

単に楽しくて、岩波さんからのお誘いをうれしく思っていたけれど、誤解されるようなことをしたんだ、私。

動揺で頭が真っ白になり、なにも考えられなくなった。


翌日から、私のとんでもない噂が飛び交うようになった。

「営業戦略の森崎さん、CEOに迫ったんだって。体を使って優遇してもらうなんて最低よね」

「えー、そんなあからさまな誘惑に乗っちゃうなんて、CEOにもがっかりだね。できる人だと思ってたのに」

出勤したとき、給湯室で総務の人たちが話をしているのを耳にして胸が痛む。

梅雨の薄い雲が太陽を遮るように、私の心にも暗雲《あんうん》が立ち込めてきた。

そんなことしてないのに。岩波さんはそんなバカな人じゃない。

出ていって反論したかったが、ぐっとこらえた。

どうせ嘘だと言われるだけだ。それに、ふたりだけで会ったのも事実。なんの解決策もない。

でも、岩波さんの名誉は回復しなくちゃ。どうしたらいいんだろう……。

そんなことを考えながら、営業戦略事業部に向かった。

「森崎、おはよう」

すると部署の前の廊下で岩波さんと出くわした。

「おはようございます」

「どうかした？　表情が暗いぞ」

「気のせいですよ。大丈夫です」

またふたりで話しているところを見られたら噂に拍車がかかると、小さく頭を下げて慌てて部屋に入る。するとすぐに彼も続いたので、これはまずいと顔が険しくなった。

「島田。大阪の件で、ちょっといい？　部長、島田借ります」

岩波さんはすでに出社していた島田さんに声をかけている。なにかアドバイスがあるのだろう。

彼は以前からこういうスタイルなのに。助け船を出すのは、私にだけじゃない。

ううん。社外で会ったのがいけないんだ。そうでなければ強く反論できるのに。私が悪い。

そんな相反した感情が心の中で激しく揺れ動く。

「やっぱり一緒なのね」

私のうしろを通りかかった粕谷さんが、呆れたような声で言う。

「偶然です」

「どうかしらね」

きっとあの噂も彼女が広めたのだろう。

今はこれ以上ムキになっても無駄だと思い、私はパソコンを立ち上げた。

その日、家に帰った頃に、岩波さんからメールが届いた。

【土曜日、時間ある？　面白そうなカフェを見つけたんだ。一緒に行かない？】

いつもならふたつ返事なのに、今日はすぐに返せない。

行きたい。彼が連れていってくれるカフェは、必ず仕事に役立つから。ううん、本当はそれだけじゃない。岩波さんと楽しい時間を共有したい。

だけど、これ以上迷惑をかけたくない。

【ごめんなさい。もう行きません】

震える手でそう打ち込んだ私は、歯を食いしばりながら送信ボタンを押した。

その瞬間、涙があふれてきて止まらなくなる。

「私……」

岩波さんのことが、好き、なんだ。

単に尊敬する上司というだけじゃない。一緒に過ごすひとときが心地よくて、彼がキラキラした目でプレジールの未来を口にする様子に心奪われていた。

そして、私も同じ未来を追いかけたいと心から思った。

【どうして？　俺、なんかした？】

すぐに来た返事に息が止まりそうになる。

なにもしてない。それどころか、彼は幸せな時間をくれた。でも、私のせいで岩波さんが悪く言われるのは耐えられない。

「岩波さん……。会いたい」

私はなにも返すことができず、ただスマホを握りしめてしばらく涙を流した。

それから一週間。しとしとと降り続く雨が、私の気持ちをいっそう下げる。

顔を合わせにくいと思っていた岩波さんと会う機会はなく、ひたすら仕事に没頭した。

この一週間は、La mer TOKYOに足を運んでお客さまの動向をひたすら観察していたこともあれば、建築士のところに何度も出向き、内装についての相談も重ねた。

とにかくよい店舗にすることだけに集中し、必死だった。

岩波さんの汚名をそそぐには、私が踏ん張るしかない。彼の力を借りずともできるところを見せるしか。

「森崎さん、ちょっと頑張りすぎじゃないですか？　これ、昨日ひとりでやったんですよね」

同じチームの後輩・池戸《いけど》くんがミーティングのときに心配してくれる。

昨日は終電近くまで残業をして、曜日別の売り上げのシミュレーションを繰り返していた。

「大丈夫。今日は、備品について話し合います。前回お見せした資料の――」

本当は寝不足すぎて、頭の回転が鈍《にぶ》っている。けれど、完璧に仕上げて岩波さんのよくない噂を消したかった。

翌日は、月に一度の営業戦略会議。一番大きな会議室で、営業戦略事業部全員と、全国のエリアブロック代表者、そして岩波さんが出席して現状確認とこれからの戦略について話し合いが行われる。

「チームリーダーは新規出店、改装の進捗状況を発表してください」

部長の要請で、次々とチームリーダーが前に立ちプレゼンを進める。

今日のための資料は、昨日家に持ち帰り、午前二時までかかって仕上げた。

「大阪店は店舗面積を縮小し、その代わり駐車場を広くします」

島田さんが説明を始めると、粕谷さんがあからさまに顔をしかめる。

しかし、岩波さんは納得の表情でうなずいていた。

「次はLa mer TOKYO店。森崎」

「はい。改装案について進行したところまでご説明します」

部長に指名されて前に立つと、正面に岩波さんがいる。あれからメールもなく、もしかしたら怒っているかもしれない。

そんな状況がたまらなくつらかったけれど、彼には近づけない。

約十分かけてひと通り説明を終えると質疑応答。

「森崎。非常に顔色が悪いが、どうしてだ」

最初に口を開いたのは、岩波さんだった。しかも仕事とは関係ない話で驚く。

「そんなことはありません」

「いや。ストレスか、寝不足か。森崎に関して妙な噂が飛び交っているが、俺と森崎はただの上司と部下だ。くだらないことを言っていないで仕事をしろ」

彼の発言に目を瞠《みは》る。あの噂は耳に届いているんだ。

「森崎。お前もそんな噂に振り回されるな。なにもないのだから堂々としていればいい」

「はい。すみません」

岩波さんは私の潔白を証明してくれた。だけど『ただの上司と部下』とか『なにもない』と明言されて、胸が痛い。

それは事実ではあるけれど、彼への想いを募らせている私にしてみれば、公の場で振られたも同然だった。

「La mer TOKYO店についてはなんの懸念もない。よくリサーチできているし、計画も緻密《ちみつ》だ。やっかまれるほどにな。よって、今後俺はいっさいの口を挟まない」

岩波さんに褒めてもらえるのはうれしいはずなのに、それと同時に彼との距離が離れていくのを感じて絶望した。

いや、もともと遠い存在の人だったんだ。好きになったって報われない人。それがわかっていて惹かれた私が悪い。

「無理しないように進めてくれ」

「はい」

それから他のチームの発表が続いたが、どこか上の空だった。

岩波さんが私たちの関係を一蹴したので、もう無理して奮闘しなくてもいいのかな。だけど、彼が大切に思うプレジールに汚点をつけたくない。全力で立ち向かわないなんて失礼だ。

そう思い直す。

チラリと粕谷さんを見ると、彼女もまた心ここにあらずという感じで呆然としている。

岩波さんとプレジールの未来について語り合うのがあんなに楽しかったのに、今はため息を抑えられなかった。

それから岩波さんと廊下ですれ違うことがあっても、小さく頭を下げて挨拶をする程度。彼もまたクールな表情で「お疲れ」と口にするだけ。

カフェに行ったときの柔らかい笑顔はもう見られなくて、寂しく感じていた。

夏の太陽が存在感を示す八月下旬。

La mer TOKYO店は一時的に休店となり、改装工事がいよいよ始まった。

私はチームの人たちと共に現場に入り、走り回った。

しばらくして、髪を束ねていたクリップが取れてしまい、慌てて髪を結いなおす。

「バカだよね……」

岩波さんに下ろした髪に触れられて、『俺だけが知っている森崎の魅力』なんて言われたことが忘れられず、あれからはずっと束ねているなんて。

いっそ切ってしまおうか。そうしたら彼のことを忘れられるかも。

ふとそう考えたこともあったけれど、切る勇気もなく、岩波さんのことを心から追い出すこともできずにいた。

「森崎さん、ちょっとこっちの確認お願いします」

池戸くんに呼ばれてハッと我に返る。

こんなことじゃダメだ。

もう岩波さんと一緒にカフェ巡りなんてできないけれど、せめてプレジールの未来を創る戦力にはなりたい。私をリーダーに推してくれた彼に、恥じない仕事をしなくちゃ。

「今、行きます」

揺れ動く自分の気持ちを必死に抑えて、池戸くんのもとに走った。


改装工事は、オープン前日の夜九時にようやく終わった。

ホッとした表情のチームの人たちを先に帰して、私は出来上がった店内をもう一度歩いた。

自分が客になったつもりでそれぞれのブースに行ってみては、座ったときに見える光景を確認する。岩波さんと一緒に行ったカフェにヒントをもらい、ところどころに置いた観葉植物の配置を、他の人の目線が気にならない場所に少しずつ変更したりした。

「はー」

なんとかここまで来た。

子連れのお客さまがどれだけ来店するかは未知数だ。プレジールの新しい一歩となるが、プレッシャーしかない。

もしキッズルームがガラガラなら、減らした席の分売り上げは落ちる。いや、苦情が出れば、通常の席のお客さまも減るかもしれない。

開店を前に、とてつもない不安に襲われる。

ううん。岩波さんは私の案を『面白いアイデア』『お客さま視点で考えられている』と褒めてくれたじゃない。チャレンジしなければこれからの発展はない。

そう思い直して、もう一度ぐるっと店内を見回してから帰宅の途についた。


翌日は午前九時のオープンのために七時には店に入り、最終チェックをしたあとスタッフに声かけをして回った。

「森崎さん、いよいよですね」

池戸くんが話しかけてくる。

「うん。チームの皆の踏ん張りのおかげで、オープンを迎えられる」

岩波さんが言っていた通り、La mer TOKYO店チームの人たちは団結力が強く、未熟なリーダーの私を全員で支えてくれた。

ときに議論が紛糾して物別れに終わったこともあった。しかし皆、それがよい店舗を作るためには欠かせない衝突だと心得ていたので、とことんまで話し合い一つひとつの問題をクリアしてきて今がある。

「キッズルームを造りたいと言い始めたときはどうなるかと思ったけど、森崎のプレゼンの説得力は半端なかったもんなぁ。きっと成功するさ」

チームの中では最年長の後藤《ごとう》さんが、笑顔でそう口にする。

彼は私よりふたつ年上。自身も何度もリーダーの経験があるが、今回は私の指南役として協力してくれた。

「ありがとうございます。そうだといいですけど……」

「なにしけた顔してるんだよ。もし客入りが少なくても、森崎だけの責任じゃない。最終的に賛成したチーム皆の責任だ」

そう励まされて胸が熱くなる。

「それに、昨日の帰りに岩波さんに会ったんだけど……」

「岩波さんに？　どちらで？」

「ビルの正面玄関を出たところ。様子を見に来たって言ってた。俺と別れてから中に入っていったけど、会わなかった？」

「はい」

岩波さんが来たなんてちっとも知らなかった。

「すれ違ったのかな。ここの改装にはすごく期待してるし、必ず成功するって言ってたぞ。あの人がそう言う店舗で失敗したことないって知ってる？」

「そうなんですか？」

「うん。俺が担当した名古屋《なごや》の店舗も『成功する』って断言されたんだけど、今や全国三位の売り上げにまで伸びてるんだよね。千里眼《せんりがん》持ってるんだよ、岩波さん」

そっか。ここで不安になるということは岩波さんの能力を信じないってことなんだ。

きっと大丈夫だ。

「本社スタッフの方でどなたか……」

そのとき、店長が私たちのところにやってきた。

「どうされました？」

「実はエスカレーターの下にもすごい行列ができていて、通行の邪魔になりかねないので、誘導を手伝っていただきたいんです」

まだオープン一時間前なのに？

私は後藤さんと顔を見合わせた。

「ほら、岩波さんやっぱり千里眼持ってる。俺、池戸連れて行ってくる。リーダーは中をお願いね」

「はい。よろしくお願いします」

ようやく笑顔になれた。

八年前のLa mer TOKYO店のオープン時は、プレジールの日本初上陸ということもあり、マスコミからも注目されて連日満員御礼だったとか。しかし、今日はそのとき以上らしく、大きなビルを一周してしまうほどの長い列ができていた。

「お子さま連れの方もいらっしゃるので、オープンを三十分前倒しします。配置についてくださいスタッフは、主にお客さまの誘導を担当してください」

スタッフに負担をかけてしまうけれど、私の独断でそう決めた。もう日差しが強くなってきていて、子連れで長時間並ぶのは大変だろう。

店長に入口を開けてもらうと、どっと人がなだれ込んできて、それからはてんてこまい。

私もフロアに出て、ひたすら接客をこなした。

今までに何度も新規オープンの手伝いをしてきたけれど、これほど忙しいのは初めてだった。

しかも、キッズルームが大盛況。

動線を何度も確認して空間を広くとったおかげでベビーカーでも支障はなく、さらには防音壁で区切ったからか、他のお客さまからのクレームもない。これは大成功と言っていい。

ひたすら笑顔で接客し、閉店の午後八時まで駆け抜けた。

店長に売り上げを確認してもらっている間に、店舗のスタッフと一緒に店内の掃除をする。キッズルームはさすがに床も汚れていたが、明日からのためにピカピカに磨き上げた。

「森崎！」

後藤さんが興奮気味に私を呼ぶ。モップを置き駆けつけると、彼は満面の笑みを浮かべていた。

「森崎さん、過去最高の売り上げを叩き出しました。しかも、ダントツ」

店長が私に差し出した売り上げ集計には、目標の倍近い数字が並んでいる。

「よかった……」

「大成功ですね」

いつの間にか他のスタッフたちもやってきて、拍手が湧き起こった。

「皆さんのおかげです。ありがとうございました」

感動で声が震える。

そのとき、コツコツコツコツと革靴の足音が近づいてきたので視線を向ける。

「森崎、おめでとう。皆、よくやった」

姿を現したのは、岩波さんだった。まさか忙しい彼が今日も来てくれるとは思っていなかったので、驚きで目が飛び出そうだった。

「店舗の皆さんも、ありがとうございました。どうぞこれからもよろしくお願いします」

CEOだというのに深く頭を下げる様子に慌てる。私も同じようにすると、他の本社スタッフも続いた。

「あぁ、そんなのいらないですよ。森崎さんのチームに担当してもらえてよかったです」

店長がそう言いながら私に手を差し出すので、がっしり握る。

今まで何度も、本社の意向と店舗の要求がかみ合わない現場を見てきたので、連絡は密にしてきた。

本社主導での改装ではあったけれど、案が変更になるたびに連絡を入れ、店舗スタッフの意見も取り入れつつやってきた。一丸《いちがん》とならなければ成功はありえないと思っていたからだ。

だから、この言葉はとてもうれしい。

「森崎さん、大活躍だったなぁ。うちの店に来ない？」

店長がそう口にする。岩波さんが言っていたのは本当だったんだ。

「お誘いありがとうござい――」

「ダメですよ。森崎は本社に必要な人材ですから、そんなに簡単には引き抜きさせません」

私の言葉を遮る岩波さんは、にっこり微笑む。

なんてありがたい発言なんだろう。

「残念だな」

「そう言っていただけて光栄です。まだまだ頑張りますので、明日からもよろしくお願いします！」

大きな声で言うと、再び拍手が起こった。

それからすぐに解散となった。

まだ始まったばかり。きっと明日も混み合うはずなので気を抜けない。

私は全員が帰るのを見届けたあと、照明が落とされた店の入口を見つめた。

「よかった……。本当に……」

ひとりになった途端、ずっと我慢していた涙があふれてきて止まらなくなる。

すると、うしろからふわりと抱き寄せられて、目を丸くした。

「森崎」

「岩波、さん？」

この低くて甘い声は、そしてこのたくましい大きな手は……間違いない。

「よくやった。大成功だ」

「ありがとうございます」

止まらない安堵《あんど》の涙が、彼の腕にポタポタこぼれ落ちる。

でも、こんなことをしていたらまた誤解される。

優しい彼は、泣いている私を放っておけなかっただけなのに。

「すみません。もう大丈夫です」

そう告げると腕の力は弱まった。それなのに……。

「あっ」

岩波さんは私の肩を抱えて回し、今度は向き合って抱き寄せる。

「森崎」

吐息混じりの彼の声が艶《つや》っぽく聞こえて、鼓動が速まっていく。

「つらい思いをさせてごめんな。まさか森崎があんなふうに責められるとは思ってもみなかった。お前の頑張りが、俺の軽率な行動のせいで帳消しになるなんて耐えられなかった。でも、もう抑えられない」

どういう、意味？

もうビル内の店は閉店していて人影もまばらだ。けれども、オフィスフロアの人や上層階のホテル利用者はいるので、無人というわけでもない。

それを気にしたのか、彼は私の手を引き、スタッフ専用の通路に連れていく。

そして、私を壁際に立たせて無言で見つめ続ける。

な、なに？

注がれる視線があまりにまっすぐで息が苦しい。

「森崎が、好きなんだ」

「えっ……」

私を、好き？

予想もしていなかった告白に、声がかすれる。

「もちろん、会社では一線を引いていたつもりだ。だから相談に乗ったのは特別だったからじゃない。けど、カフェや食事に誘ったのは下心があったから。迷う森崎の役に立てればいいと思っていたのは本当だけど、それ以上に笑顔の森崎と一緒にいられるのが楽しくてたまらなかった」

彼はそう言いながら私の涙を大きな手で拭った。

「前に話した通り、誰からも評判がいい森崎のことが気になって見ていたら、優しくて頑張り屋なんだと知った。おまけに、俺以上にプレジールを愛していて、未来を熱く語る姿にすぐに心奪われた」

それは私も同じだ。プレジールの未来を目を輝かせて話す彼に、惹かれていった。だけどまさか、岩波さんも同じ気持ちだったなんて信じられない。

「でも、あんな噂が立って後悔したよ。森崎はこんなに頑張っているのに、俺が台無しにしたんだって。最後のメールにショックを受けたけど、そのあと噂のことを知って当然だと深く反省した」

あのメールをそれほど気にしていたの？

「あれは……。私のせいで岩波さんが悪く言われるのがイヤで。まさか、岩波さんがこんなふうに私のことを――」

胸がいっぱいで声が続かない。

「そっか。俺のことまで心配してくれたんだな。正直に告白すると、完全に振られたんだと相当落ち込んだんだよ、あのとき」

まさか。私が岩波さんを振るなんてありえない。

「噂のこともあって、もうあきらめるつもりだった。でも、目が勝手に森崎を探してしまうんだ。チームの人間を気遣いながら必死に奮闘している姿がまぶしくて、抑えるどころか好きな気持ちがあふれてきて……」

「そんな」

「どうしても森崎が欲しいと強く思った。我慢なんてできないと。おまけに昨日ひとりで念入りに最後のチェックをしている真面目で健気な姿に、完全にノックアウト。だから今日、無事にオープンを果たしたら気持ちを伝えようと決めた」

昨日、やっぱり来てたんだ。

でもきっと、『いっさいの口を挟まない』と言ったから、オープンまでそっと見守ってくれたんだ。私の名誉を守るために。

彼は視線を私に絡ませ、もう一度口を開く。

「森崎が、好きだ。これからはなにがあっても俺が盾になる。だから、付き合ってほしい」

繰り返される愛の告白に、再び視界がにじんでくる。

「私……。私も、岩波さんが好きです」

会議のとき、『ただの上司と部下』と明言されてどれだけ苦しかったか。

もう彼への気持ちは封印しなければと必死だった。

だけど、岩波さんと同様、彼の姿を探してしまう自分に気づいていた。

「本当、か?」

彼は目を丸くして私に問いかける。

「はい」

たまらなく恥ずかしくてうつむき加減で返事をすると、顎を持ち上げられて心臓が暴走を始める。

「ありがとう。大切にする」

優しく微笑んでそうささやいた彼は、甘い唇を重ねた。

それから車に乗せられて、彼の住むタワーマンションに連れていかれた。

そして広い玄関を入った瞬間に、唇が重なる。

「ごめん。ずっと気持ちを抑えてたから、止まらない」

彼は切なげな声でそう口にしながらもう一度唇を覆い、舌を滑り込ませてきた。

深い口づけに驚きつつ、強い愛を感じて気持ちが高ぶっていく。

キスってこんなに胸が震えるものなんだ。

何度も角度を変えて私を翻弄した岩波さんは、私を抱きあげてベッドルームに向かった。

私をベッドに下ろしてすぐに覆いかぶさってきた彼に慌て、厚い胸板を押し返す。

「ちょっと待ってください……」

「あぁっ、ごめん。なにやってんだ、俺。菜々子のことを大切にするって決めてるのに」

初めて『菜々子』と呼ばれ、心臓がドクンと跳ねる。

「わ、私……男の人とお付き合いするのが初めてで、がっかりさせてしまうかも……」

恥ずかしかったけれど正直に伝えた。すると彼は、少し驚いた様子で私を見下ろす。

引かれたかな。こんな歳まで経験がないなんて、男の人はどう思うんだろう。

心配で視線を合わせられないでいると、岩波さんは私を抱きあげて膝の上にまたがらせ向かい合った。

彼との距離が近すぎて、恥ずかしさに頬が赤く染まっていくのがわかる。

「よかった。俺が初めての男になれるんだな」

「えっ？」

「菜々子を知っているのは俺だけなんて、最高だ。ウブな女の子は魅力的だって言わなかったっけ?」

そういえば、そんなことを聞いたような気もする。

「でも……」

「菜々子はとびきり魅力的だよ。なにも心配いらない」

優しく微笑む彼は、もう一度唇を重ねる。そして、束ねてあった私の髪をほどいた。

「こっちのほうが色っぽいかな。けど、俺の前だけにしろよ。他の男に惚れられたら困るだろ?」

念を押すようにそう言ったあと、今度は私の唇に人差し指を這《は》わせる。

その仕草が妙に色っぽくて、ドキドキが止まらない。

「菜々子がずっと欲しかったから、がっつきすぎた。菜々子がイヤなら今日は抱かない。でも、もう一生俺だけのものでいろよ」

「一生……」

思いがけない発言に目を見開く。

「俺はそのつもりだから。そうでなければ、大切な社員に手を出したりできない。プレジールの未来だけじゃなくて、俺との未来も考えてくれ」

「岩波さんとの、未来？」

「そう。もう捕まえたからな。覚悟して」

彼はいたずらっぽい表情でクスッと笑みを漏らし、私の額に額を合わせた。

岩波さんの吐息がかかるとたちまち鼓動が速まり、心臓が飛び出しそうになる。

「覚悟、します」

「あははっ。ヤバい。幸せすぎる」

そして鼻と鼻が触れたと思ったら、熱い唇が降ってきた。

「ん……」

「まずい。この辺にしておかないと本当に止まらなくなる」

彼は私の背中に手を回して強く抱きしめてくる。

「菜々子。好きだ」

耳元でささやかれる愛の言葉に感情が揺さぶられ、体がカーッと熱くなる。

「岩波さん」

「俺の名前は朔也だ」

それはそう呼べと言っているの？

照れくさくてたまらない。だけど、私も『菜々子』と呼ばれるのがうれしいので、思いきって口を開いた。

「朔也、さん」

「それ、たまんない」

彼は私の頭を抱えるようにしていっそう密着してくる。

温かい腕の中が心地よくて、もっと触れてほしいなんて大胆なことを考えている自分に気づき、唖然とする。

「なぁ、抱きしめたまま眠ってもいい？」

甘えた声でそう言う朔也さんは、私の髪を何度も撫でる。

初めての私を気遣って、我慢しているんだろうな。これほど大切に思ってくれる彼にならば、すべてを捧げてもかまわないのに。さっきは突然すぎて驚いただけ。

「あっ、あのっ……わ、私を朔也さんのものにしてください」

恥ずかしさのあまりしがみついて顔を隠し、心臓をバクバクさせながら本心を伝える。すると、すさまじい勢いで体を離した彼は、呆然と私を見つめて瞬きを繰り返している。

あれ、間違ってた？

ダメだ。恋の駆け引きなんてわからない。

「今のは忘れて……キャッ」

次の瞬間押し倒されて、今度は私が呆気に取られて固まる。

「まったく。必死にこらえてるのに。煽《あお》ったのは菜々子だからな」

イジワルな笑みを浮かべる朔也さんは、指を絡めて私の手を握る。そして薄い桜色の色気のある唇を動かし「好きだよ」とため息混じりの言葉を吐き出した。

「あっ……」

熱いキスのあと首筋に舌が這い始めると、吐息が漏れてしまう。

照れくさくてたまらず口を押さえると、彼は「ダメだ」と私の手を払った。

「菜々子の甘いため息は、俺を幸せにするんだ。だから我慢しないで聞かせて」

「でもっ、恥ずかし……」

小声で伝えると、彼は首を振り私の手を自分の胸に誘導する。

「わかる？　菜々子にちょっと触れるだけで、こんなに鼓動が速くなる」

本当だ。ドキドキしてる。

「菜々子の全部を知りたい。この白い肌も甘い声も、俺だけのものにしていいんだろ？」

彼はまっすぐに私を見つめ、情欲を纏《まと》った声で言う。

「朔也さん……」

「もう観念して。俺に、堕《お》ちて」

艶っぽい視線を注ぎながらささやく彼は、大きな手で私の頬を包み込み、優しい口づけを落とした。

〝価値観が同じ〟なんてよく言うけれど、それはこういうことなんだと感じさせてくれた朔也さんは、仕事のときの凛々しさからは想像できないほど甘い人だった。

もう完全に彼に堕ちてしまった私は、この先同じ未来を歩けるのがうれしくてたまらない。

「菜々子、余裕だな。なに考えてる」

キスを繰り返しながらブラウスのボタンに手をかける朔也さんが、不満そうに口を開く。

余裕なわけがない。あなたのことを考えて、こんなにドキドキしているんだから。

「さ、朔也さんのことに決まってます」

正直に答えると、彼の目が大きくなった。

「はー。ナチュラルに煽るな。小悪魔め」

「あっ、ちょっ……ん……」

私たちの幸せは、ここから始まる――。

END

Our Happy Ending

水守恵蓮

The Office Love

Anthology

同期で元カレの千川俊哉《せんかわとしや》からの誘いは、人の都合というものをいっさい気にせず、いつも基本的に突然だ。

本日、二月に入って最初の週末を迎える金曜日。

一時間残業して帰り支度をしていたとき、デスクに出してあったスマホに、俊哉からLINEが入った。

【今夜、飯行こう】

私は液晶画面で彼の名を目にしてドキッとしてから、スマホに手を伸ばす。

【私たち、半年前に別れてるよね?】

行く気がないなら、スルーするか、行かないと断ればいい。わざわざチクリと釘を刺して、ワンクッション置いた時点で、私の方も断る気はなかった。

【友達でも、飯くらいいいだろ。おごるからさ】

彼もちゃんと〝今はただの同期で友達〟として誘ってきている。そこを確認して、私はスマホに指を滑らせた。

【じゃあ、銀座《ぎんざ》で焼肉】

返事に続けて入力したのは、一緒に何度も行ったことがあるお店の名前。ややお高めで、行くのはいつも特別なイベントのときだった。

ただの〝友達〟に、この店でおごるとは思えない。だからこそ、このお誘いの裏にある俊哉の真の目的を深読みして、出方を探ったつもりだった。

ところが、俊哉は怯《ひる》まなかった。

【おう！　任せとけ！】

なんだか俊哉らしくないテンションのメッセージと、ご機嫌な様子のスタンプがポンポンと送られてくる。

言い出した私の方が慌てた。【嘘！　もっと安いお店でいい】と返そうとしたけど、早速待ち合わせの場所と時間が記載されたメッセージが届いてしまう。

俊哉が所属する国内営業部は、上半期に部門表彰された。先日、その祝い金が支給されたから、財布が潤ってるってことだろうか……。

それなら、俊哉から誘ってきたんだし。気にしないで、特上クラスのお肉をごちそうしてもらっちゃえ。

私は、気を取り直して、帰り仕度を再開した。

社内で時々見かけることもあるし、同期会で顔を合わせたりもしたけど、俊哉とふたりで会うのは、半年前に別れて以来初めてだ。

俊哉とは、直接お店の前で待ち合わせをしていた。時間を潰しながらのんびり来たら、彼の方が先に来ていて、待たせる形になってしまった。

なのに、私は声をかける前に、少し離れた場所でピタリと足を止めた。

俊哉って、客観的に見てもなかなかイイ男だ。すらりとした長身だから、ロングコートと黒いスーツがよく似合う。精悍《せいかん》な顔立ちのせいか、彼の前を通る女性グループが、わざわざ振り返って二度見していく。

ドライな性格で、あまり表情を変えない人だけど、今の俊哉は人待ち顔。ちょっとジリジリしている様子だ。『遅いな、佳代《かよ》』とでも思ってるのかな。待たせておいてなんだけど、変な優越感のようなものに浸る自分がいる。

無意識に目を細めたとき、俊哉がふとこちらを向いた。私に気付いて「来てたなら、声かけろよ」と口をへの字に曲げる彼に、私は短い謝罪をしながら駆け寄った。

焼肉屋の店内に入ると、パーティションで仕切られた半個室席に案内された。オーダーを終え、ファーストドリンクのビールで乾杯したあと、俊哉は、ふたり揃って仲間付き合いをしている同期同士の、結婚式の話を切り出してきた。

「佳代、智美《ともみ》から、新婦側の受付頼まれてるだろ？」

「え？　……あ、うん」

俊哉が開口一番でなにを話題にするか、どこか身構えていた私は、思わず聞き返してしまった。

彼は私を気にする様子もなく、先を続ける。

「俺も勇希《ゆうき》に頼まれて、新郎側の受付やるんだけど。その件で打ち合わせしたいから、久々に四人で飲もうって。佳代にも伝えてって言われたけど、そっち、智美から聞いてる？」

「あ～、うん。この間聞いたけど……」

今夜の用件、深読みするようなことじゃなかったのかな。

私は焼き野菜を網に並べながら、拍子抜けして、語尾を尻すぼみにした。

私たちが勤務する大手総合商社の同期で、新人研修の頃からの親友、潮崎《しおざき》智美と葛《か》西《さい》勇希の結婚式は、来月予定されている。

交際六年、同棲して三年のふたりは、長い春をこじらせてしまった典型のようなカップルだった。同棲三年目を迎えた頃から喧嘩が絶えず、私の部屋は、そのたびに家出してくる智美の駆け込み寺になっていた。

そんなふたりが、入社七年目の昨夏、晴れて入籍。私が智美から結婚式の受付を頼まれたのは、そのすぐあとのこと。一も二もなくOKしたものの……。

「私たちが受付に並ぶの、どうなのかなあって。少し心配になってきて」

私はトングの先を天井に向けて、ぼんやりと返事をする。

「せっかくの目出度い席で、俺たちが〝両家の顔〟になるのは、縁起が悪いとでも？」

「そう、それ」

俊哉の方もそれなりに意識はしていたようで、私の思考をズバリ読んでくれた。

幸せ真っ只中の親友に水を差すようで気が引けて、私は智美に俊哉と別れたことを言っていない。そしてそれは、彼も同じようだ。

まあ、恋人関係を解消しただけで、同期としての仲間付き合いは変わらない。別れたことを、あえて言う必要がなかったというのもある。

でも今回は、結婚式のお手伝いをするのだ。言っておいた方がいい気がする……。

「佳代。キャベツが焦げてる」

はあ、と深い息を吐く私の前で、俊哉がしれっと網を指し示した。

『人の話聞いてた？』とツッコみたくなるくらい、上から目線で、本当にしれっと。

「トング、もうひとつあるんだから、自分で取って」

今度は、人任せが過ぎる俊哉に対して溜め息を重ねると、彼はほんのちょっとムッとして、渋々といった感じでトングを手に取った。

「冷たいな。いつもはやってくれるのに」

不満げながらも、焦げたキャベツを自分の小皿に移し、無事な残りを私に取り分けてくれる。

いつもここに来るときは、私は俊哉の〝彼女〟だったから。

心の中ではそう思ったけど口には出さないまま、少し先の天井の、ムーディーな丸いライトを見つめる。

俊哉は私の返事を待たず、さっさと先に箸《はし》を持っていた。

「話、戻す。それぞれの受付係が、〝元恋人同士〟じゃダメって決まりはないだろ？」

どうやら、少しは思考を働かせてくれていたようだ。

キャベツを口に放り込んで小首を傾げる彼に、私も目線を戻して一度頷く。

「じゃ、いいんじゃん？」

「軽く言わないで。感覚の問題ってあるじゃない」

俊哉は私の話に耳を傾けながら、網に特選カルビを二枚のせている。

「言っても、智美は佳代を外す気はないと思うぞ？」

「なんで言い切れるの」

「だってお前、智美の親友だし。で、俺も勇希の親友」

俊哉は平然と言ってのけ、網の上でじゅわ〜っと音を立てて焼けるお肉に目を凝らし、ひっくり返すタイミングを計っている。

わりと真剣な目をする彼に見惚《みと》れて、私は無意識にこくっと喉を鳴らしてしまった。

「でもまあ、佳代なら、そんなこと言い出すんじゃないかと思ってた」

目線を下げたまま、俊哉がお肉を二枚ひっくり返した。いい焼け具合のお肉を、私の小皿にも一枚のせてくれる。

「あ、ありが……」

「だったらさ、佳代。……俺たちまた付き合おうよ」

俊哉は、さらりとその言葉を口にした。

本当は、誘いのLINEが来たときから、そういう話になるんじゃないかと思っていた。なのに彼が最初に切り出さなかったから、気が緩んで油断していたところだ。

私は不意打ちされた気分でドキッと胸を弾ませ、声を詰まらせてしまう。

「勇希と智美を、気兼ねなく祝ってやりたいんだろ？　だったら、俺とまた、恋人同士になればいい」

俊哉は自分で納得するようにそう言って、レモン汁にくぐらせたカルビを、パクッと食べる。

「……俊哉って、ほんとそれ、簡単に言うよね」

私も箸でふたつに折ったお肉を、レモン汁をたっぷり絡めて口に運んだ。そうやって、返事に迷う間をごまかす。

「……簡単じゃねえよ」

口元を大きな手で覆った俊哉の声が、一瞬くぐもった。

「え？」

聞き返しながら目線を上げると、宙の真ん中でバチッと目が合った。

「毎回どれだけ考えてると思って……」

彼はぶっきら棒に言い捨て、私から目を逸らす。

「俊哉？」

言葉の続きを促すつもりで箸を止めた。けれど、俊哉は黙って網の上でトングを動かすだけ。きっと、先に自分が発した提案に、私が答えるのを待っているのだろう。

私は、彼の筋張った大きな手をぼんやりと眺め、口を開いた。

「……ちょっと、考えたい」

俊哉の手が、ピタリと止まる。

「考えるって、なんで？」

咎《とが》めるような目を向けられて、私は曖昧《あいまい》に首を傾げる。

「だって、やり直しても、うまくいくのかなって」

「始める前から、そんな心配すんなよ。俺だって、何度も同じこと繰り返すつもりじゃないから、こうして……」

やや荒らぐ声に、私はギクッとして首を縮めた。

私の反応に、俊哉もハッとして言葉を切る。ちょっと気まずそうに目線を彷徨《さまよ》わせてから、気を取り直したように、短く浅い息を吐いた。

「……ごめん。とにかく。勇希たちの結婚式が気になるなら、ＯＫで構わないだろ」

「ちょっ……」

最後は強引に話を収められ、私は抗議しようとして、わずかに腰を浮かした。このまま、押し切られていいわけがない。

けれど、いつもは焼肉奉行も鍋奉行も絶対にやらない、時代遅れなほど亭主関白型の俊哉が、私の分のお肉もいそいそと焼いてくれるのを見て、口を噤《つぐ》んで座り直す。

「智美たちも、けじめつけたのに。私たちは……」

私の独り言は、脂が跳ねる音にかき消され、彼には聞こえなかったみたいだ。

俊哉は、智美と勇希を〝お騒がせカップル〟と揶揄《やゆ》するけれど、それを言ったら私たちの方が、よっぽどタチが悪い。

私は島田《しまだ》佳代。大手総合商社の人事部に勤務して七年目、二十九歳になったばかりの普通のOLだ。

私と俊哉は、入社後すぐに行われた二週間の新人研修で知り合い、最終日に彼の方から『付き合おう』と言ってくれて、交際を始めた。

同じく研修で仲良くなった智美には報告したいと思ったけれど、当時の私たちはまだ、配属部署が決まったばかりの社会人一年生。学生気分が抜けず、仕事そっちのけで浮かれてると思われたくなくて内緒にしていた。そのあとも……付き合ったり別れたりしてるせいで、報告できずにいた。だけど一年ほど前、デートを目撃されて、俊哉との交際を知られてしまった。

学生時代にバスケの大学リーグで活躍していたスポーツマンの俊哉は、ドライで大人びていて、なかなかなびかない感じが、女性受けする。

対して私は、へにゃっとした垂れ目で、愛嬌《あいきょう》はあるけど美人とはほど遠い顔立ちだ。

ふわふわ天然パーマのせいか、周りからは『ふわっとしてる』と言われる。身長も百五十八センチとやや小柄のため、見た目的にも、俊哉と並ぶとけっこうデコボコだ。

親が『寂しがりやの甘えん坊』と太鼓判を押す、のんびりとした性格の私に対して、俊哉はなんでも冷静にスピーディーにこなすタイプ。強気を通り越して、傍若無人《ぼうじゃくぶじん》ともいえる、強引なところも魅力。デート中もグイグイ引っ張ってくれる俊哉は頼もしくて、私はすぐに彼が大好きになった。

だけど、ものの見方や捉え方は、まったく違う。

学生時代の部活の関係で、友人が多い俊哉は、彼らとの付き合いも大事にしていた。デート中に仲間から誘いが入ると、『彼女も一緒でいい？』と言って、断ろうとしない。

そういうことが続くと、ふたりきりで過ごしたいと思うのは私だけなのかなと、寂しさを抑えられなかった。結局、私の方から『友達に戻ろう』と告げて、最初の付き合いは四カ月で終わった。

それから一年経ったとき、同期会の帰りに、俊哉に『もう一度俺と付き合わない？』と言われた。別れたあと、友達付き合いはうまくできていたから、私も今度はきっと大丈夫と、返事を迷わなかった。

次の別れは、私が、大学時代のバスケ部マネージャーだった女性と俊哉の仲を疑ったせいだ。言い合いになったとき、『俺は、仲間と会っちゃいけないのかよ？』と、悲しげに言われて、私はハッとした。

俊哉に悲しい顔をさせてしまうなら、もっと一緒にいたいと思うのは、私の我儘《わがまま》でしかない。一年経っても成長しない自分が嫌で、私は彼に『ごめんね』と謝って別れた。

お互い入社して四年目を迎えようとしていた頃、俊哉が『やっぱり俺、また佳代と付き合いたい』と言ってくれた。私は彼を嫌いになって別れたわけじゃない。二度も別れた私にそう言ってくれたのが、素直に嬉しかった。

だけどその頃、これまで着実にキャリアを重ねてきた俊哉は、大きなプロジェクトに名を連ねるようになっていた。仕事は多忙を極め、友人はもちろん、私と会う時間を作るのにも苦労しているようだった。

俊哉を応援したいけど、まともに会えない期間が長くなると、寂しい気持ちも抑えられない。

『私のことは気にしないで、仕事に専念して』

三度目、私は彼の負担になるのを恐れて、再び恋人関係を終えることを選んだ。

私にとって俊哉に告げる〝サヨナラ〟は、我慢しきれず我儘になってしまう前の逃げ道。友達に戻るのも、喧嘩になって嫌われてしまうのを避ける手段だ。

こうして、最初の付き合いから七年の間に、私たちは四回付き合って四回別れた。

彼が私との別れを、どう受け止めていたかは知らない。だけど、三度目も四度目も黙って頷いていたから、俊哉にとっても、仕事に打ち込むために、私とは別れて友達に戻る方が都合がよかったのかもしれない。

俊哉の身辺は華やかで、同じ国内営業部の女性から、何度か交際を申し込まれたことがあるようだ。そんな彼が、どうして何度も私と付き合いたいと思うのか、正直よくわからない。

でも、私にとって俊哉は、この七年間でたったひとりの好きな人。

彼が『やり直そう』と言ってくれるたびに、今度は逃げないと自分に言い聞かせた。なのに私は、いつまでたっても弱いまま。変われない自分に自信を持てず、恋に臆病になっている。

だけど……。

入社以来の親友の結婚式を一カ月後に控えている今、私もこのままじゃいけない、という思いはある。

会計を済ませてお店から出てきた俊哉に、「ごちそう様」とお礼を言う。彼は財布をカバンにしまいながら、「ああ」と軽く返してきた。

「佳代。このあとどうする?」

俊哉が腕時計に目を落とすのにつられて、私も自分の時計で時間を確認した。

午後九時半。なにをするにも中途半端な時間だ。

「今日は……」

『帰る』と言おうとした私を、

「うち来る?」

俊哉が、私より頭ひとつ半分高い位置から、見下ろして誘ってきた。

「……そういう誘いは、いきなりすぎない?」

口をへの字に曲げ、咎めるように見上げると、彼はしれっと明後日の方向に目線を逃がす。そんな彼に、私は小さな溜め息をついた。

「ねえ俊哉。今までも、うまくいくって信じて、やり直そうって言ってくれたんだよね?」

「え? 当たり前だろ」

「私もいつも、今度こそって思ってた。……でも私は、変われなくて」

俊哉から視線を外し、自嘲《じちょう》気味に呟く。

「変わる、って」

俊哉が困惑した表情を浮かべるのを確認して、私は一度大きく息を吸った。

「だから、俊哉。これで、最後にしよう」

「えっ……?」

「やり直すのは、今回が最後」

半分以上は自分に言い聞かせるつもりで、顔の前で握り拳《こぶし》を作って宣言した。

俊哉はいつも、今度こそって信じてくれていた。それなのに私は、俊哉に嫌われたくなくて、友達としてでも付き合い続けたくて、〝サヨナラ〟に逃げてしまっていた。

こんな我儘な私に、いつまでも付き合わせていてはいけない。

「恋人に戻るのは、今回で終わり。今度別れたら、もう友達としてでも、一緒に食事に行ったりもしない。泣いても笑っても、これが最後のお付き合い。私も、初心に戻るつもりで、やり直すから」

そう、それだ……。

私は〝今度こそ〟と、今まで以上に強い決意を、胸に張《みなぎ》らせた。

俊哉はなんて言って返したものかわからないといった様子で、戸惑った表情を浮かべている。

「じゃ、今夜はこれで。おやすみなさい」

私は彼に手を振って、くるりと背を向けた。

俊哉はまだお店の前に立ち尽くしているけれど、私は駅に向かって歩きだす。

すると。

「佳代！」

彼の声が、私の背を追ってきた。立ち止まって、そおっと振り返る。

彼はスラックスのポケットに片手を突っ込み、私に向かって声を張り上げた。

「だったら、明日。デートしよう！」

「へっ」

またしても、私の予定というものをこれっぽっちも考えていない、勝手なお誘い。

「いいよ。それなら俺も、〝初心に戻るつもりで〟。健全なデートで、一から仕掛け直してやる」

「ちょっ……俊哉⁉」

このあとの誘いを無下に断られて、ヤケになってるんだろうか。

たいしてお酒は飲んでいない。いや、たとえ酔っていても、人目のあるところでそんなことを言うなんて、俊哉らしくない。

「恋人に戻るのは、今回で終わり。要は、別れなきゃいいってことだろ?」

俊哉を制止しようとして、お店の前に戻りかけた私に、彼がそう畳みかけてくる。

「だったら、俺は、もう絶対、お前に別れようなんて言わせない。たとえ言われても、嫌だって拒否するからな」

言ってるうちにムキになっていくみたいに、俊哉の声がだんだん大きくなる。

大通りから一本脇道に入った通りは、飲食店が建ち並んでいるから、金曜日のこの時間、わりと人の往来が激しい。離れた位置から言い合う私たちを、痴話《ちわ》喧嘩をしてるとでも思っているのか、行き交う人たちがわざわざ振り返って注目している。

「俊哉っ……声が大きい!」

好奇の視線に晒《さら》されて、頬を赤らめる私を見据え、俊哉は平然として、ふんと鼻を鳴らした。

「なにがあっても、別れようなんて言えなくなるよう、とことん俺に惚れさせてやる。いいか、佳代! 明日十時。車で迎えに行くから、待ってろ」

どこまでも一方的で、まるで挑戦状のような約束を押しつけ、彼は私の返事も聞かず、逆方向に向かって歩きだした。頭上に掲げた片腕を、〝バイバイ〟と振っている。

『とことん俺に惚れさせてやる』って……。

「な、なにそれ」

私はただただ、ポカンとしてしまった。


翌日。私は、オフホワイトのニットにボルドーのガウチョパンツを合わせて、グレーのコートを腕にかけ、十時ちょっと前にマンションから外に出た。

黒いタートルネックのニットにアイボリーのカーゴパンツ、キャメルのダッフルコートを身につけた俊哉が、愛車の黒いワンボックスに背を預け、私を待ち構えていた。

「おはよう、佳代」

大きくブンブンと手を振って合図する彼に、一瞬ドキンと胸が跳ねる。

俊哉は遅刻魔ってことはないけれど、今までのデートをどう顧《かえり》みても、先に来て待っているのは圧倒的に私の方が多かった。

「おはよう。……ごめん、けっこう待たせた?」

小走りで駆け寄ると、俊哉はニッと口角を上げて、「さあ?」とうそぶく。

「佳代はそういうこと気にしなくていいから」

このやり取りには、なにやらすごいデジャビュを感じる。

「寒いだろ、乗って」

自分も二の腕をさすりながら運転席に回る彼の背を、私はそっと目で追った。

その寒い中、なんでわざわざ外に出て私を待っていたのか……いつにない俊哉の態度に、ただただ首を捻《ひね》る。

助手席に乗ってシートベルトを締めていると、俊哉が軽く車体を揺らして運転席に乗り込んでくる。

エンジンをかける彼を、横目で窺いながら。

「もしかして、初めてのデート、再現しようとしてる？」

ブルンと音を立ててエンジンが駆動するのと同時に、俊哉がビクンと肩を震わせた。

一拍分の間を置いて、私につーっと横目を流してくる。

「……バレた？」

「当たり前。覚えてるに決まってるじゃない」

昨夜の俊哉の、〝健全な〟デート宣言がなくても、一目瞭然だ。

初めてのデートのとき、車がわからないだろうから、と俊哉は今と同じように外に出て待っていた。待たせたと思って謝った私を、『気にしないで』と気遣ってくれた。

激しい既視感。七年も前の付き合いたての私たちを、今の擦れてしまった私たちが再現しようとしている。

「どうしちゃったの？　俊哉らしくもない。どうせ、すぐにヤらしいとこに連れてかれると思ってた」

昨夜はなああに誘ってきたくせに、一転して初々しいことをしようとする俊哉に、ほんのりくすぐったさを感じた。

私はシートに深く背を預けてからかいながら、運転席の俊哉を横目で窺う。彼は無言でハンドルに手をかけ、ふうっと息を吐いた。

「俺、佳代の中でどんな男なの」

真剣な横顔に、不覚にもドキッと胸が跳ねる。

ちょっと気恥ずかしくなったからって、茶化しすぎた？

私は慌てて、すぐに謝った。

「え、っと……。ごめん。ほんとに、ごめんね。言いすぎた」

それには俊哉も、何度か頷いて返してくれる。

「わかってる。こっちもごめん。……とにかく、行くぞ」

そう言って、サイドブレーキを解除して、グンとアクセルを踏み込んだ。

住宅が建ち並ぶ細い道を通り抜け、スムーズに大通りに合流すると、私に「どこ行きたい？」と訊ねてくる。

「え……？」

七年前も、俊哉は私にそう聞いてくれた。緊張していた私は、これといった希望を挙げられず、結局彼に全部お任せしてしまった。

俊哉が初めてのデートを再現しようとしているなら、私もそれにのっかって、お任せするのが正解なのかもしれない。

だけど私は、わずかな間逡巡《しゅんじゅん》した。ゴクッと唾を飲んで意を固め、顔を上げる。

「それじゃあ……」

まっすぐ前を向いたまま、行き先の希望を彼に告げた。


私たちは、お台場《だいば》のショッピングモールにやってきた。

着いてすぐ、シネコンで映画のチケットを購入して、フードコートで軽くランチ。映画が始まるまで、腹ごなしにウィンドウショッピング。

映画鑑賞のあとは、お茶を飲みながらお互いの感想なんかを話し、再びお店巡《めぐ》り。

夕陽が傾いた頃に、海辺のプロムナードを散歩――。

多分、私が『お台場に行きたい』と言った時点で、気付いていただろう、と思う。それでも、彼はここまでなにも言わなかった。今、冬の冷たい海風に大きな身体を縮め、「なんだよ」と小さな声でボヤく。

「佳代の希望って、俺が初めてのデートで連れてきた、まんまじゃないか」

俊哉の前を、地面を蹴り上げるように歩いていた私は、振り返ってクスッと笑う。

「だって、それが希望だもん」

「それでよかったなら、俺に任せてくれればいいのに」

寒そうにぶるっと身体を震わせる俊哉に背を向け、私はひょいと肩を竦《すく》めた。

「七年前の私たちを、今の私たちが再現しちゃいけないんだよ」

「え？」

「ううん。なんでもない」

独り言のつもりだったのに聞き返されて、私は慌てて首を横に振った。

なんとなく口をついて出た言葉だったけど、その通りだと思った。初めてのデートのあと、私たちは七年の時を重ね、思い出を作ってきた。初心に戻るつもりで初デートを再現しても、私も俊哉も、付き合い始めた頃の私たちには戻れない。

緊張して、どこに行きたいかも言えなかった、七年前の私とは違う。今回、私の希望でここに来たというだけで、〝再現デート〟も少しは意味があるのだ。

「……なあ～。佳代」

ついつい思い耽《ふけ》っていたら、背後から掠《かす》れた声で呼ばれた。海風に消え入ってしまう声を拾って、私はハッと我に返る。

身体ごと振り返ると、俊哉がさっきよりも小さく身を縮めて、見てわかるくらいガタガタと震えていた。

「マジ、寒い……。散歩はそろそろ切り上げねえ？」

鼻の頭を真っ赤にして、精悍な顔を情けなく歪《ゆが》ませる俊哉。私は今まで、彼のこんな顔を、見たことがない。

「初めて来たときは、春だった……。こんな真冬に、お台場なんか来たことない」

「ご、ごめん！　そうだったよね」

洟《はな》を啜《すす》り、まるで泣き出しそうにも見える俊哉に、私は慌てて謝った。

俊哉は引き締まった身体つきをしているから、一般男性の平均よりも体脂肪が少ない。それゆえ、私よりずっとずっと寒がり。私はこのくらいなら耐えられるけど、彼の唇はチアノーゼ状態だ。

「俊哉！　すぐ暖かいとこ、行こう！」

気遣えなかったのが申し訳なくて、私は彼の腕を抱きしめ、グイと引っ張った。

ところが、俊哉はまるで覆いかぶさるように、私をぎゅうっと抱きしめてくる。

「ひゃっ！」

「無理。とりあえず、速攻であったまりたい。ちょっと湯たんぽになって」

たくましい胸に顔を埋めてもがく私の耳元で、彼が背を屈めて囁く。

耳を掠める俊哉の頬が、本当に氷のように冷たいから、私は抵抗をやめた。

それが伝わったのか、俊哉が吐息混じりに笑う。

「あ〜、あったかい。佳代って体温高いよな。平熱何度あるの？」

「た、たいして俊哉と変わらないと思うけど。私は俊哉と違って、脂肪の着ぐるみを纏《まと》ってるようなもんだから」

この程度の接触は慣れているとはいえ、半年ぶりだ。ドキドキしてしまうのを気付かれまいと、そんな言葉でごまかす。

それには俊哉も、プッと笑った。

「自虐的だなあ。俺、そこまでひどいこと言ってないのに」

「私は文系人間なので、語感を読めるんです」

「……じゃあ、もっと読めよ」

「え？」

わずかに低くなった声に導かれ、私はそっと顔を上げた。顎を引いて私を見下ろしていた俊哉と、宙で視線がぶつかる。

「ただの再現デートだったら、できなかったこと……したい」

寒さのあまり、潤んだ彼の瞳の奥で、一瞬なにかの光がゆらりと揺れた。

それに気を取られ、「なに？」と聞き返す間もなく――。

「んっ……」

寒風に晒されて乾いた俊哉の冷たい唇が、私の唇に触れた。尖《とが》らせた舌先が、やすやすと口の中に侵入してきて、潤いを求めるようにかき乱し貪《むさぼ》る。

身体の奥の方が、きゅうんと疼《うず》く感覚にドキッとする。今まで何度も交わしたキスが、なんだか今日はやけに甘い。

離れていく彼の唇を目で追って、私はむうっと頬を膨らませた。

「……こんなキスしたら、せっかくの健全なデートが台無しじゃない」

「悪い。軽くするだけで、やめとくつもりだったんだけど」

俊哉も「はは」と苦笑して、私を解放した。その腕を私の肩に回して、グッと抱き寄せてくる。私は勢いあまって、彼の肩口にコツンとこめかみをぶつけてしまった。

小さく、「きゃっ」と悲鳴をあげる私に……。

「俺、佳代とキスすると、軽いのじゃ足りなくて、もっとディープに、奥まで攻め込みたくなるんだよな」

いつもよりワントーン低い声で、俊哉がなんとも意味深に囁く。

不覚にも心臓がドキンと拍動し、私は言葉に詰まってしまった。

「バ、バカ」

悔し紛れにそれだけ返すのが、精一杯。

俊哉は私の胸の反応を見透かしたようにクスクス笑って、さらに腕に力を込めた。

彼の体温が頬から伝わってきて、私の方が、じんわりと温められていく。

心地よさに抗《あらが》えず、私はそっと目を閉じた。

「佳代、飯行こう」

俊哉が促す声が、耳をくすぐる。

「そのあとは湾岸の夜景を眺めながら車走らせて、解散は佳代のマンションの前で午後九時頃……だろ？」

「……うん」

私は俊哉の腕を解かずに、身を委ねるように寄り添ってプロムナードをあとにした。

うちの会社では、全社的に水曜日のノー残業を推奨している。どんなに忙しい社員でも、水曜日なら早帰りしやすい。

私と俊哉は、翌週水曜日の夜、智美と勇希と会社近くの洋風居酒屋で落ち合い、円形のテーブルを囲んだ。

久しぶりに四人揃った飲み会は、智美たちの結婚式の受付のこと、という用件だったけれど、大事な話は乾杯後十五分ほどで終了。私たちはすぐにいつもの調子で、会話に花を咲かせた。

「それでね、聞いてよ、佳代！　勇希ったら、引き出物選びに行くって約束した日に、休日出勤入れちゃったんだよ！」

智美がビールジョッキを豪快に傾け、ゴクゴクと一気に飲み干す。

「はは。勇希は会社史上最年少で課長に昇進した、有能な人だもの。忙しいよねえ」

私は智美には苦笑を返し、一応勇希をフォローするような声掛けをした。

彼女はそれを不服そうに、眉間に皺《しわ》を寄せる。

「あー。俊哉～。佳代が勇希の味方する」

じっとりした目で矛先《ほこさき》を向けられた俊哉が、頬杖をついてちらりと目線を流した。

「勇希は同期一優秀な男なんだから、大目に見てやれよ。智美だって、そんな男が旦那で、本当は鼻高いんだろ？」

俊哉がドライに見透かした言い方をすると、智美はさらにむくれる。

そのタイミングで、ローラーカッターでピザをカットするのに夢中だった勇希が、溜め息混じりに顔を上げた。

「智美。それ、今ここで蒸し返す話かよ？　何度も謝ったし、結果的に間に合ったんだ。いいだろ」

智美はジョッキをテーブルに戻し、彼の方にグッと身を乗り出す。

「間に合った、って、ギリギリじゃない！　しかも汗ダラダラで、プランナーさんも本気で引いてた」

「仕方ないだろ⁉　猛ダッシュしたんだから、許せって」

俊哉は早速ピザにかじりつき、言い合うふたりに呆れた目を向ける。

「結婚式を一カ月後に控えたカップルが、くだらないことで喧嘩するなよ」

しれっと口を挟む俊哉に、智美と勇希は仲良く揃って、「くだらなくない！」と、くわっと眦《まなじり》を裂いた。

喧嘩ばかりのふたりでも、タッグを組んだら最強になる。ふたりの連帯攻撃をもろに浴びて、さすがの俊哉もビクッと身を竦めた。

「結婚式！　一生に一度の人生最大のビッグイベントなんだから。引き出物もなにもかも、ちゃんとふたりで納得いくまで意見し合って決める。これ、大事なことなの！」

俊哉に鼻息荒く言いのけた智美が、今度は私の方を向いて同意を求めてくる。

「ね、佳代！　佳代は私の気持ち、わかってくれるよね⁉」

「うん。わかる。一生の思い出だもん。絶対心残りのない結婚式にしたいよね」

智美の肩を叩いてなだめながら、うんうんと首を縦に振ってみせる。

そんな私たちの横で、勇希は俊哉に絡んでいた。

「なあ、俊哉。お前もな、いずれ、絶対に今の俺の気持ちがわかるぞ」

飲むピッチが早かったから、ちょっと酔いが回り始めたのかもしれない。勇希は目の下をほんのり赤く染めて、隣に座る俊哉の肩に大きく腕を回した。

「よせって、暑苦しい」

俊哉のつれない反応に、勇希がまるで子供みたいに唇を尖らせた。

「他人事だと思ってるんだろうけどなあ。いざ！ってときは、俊哉と佳代も絶対に言い合いになるぞ～」

「なんだよ、いざ！って」

顔を寄せる勇希から逃げた俊哉が、私の方に身体を傾けてくる。

「とぼけんなよ。いざ！って言ったら、結婚に決まってるだろ」

「けっ、結婚⁉」

俊哉が、今まで聞いたことがないくらい、ひっくり返った声をあげた。

カクテルグラスを口に運んでいた私も、勇希が断言するのを聞いて、思わず吹き出しそうになった。吸い込んだ息がひゅっと音を立て、ゴホッとむせ返ってしまう。

私たちの反応に、智美と勇希が困惑した様子で顔を見合わせた。

「あれ……。もしかして、まだそういうのは考えてないの？」

智美が遠慮がちに、だけどしっかりと探り入れてくる。

私は、無意識に逆側の俊哉に視線を送った。彼も私から顔を背けたものの、訝《いぶか》しげに首を傾げる勇希に迎え撃たれる格好になり、行き場をなくして天井を仰いだ。

誰も彼もが探り合い、騒がしかった私たちのテーブルに、気まずい沈黙がよぎる。

「あ～……えっと、なんか、ごめん」

智美が、自身の質問を取り下げるように、口を開いた。

「ほんと、勝手に先走って、ごめん。えっと……智美とふたりで、よく話してたから。俊哉と佳代の結婚式では、俺たち、ひと肌もふた肌も脱がなきゃな、って」

勇希が取り繕うように笑って、ポリポリと頭をかく。その隣で智美も肩を縮めて、大きく頷いている。

「俊哉と佳代も付き合って一年以上になるし、結婚考えるタイミングとしてもちょうどいいでしょ？　そうなったらいいねって……」

確かに、半年前に別れていなかったら、〝付き合って一年以上〟で間違っていない。いや……別れたけど、付き合っていた期間を通算したら、もっともっと長い。でも、智美たちの付き合いとは、比べる次元が違う。

「あ～……私たちは、まだまだないかな」

なにか言わなきゃ、という気持ちが逸《はや》り、私は笑ってふたりにそう返した。

俊哉が大きな手を顔に当て、横目で私を窺っているのを感じる。

「そ、そうなの？」

智美は私のリアクションにホッとしたような、それでいて返事には残念そうな、なんとも複雑な表情をした。

勇希は無言で俊哉に目を向け、彼の反応を観察している。

「うん。だって、付き合って七年目の智美と勇希が、やっと！ゴールインだってのに。私と俊哉なんか、まだひよっこでしょ」

我ながらうまいと思う言い訳に、テーブルに頬杖をついてクスクス笑う。

それには勇希が、「はは」と情けない声を漏らした。智美も、ひょいと肩を竦める。

「まあ、そこをつかれると、私たちも痛いとこだけど」

「でしょ？　だから、私たちの心配はいいから、今は自分たちのことだけ考えて」

どうやら私は、一瞬漂った妙な空気を、いつもの和やかなものに戻すことに成功したようだ。

話題が変わっていくのにホッと安堵の息を漏らし、両手でグラスを持つ。チビチビとグラスに口をつけながら、私は隣の俊哉を気にしていた。

俊哉はいつも飄々《ひょうひょう》としていて、この四人の中でどんな話題になっても、淡々とドライにやり込めるのが得意技だった。

そんな俊哉でも、まったく予期せず結婚の話題を出されてさすがに動揺したのだろう。だけど、口を閉ざして黙ってしまうなんて、彼らしくない。

俊哉を気にしている私を置きざりにして、三人で会話が盛り上がり始めている。

会話から取り残される中、なぜか自分が沈んでいるのに気付いた。

――そんなに困ることかな。動揺することなのかな。

今回やり直そうってなったとき、『別れなきゃいいってことだろ』なんて言ったのは、俊哉なのに。

ずっと別れないって……それって、いずれは結婚するってことなんじゃないの？　私もそれを意識して言ったわけじゃないけど、俊哉に宣言されてから、心のどこかで考えていた。

私が逃げずにいられたら、そういう将来にたどり着くのかな、って。

でも、そうじゃなかったんだ。俊哉は売り言葉に買い言葉で、勢いで口走っただけだったんだ……。

一度考えだしたら止まらなくなり、私はそのあとずっと上の空になってしまった。

翌朝、私は二日酔い時特有の胃のムカつきと、鈍い頭痛を引きずったまま出勤した。

私が所属する人事部は、社員の個人情報を扱う特性上、同じフロアを共有する他の部署と、ガラス窓で仕切られている。こちら側からだだっ広いフロアを見ると、隔離されているようで寂しい。

俊哉や勇希、そして智美が所属する営業部門と比べると、極端なほど人数が少ない。おかげで、いまだに私には後輩がいない。いつまでも一番下っ端のままだ。

朝一番で、人事システムのホストコンピューターを起動させるのは、この七年間ずっと私の仕事。全社員の個人データが管理されている、社内でもトップレベルのセキュリティ機能のシステムだ。

自分のデスクに戻ると、早速パソコンで勤怠管理データにアクセスした。全社員の勤務状況が画面いっぱいに映し出される。

ここ数年で、残業時間の削減だけじゃなく、始業前出勤時間も厳格化された。三十分以上前の出勤は〝早残業〟の扱いで、事前申請が必要だ。無申請で一分でも早い打刻があると、社員名の頭にアラートが表示される。月に一度、集計データを各部の部長宛てに発信して、勤務体制の改善を求めるのは人事部の大事な業務だ。

データをザッと流し見ただけで、私は苦笑してしまう。特にアラートが多いのは、当然ながら営業部門。ワーストツートップは、だいたいいつも国内・海外両営業部だ。

今は俊哉もそれほど繁忙期ではないはずだけど、昨日のデータでは出勤時刻でアラートが出ている。昨夜は飲み会があったから、早く仕事を切り上げられるように朝は早めに出勤したんだろうな、と考えていたとき、ＰＨＳに内線電話が入った。

「はい、人事部、島田です」

電話の相手は、営業審査部の事務職の女性だった。

『結婚して姓が変わったので、人事手続きについて教えていただきたいんですが』

耳に届いた〝結婚〟という単語に反応して、指がピクッと震えてしまった。

「そ、そうですか。おめでとうございます」

ドキドキと心臓が騒ぎだす自分に動揺しながら、通り一遍の祝辞を述べる。

結婚に関する手続きは、いちいち資料を見なくても、全部頭に入っている。必要な書類や手続きについて、丁寧に説明をして電話を切った。

ＰＨＳを卓上ホルダに戻してから、私は喉を仰《の》け反《ぞ》らせて天井を仰いだ。

多くの社員を抱える会社だから、一日一回とまでは言わなくても、結婚関連の問い合わせは頻繁に入る。もちろん、対応にも慣れている。なのに、朝からドッと疲れた気分になってしまった。

なぜだか全身から力が抜けていくようで、私はがっくりとデスクに顔を伏せた。

――なんだろう。私、なんで、昨夜の些細《ささい》な引っかかりを、仕事でも引きずってるんだろう。


朝から浮かない気分でぼんやりしていたせいか、いつもなら午前中で終わる仕事が、正午を回っても片付かなかった。

普段より大幅に遅れて休憩に入った私は、完全に混雑のピークを越えた社食に、営業時間ギリギリで飛び込んだ。

メニューのサンプルが並ぶショーケースを、腰を屈めて覗き込む。

さすがに、定食類はすべて売り切れの表示が出ている。うどんや蕎麦《そば》などの麺類も、人気の季節替わりのメニューはこぞって売り切れ。すぐにお腹が空きそうな、寂しいメニューしか残っていない。

まったく選択肢がないときは、いつ来ても必ず残っている、安全牌のカレーに限る。

私は即断して、まっすぐカレーのカウンターに向かった。

どうやら、私と同じ理由でカレーにたどり着いたらしい先客を見つける。

キリッとしたスーツ姿の男性が、近付く私に気付いて、こちらに顔を向け……。

「お。佳代じゃん。お疲れ。昨夜はどうも」

明るく声をかけてくれたのは勇希だった。

「う、うん。こちらこそ」

私は挨拶を返しながら、厨房スタッフから大盛りカレーを受け取る勇希を、ジッと見つめる。隣に並んで彼の横顔を見上げ、パチパチと瞬きした。

「ん？」

勇希が、私を不思議そうに見下ろす。そして、私が、勇希の顔とトレーの上のカレーを交互に見遣っているのに気付いたようだ。私の思考回路を見透かしたのか、「はは」

と恥ずかしそうに笑う。

「カレーが原因で、深刻な別れの危機に陥る喧嘩したくせに、食うんだ？って顔してるぞ、佳代」

まさにその通り。苦笑混じりの勇希に、私も思わず吹き出す。

「そうそう。あの頃、勇希、プロジェクトで忙しくて、昼食はいつ来てもカレーしか残ってなかったのに、家に帰っても毎日カレー出されて、むくれたんだよね」

「むくれたって……」

「具をぐちゃぐちゃにされたって怒って、智美、家出してうちに駆け込んできた」

「……面目ない」

勇希もさすがにきまり悪そうに、肩を縮める。

「智美が『別れる』って本気だったから、私もどうしようかと思った。……ふふ。なんか、懐かしいね」

彼には笑ってそう返し、私はカウンターの向こうのスタッフに声をかける。

「すみません、半量でお願いします」

勇希は私の隣に立ったまま、眉尻を下げた。

「その節は、本当にご迷惑おかけしました。……俊哉にも『お前ら、マジ、くだらないことで喧嘩してんな〜』って、さんざん笑われた」

「それは今でも変わらないけどね〜」

自分たちのことは棚に上げて、私はちょっとだけ意地悪にからかってみる。

勇希が、「うるせ」とふてくされたような返事をした。

「トラウマになって、食べられなくなったんじゃないかと思った」

厨房スタッフから、勇希と比べて半分以下の量のカレーが盛られたプレートを受け取りながら、軽く彼を見遣る。

それを聞いて、勇希は、ふっと目を細めて微笑む。

「むしろ、好物だよ。……あの喧嘩は、俺と智美にとって、大事な転機になったと思ってるから」

やんちゃだけど、こういう爽やかで前向きなところが、勇希の一番の魅力だ。結婚しても、社内の女性に人気があるのも納得できる。

「……ん」

大事な転機になる喧嘩……。

私は、俊哉を思い浮かべ、その言葉を自分たちに当てはめてみた。

私と俊哉も、些細な喧嘩はいくらでもした。でも、別れの危機に陥るほどの喧嘩や言い合いはした記憶はない。

そうなる前に、〝友達〟に戻って逃げた。私のせい――。

「佳代、ひとり？　だったら、一緒にどう？」

「あ、うん。もちろん」

お水とスプーンをトレーにのせて、ふたりで日当たりのいい窓際の席に向かう。

四人掛けのテーブルに向かい合って座ると、早速スプーンを手にした勇希が、「あ」と思い出したように声をあげた。

「昨夜。なんか、悪かったな」

「え？」

「ああ、いや……。なんか、妙な雰囲気になっちゃったろ？」

勇希が、歯切れ悪く続けるのを聞いて、私の胸がドキッと跳ねる。

「あ、ああ……。うん。こっちこそごめんね」

なんとかニコッと笑ってから、私もスプーンを手に取った。

「気にしないでね。私たちは私たちで、それなりに楽しくやってるから」

取り繕うようにあげた笑い声が、自分の耳にもやけに乾いて聞こえた。

無言でせかせか食べ始めたものの、勇希の手は止まっている。心の内を見透かされている気がして、私は顔を上げることができない。

そっと上目遣いに窺うと、勇希はどこか腑《ふ》に落ちない表情を浮かべていた。

「なあ。なにかあったなら、俺も智美も話聞くし、力になるから、なんでも言えよ？」

やや声を低くして、勇希が私に探り入れてくる。

ビクンと手が震えるのを隠しきれない。ごまかそうとして、食事の手を止めた。

「俺たちが結婚に踏みきれたのは、佳代と俊哉のおかげだと思ってるし」

真摯に向けられる温かい言葉に、胸がきゅんとしてしまう。

おずおずと顔を上げると、勇希がテーブルに頬杖をついて、首を傾げていた。まっすぐ目が合うと、彼らしい明るい笑みを浮かべてくれる。

私は、ゴクンと唾を飲んだ。そして、わずかに逡巡したあと、スプーンを置いて、背筋を伸ばす。

「佳代？」

私が改まった気配に気付き、勇希が短く呼びかけてくる。

「勇希って、どうして俊哉と親友でいられるの？」

「へ？」

きっと彼には相当予想外の質問だったのだろう。聞き返してきた声が、笑っちゃうくらい裏返った。

「ほら、俊哉って掴みどころがない人じゃない？　昔から、擦れてるほど大人びてて、ドライを通り越して冷たいと思うところもあるし」

私が指折り数え上げて畳みかけると、勇希はきょとんとしたあと、「ブブッ」と勢いよく吹き出した。

「まあ、いちいちその通りの男だと思うけど。それなら俺も逆に聞く。佳代はそんな男のどこがよくて、付き合ってるの？」

「えっ……」

彼の切り返しは予想できたはずなのに、私の胸を抉《えぐ》った。

「俺たち、入社当初からの付き合いだよね。もちろん佳代も、俊哉がそういう男だって知ってて、男女として付き合い始めたわけだろ？」

返事に窮して口ごもる私を、勇希はジッと観察して、スッと姿勢を正した。

「先に聞かれたのは俺だから、答えるね。そうだな……俺と正反対だから、かな」

「……そうだね」

「で、俺と智美は似すぎてるの。だから、怒りも喜びも悲しみも、あらゆる感情の沸点が同じ」

「感情の沸点?」

言葉尻を拾って繰り返すと、彼は「そう」と相槌《あいづち》を打った。

「喧嘩になっても冷めるタイミングが同じだから、そこを狙って仲直り……。喧嘩を怖がることもなかった。でも、あのときは……」

言葉を切った勇希が、視線を宙に彷徨わせる。

きっと今、彼の脳裏には、まだ記憶に新しい、彼ら史上最も深刻な危機に陥った、あの喧嘩がよぎっているのだろう。

「似てるからこそ、気付けない部分っていうのに直面した。それを、俊哉は俺とは全然違う目線で観察して、見抜いて指摘してくれた。確かに、冷たく思えるほどドライだけど、アイツはいつも冷静に周りを見て意見を聞いて、助言してくれる」

勇希の話を聞きながら、私は出会ってから今までの俊哉の姿を、走馬燈のように思い浮かべていた。

私は勇希以上に俊哉を知っている。だから、彼が言う俊哉とは違う俊哉も、たくさん浮かんでくるけれど……。

「俊哉に言われるひと言は、他のなによりもぬくもりと重みを感じる。同期としても、同じ営業職っていうライバルとしても、俺は俊哉が大好きだし、信頼してる。すごいヤツだと尊敬もしてる。……まあ、こんなの本人に言ったことないけどな」

俊哉を手放しで褒めてくれる勇希に、なんだか心が揺さぶられた。

なにか込み上げるものがあり、私は慌てて顔を伏せる。一度、ズッと洟を啜ってから、「うん」と頷いて返した。

「でも、勇希の方がすごいよ。勇希はうちの同期の誇りだもんね」

「課長昇進のこと言ってるなら、あんなのタッチの差だよ。実際、俊哉だってもうすぐ……」

「え？」

彼が謙遜して付け加えた言葉に導かれ、私は顔を上げた。

目が合った途端、勇希が「あ」と手で口を覆う。

「いや、なんでもない。えっと……佳代は？」

勇希はけっこうわかりやすく話題をすり替え、私の方に身を乗り出してきた。

「佳代も俺と同じで、俊哉とは似ても似つかないタイプだよね」

「……そうだね。似ても似つかない」

私は勇希の言葉を繰り返しながら、素直にそう返事をする。

「だからこそ、思う。佳代と俊哉って、喧嘩できないカップルだろうなって」

「っ、え……？　そんなことない。喧嘩くらいするよ」

「あ～、そうじゃなくて。そうだな……本気の喧嘩になる前に、お互いセーブするんじゃないかなって」

勇希が言葉を選んで言うのを聞いて、私はビクッと肩を震わせた。

彼は私の反応を見逃さず、「やっぱり」と呟く。

「昨夜もさ。佳代は俊哉を気遣ってたし、俊哉も俊哉で言いたいことあるのを抑え込んでる感じだった」

「……っ」

「恋人なんだから、遠慮しないで一度ぶっちゃけてみたら？　俺たちみたいに」

勇希はおどけるように付け加え、そのあとは時間を気にしたのか、パクパクと食べ進めた。

「喧嘩できないカップル……」

私は、無意識に、勇希の言葉を反芻《はんすう》していた。

勇希の指摘通りだ。まさに私たちは、喧嘩を避ける形で別れてきた。

私と俊哉が、勇希たちと同じように、〝大事な転機〟になるような喧嘩をしたら、どうなるだろう？

ぶつかる前に、〝友達〟に逃げてしまった代償だ。心まですれ違う本気の喧嘩に直面したら、今の私たちは仲直りする術《すべ》を知らない。

「なのに、ずっと別れないなんて、そんなことできるの……」

心に浮かぶと同時に口をついて出た独り言は、黙々と食べていた勇希には聞こえなかったようだ。私の倍以上の量があったカレーは、すっかりなくなっていた。


やり直してから一週間目の金曜日。俊哉はまたしても一方的に誘ってきた。

【今夜、飯行こう】

メッセージをスクロールして遡《さかのぼ》ってみれば、先週と一言一句違わない誘い文句。

先週と違うのは、私が彼の誘いを予測していたということ。

【いいよ。どこにする？】

先週の焼肉は、さすがに奮発させすぎたから、今日は安い居酒屋とかで十分。

俊哉が返してくるのを待ったけれど、しばらく返事は来なかった。

五分ほどして、私のスマホがブブッとバイブ音を鳴らす。

【俺んち。久々に、佳代の手料理食べたい】

即レスだったら、素直に受け取れたと思う。でも、返信に間があったせいで、別の下心があるのが読めてしまった。

【それじゃ、飯行こう、って誘い方、間違ってるじゃない】

妙にドキドキと心臓が騒ぐのを感じながら、まずはひと言、そう返した。

そして、わずかの間逡巡して……。

【でも、いいよ】

もうひとつ、吹き出しをかぶせた。


俊哉のマンションの最寄り駅で待ち合わせをして、スーパーで買い物をしてから、彼の部屋に向かった。

俊哉がドアを開けて、私を先に中に通してくれる。

「どうぞ」

「お邪魔します」

玄関に足を踏み入れた途端、半年ぶりの空気が私を包んだ。部屋の匂いもまったく違和感なく、むしろとても懐かしい。

俊哉は先に廊下を進み、リビングに入っていった。私も彼のあとを追う。

リビングの家具もキッチンも、どれもこれも変わってない。

「じゃ、早速キッチン借りるね」

半年ぶりに来たのに勝手を知っていて、さっさとキッチンに向かう私に、俊哉の方が苦笑した。

「普通さ。半年ぶりの男の部屋に来たら、〝女の痕跡《こんせき》〟とか探して、キョロキョロしたりするもんじゃね？」

からかい混じりのツッコミに振り返る。

「してほしいなら、するけど？」

「どっちでも。探してもないだろうし」

私の返答がつまらなかったのか、俊哉はひょいと肩を竦めて、リビングの奥の寝室に歩いていった。

彼の言う通り、探してもそんな痕跡はないだろう。仮に見つけてしまったとしても、それに対して私がなにか言っていいのかもわからない。

俊哉が寝室で着替えている気配を感じながら、私は迷うことなくキッチンに入った。スーパーで買ってきた食材を、調理台にどさっと並べる。

現在、午後八時。この時間からでは、手の込んだものは作れない。私は、半年ぶりだけど使い慣れたキッチンで、すぐに調理を開始した。

切った野菜と肉、海鮮をフライパンで炒め始めたとき、俊哉が寝室から出てきた。

じゅわじゅわという音が聞こえたのか、リビングのソファにドスッと腰を下ろし、「なに？」と振り返ってくる。

「八宝菜。好きでしょ？」

水溶き片栗粉を用意しながら答えると、「うん」と短い返答が聞こえた。

「あと、蒸し鶏のネギ塩和え。冷凍食品だけど、春巻き揚げる」

「豪華だねぇ～。佳代、ほんと、料理上手だよな」

平常心で聞いたら、特に深読みもしないはずの俊哉の誉め言葉に、今の私はドキッとする。

普通だったら、そのあとに『いいお嫁さんになるな』なんて続きそうなものなのに、俊哉は私の期待に反して、リモコンを操作してテレビを点けていた。

リラックスモードの俊哉は、さっきまでのキリッとしたスーツ姿とは違い、私もわりと見慣れたラフなスウェット姿だ。

広い背中を意識してチラチラ目を遣りながら、三十分かからずに料理を作り終えた。

「おお～」

大皿に盛った料理をソファの前のテーブルに運ぶと、俊哉が歓声をあげた。

私と入れ違いで、彼はキッチンに入っていく。戻ってきた彼が手にしていたのは、缶ビール二本とグラスふたつ。

「はい。一週間、お疲れ様」

俊哉は、ソファに座った私にグラスをひとつ持たせて、ビールを注いでくれた。泡がギリギリで収まる上手な入れ方。私も俊哉から缶を受け取り、彼のグラスに同じように傾けた。

「乾杯」

隣に腰を下ろした俊哉と、グラスの縁をカチンとぶつける。私がふた口飲む間に、俊哉は半分ほど飲み干していた。

「ぷはあ〜」

満足げに息を吐く俊哉にクスッと笑って、彼のグラスにビールを注ぎ足す。そうして、ふたり揃って箸を手に取った。

「いただきます」

丁寧に手を合わせて、俊哉が一番に小皿に取ったのは、八宝菜だった。

「……うん、うまい！」

早速頬張った俊哉から称賛の言葉を聞いて、私は無意識に顔をほころばせる。

「よかった」

それだけ言って、私も彼と同じ八宝菜から箸をつけた。

モグモグと口を動かす私を、俊哉が横からジッと見つめている。不躾《ぶしつけ》ともいえる視線が居心地悪くて、私はそっと目線を上げた。

「なに？」

「ああ、いや」

俊哉は言い淀むだけで、私からパッと目を逸らす。

だけど私は、テーブルに箸と小皿を置き、お尻をずらして彼の方に身体を向けた。

「……ねえ、俊哉」

ちょっと改まって呼びかけると、彼は無言で私に視線を戻してくれた。

「昨日ね、勇希と社食で一緒になって、話したの」

意識して声のトーンを抑えて告げる。

「なにを？」

俊哉の声にわずかに緊張が走ったのを、私は聞き逃せなかった。

「勇希と智美は、似た者同士。感情の沸点が同じだから、喧嘩ばかり。でも、ちゃんと仲直りできるカップル。……私と俊哉はその逆。喧嘩できないカップルだって」

感情が表れないよう、私はゆっくり単語で区切るようにして答えた。

ビクッと震えた俊哉の手に、目を落とす。

「……なんだ、それ。俺たちだって、喧嘩くらい、今まで何度も……」

「私は、その通りだなって思った」

俊哉が唇をキュッと結び、黙って私から目を逸らす。

「勇希たちみたいに一生の転機になる局面で喧嘩したら、どうやって修復していいか……私たちは、仲直りの仕方も知らない」

私は視線を逃がす俊哉を、まっすぐ見据えた。彼の頬骨のあたりが、ピクッと引きつったのがわかる。

「俊哉、言ったよね。もう別れようなんて言わせない。俊哉も、嫌だって拒否するって」

俊哉はすっかり箸を止めていた。私から顔を背けているけど、ギリギリ横顔を窺える。それだけでは、彼がなにを思っているか、私には読み取れないけれど。

「私……。何度やり直しても変われなくて。気楽な〝友達〟に戻って、俊哉に本音をぶつけることから逃げてた。俊哉も、それを受け入れて……お互い、逃げることに慣れちゃったよね」

「っ、佳代」

淡々と、感情を殺して告げる私を、俊哉が遮った。

再びまっすぐ正面から絡み合う視線。私は、コクッと小さく喉を鳴らした。

「それなのに、やり直しが今回で最後なら、別れなきゃいいなんて、軽々しく言ってほしくない」

俊哉が顔を強張らせて、私が次に紡ぐ言葉を待つように、唇を見つめている。

「私、俊哉が思う以上に我儘だし、自分勝手だよ。俊哉はそういう私を知らないのに、逃げ場を断って、ずっとずっとこの関係を続けて、それで……」

一度言葉を切って、自分を落ち着かせようと大きく息を吸った。

そして。

「別れないでいられる？　一生？　それって……私と、結婚するってこと？」

意を決して口にした質問は、自分でも驚くくらい喉に引っかかってしまい、途切れ途切れになった。

「えっ……」

俊哉にも聞き取りづらかったと思うのに、彼は上擦った短い声をあげて絶句してしまう。

そんな反応に、ズキッと胸が痛む。

やっぱり、聞くまでもなかった。俊哉も、この楽な関係が都合よかっただけなんだ。

なのに、〝結婚〟なんて言われて困ってる。

本当に本当に、困ってる——。

「いい。わかった。答えなくていい。……忘れて」

凍りついた空気をかき分けるような気分で、私はスッと立ち上がった。

「え？」

俊哉が顔を上げて、戸惑いに揺れる瞳を私に向ける。

「やり直すの、やめよう。私、帰るね」

私は、俊哉の視線を振り切るように背を向け、リビングの隅に置いた荷物とコートに向かって歩く。

「ちょっ……佳代！」

俊哉が、慌てた様子で私を追ってくる。

私はハッとして、急いで荷物とコートを胸に抱え、リビングから廊下に駆け出した。

「佳代！　待てって！　お前、なにか誤解して……」

玄関先で靴に足を突っ込んだとき、彼の手が私の肩を掴み、引っ張った。その勢いのまま、俊哉を振り仰ぐ。

途端に、彼が大きく目を見開き、ゴクッと喉を鳴らす。

「私たち、今までずっと、全然恋人になれてなかったね」

そう告げた私の頬に、意図せず涙がつっと伝った。

なにも言えず、呆然としている俊哉の手を振り払う。

「今度こそ、本当にさようなら。……俊哉」

最後にそれだけ告げて、私は俊哉の部屋から転がるように飛び出した。


俊哉との別れは何度も経験しているのに、こんなに胸が痛むのは初めてだ。

思い返してみれば、私たちはほんと、全然恋人じゃなかった。ただの同期。友達の延長線で、いつでも簡単にリセット・リスタートして、恋をゲーム感覚で楽しんでいただけ。

この胸の痛みは、私と俊哉がもう恋人同士に戻ることがない、後戻りもできない、本当のゲームオーバーを迎えたからだろう。

「私と俊哉のラブストーリーには、結婚っていうエンディングは用意されてなかったのかな」

『結婚するってこと？』と言ったとき、俊哉が見せた反応に私は傷ついた。それで初めて、彼との結婚をものすごく意識していた自分に気付いた。

あんな聞き方、まるでねだったみたいだ。思い出すだけで、恥ずかしさのあまりジタバタして、穴を掘ってでも入りたくなる。

それでも、私が所属する人事部は、再来年度の新卒採用活動に向けて、これからどんどん忙しくなる時期。いつものようにただ仕事に追われて過ごしていれば、俊哉のことを考えずに済むのがありがたかった。


俊哉との完全訣別《けつべつ》から、二週間。

三月に入り、業務の合間に社内ネットワークをなんとなく開いた私は、営業企画部長発信の速報通達に、目を瞠《みは》った。データをチェックしていた手が、ピタリと止まってしまう。

【社長表彰　国内営業部　千川俊哉】

俊哉が、社長表彰……⁉

思わず声をあげそうになって、慌てて両手で口を押さえる。

いや、驚くことではない。俊哉の人事評価を目にする機会がある私にとっては、逆に遅すぎるとも思うくらいだ。前回、勇希が先に表彰されたとき、本当のことを言うとちょっと悔しかったりもしたんだから。

あれから、俊哉からも連絡はないし、社内で偶然見かけることもなかった。もしも顔を合わせることがあったら、少しは勘づけたかもしれない。

でも、そうか。とうとう俊哉が……。

社長表彰ともなれば、俊哉が同期内で二番目に速い課長昇進を遂げるのは、すでに内定していると思っていい。

胸が弾むのを抑えきれず、無意識にメールＢＯＸを起ち上げた。

アドレス帳に登録してある俊哉の社内アドレス宛てに祝福のメールを入れようとして、私はハッと我に返る。

そうだ。今度こそきっぱり別れたんだった。

そんな言葉で自分を制して、私は書きかけたメールを削除した。

『おめでとう、俊哉』

せめて同期として伝えたいお祝いの言葉も胸にしまって、気持ちを切り替えた。

一時間ほど残業したあと、凝り固まった肩を軽く手で解しながらオフィスを出た。

ビルのグランドエントランスに下りて、なんとなく顔を上げる。

三月に入ってだいぶ日が延びたけど、ガラス張りの正面玄関の向こうは真っ暗だった。

なぜか怯む自分を自覚しながら、大きく一歩踏み出した、そのとき。

「佳代」

背後から名前を呼ばれ、私はドキッとして足を止めた。

耳をくすぐるのは、心地よく低い声。久しぶりに聞いたせいか、なぜだか胸がきゅんとした。

「まだ帰ってなくて、よかった」

振り返らなくても、それが俊哉なのは、もちろんわかっている。

すぐ後ろでピタッと立ち止まる気配を感じて、私は思い切って向き直った。

「しゃ、社長表彰、おめでとう。俊哉」

必死に浮かべた笑みは、自分でも不本意なくらい強張ってしまった。

ぎこちないのは見透かしてるはずなのに、俊哉は「サンキュ」と微笑む。

「すごいね！　社長表彰なんて。これで、勇希に続いて課長昇進、確実だね」

声が上擦りそうになるのをこらえ、私は彼に笑顔を向け続けた。

それには俊哉も、黙って頷いて返してくれる。

「うちの同期って、優秀だね。ほんと、俊哉も勇希も、私たちの誇り」

「そう言ってくれると、嬉しい」

「……うん」

短いひと言のあとは、会話が続かない。

「え、っと……」

向かい合ったまま続く沈黙が居心地悪い。だけど、なにも言葉にならない。結局、口を噤んで俯《うつむ》くしかなかった。

「この発表、待ってたんだ」

そう言って会話を広げたのは、俊哉だった。

「俺、さ。佳代から友達に戻ろうって言われるたびに、いつも自分の無力さを思い知らされた気分だった」

「っ、え?」

声を喉につっかからせて聞き返した私の前で、彼は目を伏せた。

「いつもいつもいつも……佳代を一番大事にするつもりで挑んできたのに、ああ、俺、また力不足だった、って」

どこか自嘲気味に口元を歪ませる俊哉に、私の胸がズキッと痛む。

「お前は俺が、我儘で自分勝手な自分を知らないって言ったけど、俺は、七年もお前だけ見てたんだ。ちゃんと知ってる。俺が寂しい思いさせたのが悪いのに、佳代は我儘になる自分が嫌で、逃げてた。そうだろ？」

「俊哉……」

無意識に名を呼んだ私に、彼がふっと目線を上げる。

「佳代が頑張って変わる必要なんかないんだ。俺に、お前の全部を受け止める度量がなかっただけ。……だから俺は、少しでも早く、しっかりした大人の男になりたくて、佳代を一時的に手放して仕事に打ち込んできた。もちろん、その実績をちゃんと形にして、佳代に見せる日を目標にしていた」

そう言って、俊哉はスラックスのポケットに手を突っ込んだ。そこから取り出したものを、私に向かってスッと差し出す。

「……え？」

彼の手の平にのっている、小さなジュエリーケースを目にして、私は大きく目を見開いた。なにも言えずに、まっすぐ彼を見つめる。

「佳代は思いもよらないだろうけど……これでも、いつも、やり直そうって言うタイミング、全部図ってたんだぞ」

俊哉は、ちょっとふてくされたように、ボソッとした声で言って、手の平の上のケースに目を落とす。

「お前にあんなこと言われなくても、俺の方がもっとずっと前から考えてた。この指輪、二年前から用意してたんだからな」

早口で言い切ると、彼は私に向けてケースの蓋《ふた》を開けた。

「っ……」

冗談じゃなく、一瞬本当に目が眩《くら》んだ。

エントランスの天井から降り注ぐ照明の明かりを反射して、ケースに収められた指輪が、キラッと輝く。

大きなダイヤモンドを囲むように散りばめられた、小さなピンクの宝石。とてもきらびやかで豪華な指輪の意味は、あえて言わせなくても伝わってくるけれど……。

「佳代。俺と結婚、してほしい」

俊哉がまだ硬い声で、私にそう告げた。

「恋人をやり直すのは、もう終わりでいい。これからは新しい関係を築きたい」

私の心臓は、怖いくらい激しく強く、打ち鳴っている。

おずおずと顔を上げると、俊哉が照れくさそうにはにかんだ笑みを浮かべた。

「もう、寂しい思いはさせない。これからは逃がさないよ。そりゃあ、本気で気持ちがすれ違うこともあるかもしれないけど、仲直りは絶対できる。絶対する。……どうにもならないときは、俺が折れるから」

彼らしくないひと言に、私はひくっと喉を鳴らした。

「俊哉が、折れる……？」

「できないって思ってるなら、大間違いだぞ。もう佳代を手放したくない。そのためなら、いくらでも折れてやる。……なんなら、尻に敷かれてやってもいい」

俊哉はわずかに顔を歪めて、ガシガシと頭をかいた。

本当は不本意な宣言なのだと、その仕草でわかってしまうけれど。

「佳代。俺は、お前を愛してる。……なあ、一生俺のものになって」

俊哉は指輪に目を落とし、人差し指と親指でちょいと摘まんだ。ケースを持った手で私の左手を取り、一度間を置いてから、指輪を薬指に滑らせてくれた。

俊哉のまっすぐなプロポーズの言葉が、私の胸を深く射貫き、浸透していく。

キラキラ輝く指輪をはめてもらった左手の薬指に、重みを感じる。

この先、私たちを待っている幸せに、包み込まれるようだ。

「あ……」

掠れた声を漏らし、目の前に立つ俊哉を見上げた。彼の温かい瞳に、私の胸がきゅんと疼く。

「とし……や……！」

次の瞬間、心に広がる熱情を抑えきれず、私は彼に思いっきり抱きついていた。

勢いよくぶつかった私を支えてくれた俊哉の身体が、わずかに揺れる。

けれど。

「佳代」

彼は私をしっかりと抱きとめてくれて、背中に腕を回してきた。ぎゅうっと力を込めて、私の耳元に囁きかける。

「返事。欲しいんだけど？」

探るような、まだどこか緊張を孕《はら》んだ彼の声に、私はひくっと喉を鳴らす。ただただ必死に、一度大きく首を縦に振った。

「は、い」

第一声が、喉に引っかかった。

「わ、私でいいの……？」

徐々に沸き上がってきた不安に揺れて、私の声はとても小さく聞き取りづらかったと思うのに、俊哉はクスッと声を漏らして笑う。

「この七年、俺、お前以外の女、目に入ったこともないぞ」

そう言って、私を強くかき抱く。

「変わらなくていい。俺は、どんな佳代でも、ずっと好きだから」

「っ……」

私の心は激しく揺さぶられて、彼の名前を呼ぶこともできない。

『ありがとう』と伝えることもできない。

細かく震えるだけの私を、俊哉は抱きしめてくれていた。


俊哉の部屋。寝室のベッドが、ひとり寝にはちょっと広いセミダブルなのは、私もよく知っている。

その夜、半年ぶりに目にした彼のベッドに、私は一も二もなく組み敷かれた。

一瞬短く息をのんだものの、覆いかぶさるようにキスをしてくる俊哉のぬくもりに、すぐにのみ込まれていく。

「ん……俊哉……」

目を閉じ、視覚以外の五感のすべてで、彼を感じる。

俊哉は今までにないほどゆっくり私の唇を啄《ついば》んだあと、舌を挿し入れてきた。一瞬怯んだ私のそれをすぐにからめとって、応えるのが精一杯の私に、濃厚なキスを繰り返す。

淫《みだ》らなキスを十分に交わしたあと、俊哉が唇を離しながら、クスッと笑った。

「今日も、初心に戻ってみる？」

「っ、え？」

「佳代のイイところ、なにも知らない俺に戻って。もう一度、探り合うところから始める？」

「……!!」

私は潤んだ目で彼を見上げたまま、濡れた唇が紡ぐ意地悪な言葉に息をのんだ。

心の奥底まで見透かし、試すように目を細める俊哉から、私は目を逸らして逃げる。

「いじ、わる。焦らさないで」

久しぶりに欲情を曝《さら》け出すキスをしたおかげで、身体の芯がきゅんきゅん疼いてる。

私の反応は知り尽くしてるはずなのに。

彼も、私の返しは想定していたのだろう。「ふふっ」と、吐息混じりの笑い声が降ってくる。

「冗談。……俺の方が、そんな余裕ないよ」

そんな言葉と同時に、俊哉がちょっと性急に私の首筋に唇を這《は》わせ始めた。

「……佳代も、もっと俺を欲しがって」

自分で言った通り、見た目ほどの余裕はないのか、俊哉の声が切羽詰まって聞こえる。

いつもドライな彼が、『欲しがって』なんて。逆に求められてるのを感じられて、私の胸は否応なくときめいてしまう。

「俊哉……大好き」

私は素直に告げながら、俊哉の背に両腕を回し、強く抱きしめた。

その夜、私たちは今までになく幸せな気分で肌を重ね、私は彼のぬくもりに包まれて眠りに落ちた。


三月下旬、大安吉日にあたる、休日——。

春うらら。心地よい陽射しが降り注ぐ中、智美と勇希の結婚式が行われた。

教会での式のあと、近くのレストランに移動して、ふたりらしい爽やかなガーデンウェディングパーティー。

受付の任務から解放された私は、俊哉と一緒にシャンパングラスを傾けていた。

行く先々で手荒い祝福を受けるふたりを目を細めて眺めて、私は「ふふっ」と声を漏らして笑う。

「智美、綺麗……」

それを聞き留めた俊哉の、ボソッとした呟きが降ってきた。

「馬子にも衣装……」

「もう！　そういうこと言わないの」

私はムッと唇を尖らせた。

それを横目に、俊哉は肩を揺らして笑う。

「智美のウェディングドレス姿を通して、俺、佳代を想像してたよ」

「っ、え？」

小気味よい笑い声を漏らす俊哉を、私はドキッとして見上げた。

「でも、お前、式はいいとか、つれないこと言うし」

「あ……だって。本当は俊哉も、結婚式とか面倒くさいでしょ？」

目を宙に泳がせながらボソボソ言うと、「まあね」と短い声が返ってくる。

「でも、お前が本当はやりたいって言うなら、叶えてやる」

「……いいよ、しなくて。俊哉に気を遣って、結婚式はいいって言ったわけじゃない」

一生に一度の結婚式は、憧れというより神聖なものという意識の方が強い。俊哉とふたりきりで、ひっそりと神様の前で誓うことができれば、私はそれで十分満足。

「俊哉に合わせて我慢してるわけじゃないから、安心して」

私はそう言って笑いかけたけど、俊哉は見抜いていたようだ。

「わかってる。婚約してから、佳代、前より俺の前で我儘になったし」

「え？」

「勘違いするなよ。いい意味で言ってる。本当に心を許してくれてるって、嬉しい。佳代を包み込める男になれた、証みたいで」

我儘と言われてぎくりとしたものの、彼の口調がなんだか歌ってるみたいに楽しげだから、私の心臓はドキンと音を立てて跳ね上がる。

「……うん」

俊哉は今、私の全部を包み込んでくれている。それを実感して、私も目元を緩ませた。

「佳代！」

そのとき、智美が呼ぶ声が聞こえた。ハッとして、声の方向に顔を向けると同時に。

「っ、わっ！」

挙式のときからずっと智美が手にしていたブーケが、私に向かって飛んできた。

とっさに両手を出し、なんとか受け止める。

「絶対佳代に受け取ってほしかったから、ここまで持ってきた」

淡い桜色のドレスを纏った智美が、勇希にエスコートされて歩み寄ってくる。

智美が教会でブーケトスをしなかったのが、私は不思議だったのだけど……。

「え、そ、そうだったの⁉」

素っ頓狂な声で返した私を、彼女が肩を上げて笑う。

「だって、これは次の花嫁に渡らなきゃ。そうだよね、俊哉！」

智美は、私の隣の俊哉に向かって、声を張った。

「え、ちょっ……！」

言われたのは俊哉なのに、慌てて反応を返した私を遮るように、

「当たり前だろ」

彼が、私の肩に腕を回した。

「先越されたままじゃ終わらないぞ。お前らに負けない、幸せな家庭築いてやる」

パーティーの主役ふたりに向かって、堂々と声高らかに宣言する俊哉に、私はきゅんとしてときめいてしまった。

「……俊哉、大好き」

上目遣いで見つめると、俊哉は一瞬虚を衝かれたように目を丸くしたけど、すぐにはにかむような笑みを浮かべた。

「知ってる」

こんなときも、彼はやっぱり上から目線。きっと、結婚しても、私を逞しく引っ張ってくれるのは変わらない。

そう遠くない未来、彼とスタートさせる新しい生活に想いを馳《は》せ、私は顔をほころばせた。

END

副社長の溺愛人事

―君じゃないとダメなんだ―

高田ちさき

The Office Love

Anthology

「だから、今日から小暮《こぐれ》さんが俺の秘書ね？」

低く甘い声がわたしの耳に届く。

「え？　今、なんておっしゃいましたか？」

事態が飲み込めず、聞き返した。

「ん？　だから、今日からはずっと一緒にいてほしい」

少し色素の薄い綺麗な瞳が、わたしをまっすぐ見つめていた。

――これが、わたしのボス・朝霧了《あさぎりりょう》とのファーストコンタクトだった。

＊　＊　＊

ここは、業界でも三本の指に入る大手ディベロッパー『株式会社朝霧不動産《あさぎりふどうさん》』の社内の片隅にあるリフレッシュブース。

わたし、小暮由奈《ゆな》は同期で親友の奥山公美子《おくやまくみこ》と、月初めの忙しい業務の合間をぬってほんのひとときの休息を得ていた。

「はぁ……疲れた」

手に持っているロイヤルミルクティーをひと口飲むと、ため息が漏れた。

「ご愁傷《しゅうしょう》さまでした」

公美子の哀れみのこもった言葉に、小さくうなずいた。

今日はもう……本当に厄日という言葉がぴったりな一日だった。

総務課のわたしは月初めの業務に追われてただでさえ忙しいのに、メインサーバーがダウンして、てんやわんや。その上、先週上司に依頼されて遅くまで残業して作った資料が、元データの不備のため廃棄せざるを得なくなってしまい、その修正が通常業務に加えて肩に重くのしかかっていた。

「もう、帰りたい」

もう一度ついたため息とともに、思わず本音が漏れた。

「まあ、あのポンコツ課長なら仕方ないか」

公美子の同情が胸にしみる。

わたしの直属の上司は決して悪い人ではない。ただ……公美子の言う通り、ポンコツなのだ。それゆえいつも先回りしてあれこれとやっているが、それでも防ぎきれないこともある。それが今日みたく重なると、こうやって休憩中にため息をつく羽目になる。

仕事にはやりがいを感じているし、裏方の仕事は自分に合っていると思う。けれどこうも上司に恵まれないとやさぐれたくもなるというものだ。

公美子は疲れきった顔で缶のミルクティーをあおるわたしを元気づけようと、スマートフォンをいじり始めた。

「ほら、一緒にイケメン見て癒《いや》されよう」

公美子は、とあるアイドルグループの熱烈なおっかけだ。彼らの話をするときは本当に幸せそうな顔をしている。そうやって夢中になれるものがあるのは本当に羨《うらや》ましいなと思う。

「あれ？　この俳優さん、また熱愛報道だって」

彼女の持っているスマートフォンの画面を覗き込むと、芸能ニュースが表示されていた。

「すごくこの手の話が多いよね、この人」

「ほんと、サイテー」

思わず怖い声を出してしまったわたしを、公美子が隣でちらっと見てきた。

「そんなウジ虫見るみたいな目で、画面睨まなくてもいいでしょう?」

そこまで冷酷な目をしていたつもりはなかったのだけれど、どうしても嫌悪感が隠しきれない。

「だって仕方ないじゃない。チャラい男の人は嫌いなんだもん」

もちろん画面の中の俳優の彼には、なんの罪も恨みもない。けれどどうしても受けつけないのだ。

「え〜、めちゃくちゃかっこいいのに。どうして軽い男をそこまで毛嫌いするかな?きっと女性の扱い上手だよ」

だから信用できないのに。

「別に毛嫌いはしてないよ。ちょっと苦手なだけで」

そうは言ってみたものの、仲のいい公美子にはすべてお見通しだ。「ふ〜ん」とあきらかにわたしの言葉を信用していない目つきで見られて、それ以上なにも言えない。

わたしが〝軽い男の人〟が苦手な理由は、そもそも母親が原因だ。

父と離婚したあと、いつも男性に痛い目にあわされて泣いている姿を見ていた。そんな母が好きになるのは、見かけのいい口のうまい男の人だった。

だからわたしは母親を反面教師として、そういったタイプの男性はなにかが起こりそうになる前に、ことごとく避けてきたのだ。

「チャラくても許せる人だっているじゃない」

「そんな人、この世の中にいる？」

わたしにとっては、それだけで恋愛対象から外してしまう。実のところ、周りにいられるのも苦手なのだ。

「近くにいるじゃない、我が社始まって以来のイケメン、朝霧副社長が。あ〜名前を呼ぶだけで幸せになれるわ。今わたし、三歳若返った」

そんなことでアンチエイジングできるなんて、ずいぶん安上がりだ。

「いや、大袈裟すぎだって。それにいくらイケメンで副社長でも、やっぱりチャラいのはちょっと……ダメでしょう？」

「でも仕事はできるわよ。容姿端麗、頭脳明晰、男らしさに、におい立つような色気」

「——そして女にだらしない、と」

わたしが最後につけ足すと、公美子は「もう」と頬を膨らませた。

「そういうところが、またいいんじゃないの。完璧すぎない人間らしさっていうの？それにガードが甘ければわたしにだって、チャンスがあるかもしれない！」

公美子は胸の前で両手を組んで、目をキラキラ輝かせている。アイドルの話をしているときと同じアドレナリンが出ているようだ。恐るべし副社長。

「チャンスねぇ、あるといいねぇ」

気持ちがこもっていないのがばれたのか、隣から公美子が肘でつついてきた。

「由奈は、どう思うの？　副社長のこと」

「どう思うも、こう思うも。遠目でしか見たことないもの」

「かっこよかったでしょ？」

朝霧了――創業家の血筋で、現在は我が社の副社長。アメリカの大学を飛び級で卒業後、現地の大手証券会社に就職。そこでも実績を上げて家業を継ぐために帰国したときは、全米が泣いたとか泣かなかったとか。――いや、絶対泣いてないはずだけど。

仕事ぶりも創業者一族にありそうなお坊ちゃんとは違い、海外で鍛えた手腕をいかんなく発揮し、新規事業を立ち上げ見事成功させた。それに加え、社内の新システムの導入、経費の削減でも成果を出し、その美貌からメディアでも注目され大きな宣伝効果をもたらした。

初めこそは〝若造が〟という目で見ていた重役たちも、彼の仕事ぶりに手のひらを返し、表立って彼と対立するような面々はいなくなったという。

そして特筆すべきは、彼の神がかった容姿だ。すらりとした長身で、常にオーダーメイドの高そうなスリーピースを身につけている。それがまた似合うせいか、まったく嫌みに見えないのだ。

髪はツーブロックでトップは緩くウェーブし、少し長めの前髪が印象的だ。そこから覗く美しいアーモンド形の瞳は、常に笑みをたたえているように見え、甘い雰囲気を周囲にまき散らしている。高い鼻梁《びりょう》や少し薄めの唇は笑うと言いようもなくセクシーだ。長い海外生活で身につけた女心をくすぐるスマートな身のこなしは、一般人とは思えない。

彼が歩けば、モーゼの海開きのごとく皆道を譲り、彼を振り返る。そのあとに残るのは、彼に向けられる老若男女問わずの羨望《せんぼう》の眼差《まなざ》しだ。

しかし……それがゆえに、彼はとても軽いのである。

来るものは拒まず。去る者は追わず。誰にでも優しく博愛主義。

さぞかし女性関係のトラブルも多いかと思いきや、争い始めた女たちに『どうしたの?』と彼がにっこりと微笑むだけで、騒動が収まってしまうらしい。

公美子が『イケメンは正義』と日頃から声を大にして言っているのは、こういうことなのかと理解した。

と、ここまでがさまざまな噂《うわさ》を総合した副社長の人柄だ。そして、ここからがわたしの主観。

「かっこいいとは思う。仕事もできるし、尊敬もできる。だけど、無理」

「どうして～⁉」

目を見開いた公美子がわたしに詰め寄った。しかしすぐにわたしの背後へと視線を移し、あわあわと口元を震わせている。そしてゆっくりと視線の方向を指さした。

いったいどうしたっていうの？

「その理由、俺も聞きたいな。すごく興味がある」

聞き覚えのない男性の声が聞こえ、わたしは振り向き――。

絶句した。

固まってしまったわたしの前にいるのは、噂の主である副社長その人だった。

「で、聞かせてくれない？　その理由」

副社長が目の前まで近づいてきて、わたしの顔を覗き込んできた。

自分のしでかしたとんでもない失敗に、冷や汗が噴き出る。

ど、どうしよう。まさか噂話を本人に聞かれるなんて。

怒ってるよね？　いや怒ってないわけない。どうしよう、どうしたらいい？

苦労してやっと就職できて、お父さんもお母さんもすごく喜んでくれたのに、クビになったら絶対悲しむ。

いや、それよりも今のご時世で、次の就職先がすぐに見つかる?

瞬時にいろんなことが頭に浮かんだ。

「すみませんでしたっ!」

とにかく頭を下げなくては!

なにもいい方法が思いつかず、とりあえず謝罪を口にした。

「ん、なにに謝っているの?」

顔を上げて副社長の顔を見る。

きょとんとした顔の彼は、本当にわたしの謝罪の意図がわかっていないようだ。

「し、失礼なことを……〝無理〟だ、なんて生意気なことを申し上げまして……」

もう一度口にするのもはばかられるが、覚悟して言う。しかし予想外の言葉が返ってきた。

「ああ、それ。別に構わないよ」

あははと笑う彼に、今度はこっちがきょとんとなる。

「だって、それは個人の感想でしょ? 別に謝る必要なんてないんじゃない? たださっきも言ったけど、理由が知りたいかな」

「それはですね……」

ごにょごにょとしか言いようがない。チャラい男の人は嫌いだと、はっきり言うわけにはいくまい。だって、相手は副社長だ。

「まあ、いいや」

なかなか答えないわたしにしびれを切らして、あきらめてくれたのだろうか。

ほっとして思わずパッと顔を上げたわたしを見て、副社長は「ぷっ」と吹き出した。

「やっぱり、いいね。君」

「はい？」

先ほど暴言を吐いたばかりのわたしを〝いい〟とはどういうことだろうか。

「君に決めた」

やっぱりよくわからない。

助けを求めるように隣にいる公美子を見たが、彼女は完全に目をハートにして副社長を見つめていて、なんの役にも立ちそうになかった。

「あの、ですから……どういうことでしょうか？」

いったいなんの話なの？

「あのね、君は今日から俺の秘書ね。今、決めた」

ポカン。声も出ない。

「あれ、聞こえてないのかな?」

「い、いえ。聞こえていますが」

わたしの耳がおかしくなってしまったのだろうか?

それでも要領を得ないわたしに、彼は仕方ないなぁとでも言いたそうに、念を押した。

「だから、今日から小暮さんが俺の秘書ね?」

ニコッと笑った副社長の顔を見て、わたしは軽いめまいを覚えた。


カタカタとキーボードを無心でたたき続ける。メインサーバーが復活して、やっとまともに仕事をこなすことができるようになったのだ。一秒も無駄にできない。

——そう、あんな嘘みたいな出来事、あるわけないんだから。

先ほどのリフレッシュブースでのことは、きっとなにかの間違いだ。だからさっさと忘れてしまおう。

あの場で飲みきれなかったミルクティーの残りを飲み、わたしは猛烈な勢いで仕事をこなす。

そのとき課長が受話器を持ちペコペコと頭を下げている姿を目の端で捉えた。

なんだかとてつもなく、嫌な予感がする。

電話を終えると課長が自分のデスクからわたしを呼んだ。

「小暮さ〜ん、副社長から電話があったんだけど、いったいなにをしでかしたの？」

顔面蒼白。額に汗を浮かべた課長は、パニックになりかけている。

「すぐに副社長室に行って！　くれぐれも失礼のないようにね。ほら、早くっ！」

いつもは出さないような大きな声でわたしを急き立て、副社長室に向かわせた。

フロアを出るときに向けられた、皆の視線が嫌に突き刺さった。


ドキドキする心臓を落ち着かせるように大きく深呼吸をしてから、重厚な副社長室のドアをノックした。するとすぐに中から返事があった。

「どうぞ」

ドアを開けて中に入る。初めて入る副社長室だったけれど、周りを見る余裕などない。

「し、失礼します」

緊張で声が掠れてしまった。

プレジデントデスクに座っていた副社長は、立ち上がって応接セットのソファの方へわたしを促した。

わたしは副社長が正面に座るまで待って、「どうぞ」と声をかけられてから座った。

「ごめんね。ほんとはお茶でも出してあげたいんだけど、あいにく秘書をしてほしい子がなかなか首を縦に振ってくれなくてね」

「……それって」

「うん。もちろん君のこと」

にっこりと微笑んだ副社長は長い足の上に、組んだ両手をのせて身を乗り出した。

「どう、それで受けてくれる気になった？」

さっきの今で、すぐに返事をできるわけがない。姿勢を正して副社長に問いかける。

「いくつか質問があるんですが、よろしいでしょうか？」

どうぞというように、ゆっくりとうなずいたので、ひとつずつ疑問をぶつけることにした。

「先日までいらっしゃった、男性の秘書さんはどうしたのですか？」

「ん？　彼はね、別の場所で働くことになったんだ」

「差し支えなければ理由を」

そんな簡単に秘書をとっかえひっかえするとは思えない。

「だって、秘書はかわいい女の子の方がいいじゃないか」

さも当たり前のように言われて、体の力が抜ける。

仕事に関することまで、こんな調子だなんて……。

副社長のことをすごく敏腕《びんわん》だと思っていたのは、わたしの分析違いなのだろうか。

「そ、そうですか。それならば、わたしでは力不足かと思います」

社内には、わたしのような容姿も能力も極めて平均的な人間ではなく、どちらもはるかに優れている人がたくさんいる。その人たちに白羽の矢を立てるべきだ。

「ダメダメ。君じゃなきゃダメなんだ」

その言葉と態度に、思わず息をのんだ。

またあの目だ――まっすぐにこちらを見つめて、心の中をかき乱す目。

黙って彼を見つめ返すことしかできない。鼓動がどんどん速くなっていき、顔が熱くなる。

「ど、どうして……ですか？」

「だって君、俺のこと嫌いでしょう？」

「へ？」

どういう答えを期待していたのかわからない。けれど、こういう答えじゃないことは確かだ。

当惑するわたしを放って、彼が彼なりの理由を話す。

「俺、すぐに手に入るものより、なかなか手に入らないものの方が断然気になるんだ」

「はぁ……」

なんだか凡人には理解しがたい思考回路だ。

「だから、俺のことを平気で〝無理〟って言える君がいいなって」

――なに、その理由。

いつもなら取り繕えるはずの表情が、わけのわからない状況のせいでうまくいかず、気持ちが顔に駄々漏れになっていた。

「そう、その顔！　いいよね、不満げな顔もすごくかわいい」

あまりうれしくないけれど、やっぱりお礼を言うべきなのかな？

頭が混乱して、頭痛までしてきた。わたしはこめかみを押さえて、一生懸命考えた。

そもそもそんな理由では秘書なんて重大な仕事が務まるはずがない。

「ありがたいのですが、そのような理由でしたら、お受けすることはできません」

はっきりと言いきった。つけ入る隙を与えないようにきっぱりと。

しかし敵は一枚も二枚も上手《うわて》だった。副社長は断られたにもかかわらず、なぜだかすごく楽しそうに笑っている。嫌な予感しかしない。

「ああ、やっぱり俺、君がいいや」

どうしてこの期に及んで笑顔なのか、到底理解できない。

「あの、わたしはお断りしたんですけど……」

「俺、あきらめが悪いんだよね。欲しいものはどうしても欲しい」

なんだ、それは。まるで大きな子供のような物言いだ。

「でも、そうだよな。たしかにあんな理由じゃ、やる気も出ないよね。ちゃんとした理由を知りたい？」

あるなら最初から言ってくれればいいのに。

そう思ったけれど、顔には出さずに冷静に尋ねた。

「ぜひ、お願いします」

副社長は足を組んで座り直すと、わたしを〝欲しい〟と言った理由をすらすらと話し始めた。

「君が一番総務でかっこいい仕事するから」

「かっこいい仕事……ですか？」

正直、裏方中の裏方。そんな華々しい仕事など経験した記憶がない。

「そう、スケジューリングに、ファイリング、エスカレーションフローの作成なんか社内の状況をきちんと把握できていないと、あんな適切な形で作成できないよね」

たしかにわたしが全部携わってきた仕事だ。

「俺が入社後すぐに、社内の無駄の洗い出しをしてたときに気がついたんだ。かっこいい書類を作る人がいるなって。それが小暮さんだった」

「わたしが？」

まさかそんな小さな仕事を見てくれている人がいることに、驚いて目を丸くした。

そんなわたしを見て、副社長は笑った。

「そんなに驚くようなこと？　これでも俺、仕事はちゃんとしているつもりだし、人を見る目だけは自信あるんだけどな」

そうだった。副社長はただののらりくらりとしている人ではなかった。

そうでなければ、うるさい役員たちを黙らせるほどの実績を作れるはずがない。

「経費の精算や有休の申請など総務関連のシステムを新しくするときも、君の意見が一番的を射ていた。改善点が明確で、それによりもたらされる効果までも書いてあったのは、君だけだよ」

「そう……ですか」

たしかあのときも、課長のミスのフォローをして散々残業をしていた時期だった。だから、ここぞとばかりに新しいシステムの要望を思いつく限り書いた。少しでも使いやすくなれば、課長のようにシステムを使うのが苦手な人でもミスが少なくなるのではないかと思ったからだ。

まさかそれが、こんな事態につながるなんて、思ってもいなかったけれど。

「だからね、かっこいいんだよ。君の仕事」

〝かっこいい〟なんて言われたのは初めてだ。いや、こんなふうに面と向かって褒められたこと自体初めてかもしれない。胸のあたりがじんわりと喜びで温かくなった。

誰かに認めてもらうために仕事をしているわけでは決してない。けれど自分の頑張りを認めてくれる人がいるのはうれしいことだ。

副社長の下で働いたら、どんな感じなのかな？　気持ちが大きく傾く。

「ねえ、俺はどうしても君が欲しい。君じゃないとダメなんだ」

それは知らない人が聞けば、愛の告白のようなセリフ。グラグラと揺れていたわたしの心が、この瞬間に決まった。

「わかりました。一生懸命務めさせていただきます」

気がついたときには「よろしくね」と差し出してきた副社長の手を、しっかりと握り返していたのだった。

そして翌日から、わたしは本当に副社長秘書になった。

引き継ぎもままならないまま、副社長室の隣にある執務室での仕事が始まった。

副社長は、秘書の仕事は『総務と変わりないから』なんて言っていたけれど、実際やってみたら全然違う。しばらくの間は社長秘書である秘書課長にあれこれと教わったが、それくらいで覚えられるはずもなく、手探り状態の毎日が続いた。

幸い、先輩秘書たちのフォローによって大きな失敗をすることなく三カ月が過ぎ、やっとのことでスタートラインに立った……というところだ。

そしてその三カ月の間。わたしは副社長に対する認識を否応にも改めることになった。

たしかにいい加減に見えるところもあるけれど、それを上回る成果で周りを黙らせてしまう。表立っては見せない細やかな気遣いや、頭の回転の速さなど、彼のそばにいることでわかるそれらは、わたしの彼に対する不誠実だという評価をすぐさま訂正させるには十分だった。

……まあ、チャラさは健在だけれども。

会議から戻ってきて早々、仕事を始めた副社長のデスクにお茶を置いた。

「小暮さん、これなんだけど――」

顔を上げて差し出された資料を見ると、すぐにどの話かわかった。

「営業部の担当者との面談については、明日の役員会議のあとに三十分ほどの時間を確保しています。出席者は――」

「いや、いい。君に任せていればそこは問題ないだろうから。ありがとう」

満足そうに笑って次の仕事に取りかかる副社長を見て、心の中で小さなガッツポーズを決める。

少しずつだけれど先回りして仕事をこなすことができ始めた。これも総務にいたときに、さまざまな部署とやりとりしていたおかげで、社員や取引先の人の顔と名前や業務を把握していたことが役立った。

「思った通りだ、小暮さんを秘書にしてよかった。俺やっぱり君のこと好きだよ」

……ああ、これさえなければ完璧な上司なのに。

「そういう冗談をおっしゃるのはやめてください。なんだか不謹慎です」

表情を消して冷たい視線を向けたところで、相手はまったく気にもとめていない。

「そう？　思ったこと言っているだけだし、褒めているんだけど。だから君が慣れてくれない？」

むしろ肘をついた姿勢でとろけるような笑顔を見せる始末。思わず見とれてしまいそうになり、必死で目を逸らした。

「その相談にはのれません」

「あはは、相変わらずクールだよね。まあ、その方が落としがいがあるんだけどね。楽しみだね？」

なにが、楽しみなの？　どこまでが冗談で、どこまでが本気なのかわからない。

いや、少しでも本気かも？と思っている時点でわたしが負けているのかもしれない。

「それでは、仕事がありますので」

退出しようと、執務室に続くドアノブに手をかけた。

「今日はもう終業時刻を過ぎているから、帰りなさい」

たしかに時刻は十八時半。すでに一時間ほど残業をしている。しかしできれば今日中に片付けておきたい仕事がある。

「あと少しで終わりますので」

「ダメだ。明日でいいから。俺も今日はデートだから早く帰りたいんだ。上司が部下よりも早く帰るわけにはいかないだろ?」

さっきまで、わたしを好きだと言っていた男が、デートですって?

別に本気にしていたわけではないが、なんだかいい気はしない。

「わかりました。お先に失礼いたします」

わたしは釈然としないまま、頭を下げて副社長室をあとにした。

翌日、出社するとまっすぐ執務室に向かい、グループウェアを立ち上げて今日のスケジュールを確認した。今日は大きな取引先にご不幸があったようで、専務が葬儀に参加する予定になっているほかは、役員たちに特別な予定の変更はなかった。

まずはいつもと同じように、副社長室の掃除から始めようと、布巾を手に持ち部屋に入る。

応接セットに近づいたところで「ひっ」と小さく悲鳴をあげた。ソファから足がにょきっと出ていたからだ。

恐る恐る近づいて確認すると、副社長が腕を顔にのせて長い足を投げ出し、ソファで眠っていた。

もしかして、昨日帰っていないの？

シャツもネクタイも昨日のままだ。振り向いてデスクの椅子にかかっているジャケットを確認してみたら、それもまた昨日と同じ。

だって、昨日はデートだって言ってたのに？

わたしは急いでプレジデントデスクの上を確認した。未決済だった仕事が全部片付いている。

はっとしたわたしは、すぐに執務室の自分のデスクに戻り、昨日残していた仕事のデータファイルを開いた。

「全部終わってる……」

最終更新者は、朝霧了。副社長がわたしの代わりに終わらせてくれたのだ。

「なんで……？」

隣の副社長室で眠っている彼は、本当に疲れた様子だった。その証拠に、わたしが来たことにも気がつかずに眠ったままだ。

言いようのない気持ちが渦巻いていた。仕事をするならどうしてわたしを先に帰したのだろうかという不満と、わたしのことを気遣い先に帰してくれた優しさへの感謝。

色々と思うところはあるけれども……。

それよりも先にやらなくてはいけないことがあると、わたしは秘書課に内線電話をかけた。

「副社長、そろそろお目覚めください」

できる限り普段通りに声をかけた。

すぐに副社長は腕をぐーっと伸ばして、目をゆっくり開いた。まだ眠そうな、けだるそうな雰囲気がとても艶《つや》めいて見える。

「ん……もう、朝なのか。それとも俺死んじゃったの？　天使が見える」

寝起きでさえも、いつもと同じ調子に、少しあきれた。

「もう、本当に朝からバカなことばかり言っていると、怒りますよ！」

仁王立ちで上から天使とは程遠い顔で睨みつけたら、なぜだかうれしそうに「あはは」と笑って起き上がった。しかしその顔にはひどく疲れが残っていた。

「昨日、ずいぶん遅くまでデートを楽しまれていたようですね」

デスクの上の決済済みの書類に視線を向けると、彼は笑った。

「ああ、なかなか帰してくれなくてね」

「そうですか。ずいぶんお楽しみだったみたいですが、次回こういうときには秘書であるわたしにも声をかけてください。諸々調整いたしますので」

副社長は、小さくため息をついたあと「わかったよ」と苦笑いを浮かべた。

「それでは本日の予定ですが、いくつか変更があります」

小さなあくびをする副社長に向かって、いつも通りスケジュールを伝える。

「本日、深山建設《みやまけんせつ》の前会長の葬儀ですが専務のご都合が悪いために副社長に代わりに出席していただくことになりました」

「え？　そうなのか」

驚いた様子だったけれど、決定事項なので従ってもらう。

「午前の社内の打ち合わせについてはすべて時間の短縮と別日への振り替えができております。いったんご自宅にお戻りになってから、直接弔問《ちょうもん》されてください。運転手さんにはその旨伝えております。午後からは予定通りです」

「わかった……ありがとう」

まだ眠そうな副社長が、立ち上がろうとするのを止めた。

「ご自宅に戻られる前に、こちらを片付けてください」

わたしはコンビニで買ってきたおにぎりと、インスタントのお味噌汁がのったトレーを、彼の前に差し出した。

「どうぞ」

「これって」

副社長は驚いた顔で、わたしの方を見ている。

少し出過ぎた真似かなと思っていたので、なんだか恥ずかしくなってしまう。

けれどこうでもしないと、副社長は食事を後回しにしてしまうだろう。ゴミ箱には栄養補助食品の袋がいくつか捨ててあった。こんな食生活ではいくら若いからといっても、体を壊してしまう。

「安心してください。副社長の苦手な明太子じゃないですから。睡眠不足でしょうから、せめてお食事くらいはしっかり召し上がってくださいね」

「ああ、うれしいよ。ありがとう」

フワッと笑ったその笑顔に、わたしの目が釘付けになる。

いつもの笑顔も悔しいほど素敵だが、今日はどこか違う。なんというか自然に浮かんだであろう笑みだ。それがあまりにも魅力的すぎて、しばらく目が離せなかった。

副社長がおにぎりを手にして、やっとわたしも我に返った。

「次からは、君の手作りがいいな」

相変わらずの発言に、さっき見とれてしまった自分を激しく後悔した。

「では明太子がたっぷり入ったのをお持ちしますね」

にっこりと作り笑いをしたわたしは、少し熱めの緑茶をテーブルの上に置いて、執務室に戻ると自分の仕事に取りかかった。


午後の仕事が始まり、しばらくしてからのこと。わたしは午前中に予定してした社内での会議の調整を終えて、ほっとひと息ついていた。

ただでさえ忙しい副社長のスケジュール管理は難しいので、ここは腕の見せ所だと思い、力を尽くした。おかげでなんとかなりそうだ。

ただ副社長の戻りが少し遅いのが気になる。

先ほど弔問を終えて戻ると連絡があってから、もう四十分ほど経っている。どんなに車が渋滞していても、三十分もあれば着くはずなのに。

そんなことを思っていると、副社長室のドアが開く音がした。

わたしはすぐに執務室側のドアをノックして、準備してあったネクタイを持ち副社長のもとに向かう。

「おかえりなさいませ」

「ああ、ただいま」

黒のネクタイに指を入れて緩めながら、副社長がデスクに置いてあった資料を立ったままで確認している。

わたしは隣に立ち、外したネクタイを受け取り、薄いブルーにゴールドのストライプが入ったネクタイを渡した。

「ありがとう。俺のいない間、大丈夫だった？」

「はい。問題ございません。お戻りになってすぐですが、あと十五分で会議が始まります」

使用するタブレット端末のセットアップもぬかりなく、デスクの上に置いてある。

「さすが」

副社長はひゅうっと口笛をひとつ吹いた。

「それでは、わたしは失礼します」

頭を下げ、執務室に戻ろうとしたらいきなり背後から手を引かれた。

「きゃあ！」

体勢を崩したわたしは、ポスンと副社長の胸に抱かれた。

「も、申し訳ありません」

すぐにその場を離れようとしたけれど、なぜだか副社長はわたしの手を離してくれない。

「小暮さん、これ。お礼」

目の前に差し出されたのは、有名な高級チョコレート専門店の紙袋だ。

「なんの……お礼ですか？」

思い当たる節がなくて、振り返りながら尋ねた。

「今日の弔問、君が専務に言って交代してもらったんだろう？　おかげでお世話になった故人ともお別れができたし、行き帰りの車の中でゆっくりできた」

こんなにすぐに自分の魂胆《こんたん》がばれてしまったとは……うまくできたと思ったのにな。

「少しのお時間でも休息がとれたのなら、安心しました」

それは紛れもなく心からの気持ちだった。

副社長は周りから見れば適当にやっているように見えるが、その実、身を粉にして働いている。なるべくゆったりとしたスケジュールを心がけたところで、本人が次々とアポイントを入れてしまうので、常々心配していたのに、今日は会社に宿泊していた。

「これくらいのことしか、できなくてすみません」

もう少し彼の右腕と呼ばれるくらい仕事ができれば、負担を軽くすることができるのに。自分を不甲斐なく思う。

「ありがとう。その心遣いがすごくうれしかった。やっぱり君って、いいよね。もっと好きになってもいい？」

副社長の曇りのない瞳が、まっすぐにわたしに向けられている。握られている手首が熱を持っているように熱い。

どうしちゃたんだろう。わたし……変かも。

やっと口にした言葉は少し掠れていた。

「……ダ、ダメです」

きっぱりと言いきったけれど、副社長の艶っぽい視線に当てられたわたしの顔は、おそらく赤くなっていただろう。

「そういうところがすごくいいって自覚ある？」

副社長は大きな手でわたしの肩をポンポンと軽くたたくと、手に紙袋を握らせた。

「じゃあ、行ってくる」

わたしの準備したダブレットを持って颯爽《さっそう》と副社長室を出ていく彼を、その場に立ったまま見つめていた。

「いってらっしゃいませ」

わたしがその言葉を言えたのは、彼がすでに廊下に出て扉が閉まったあとだった。手に持たされた紙袋から中身を取り出して綺麗にリボンのかかった箱を開けると、宝石のような艶のある美しいチョコレートが六個並んでいる。

おそらく少し帰社時刻が遅くなったのは、これを買っていたからだろう。

秘書という立場ならば、このような形でボスに気を使わせるべきではないと重々承知している。けれど自分の中の女の部分が、うれしいと激しく主張していた。

デスクに戻って、さっそく一個食べてみた。口の中と胸の中に、とろけるような甘さが広がった。


秘書として日々奮闘していたある日。会社から出て駅に向かう途中で声をかけられた。

「朝霧不動産副社長秘書の、小暮さんですよね？」

振り向くとそこには、三十代前半くらいの男性が立っていた。スーツ姿で黒のセルフレームの眼鏡をかけた彼は、わたしよりもわずかに背が高いくらいだ。全体的に神経質で細かそうに見える。

「あなたは……たしか、秘書の丸岡《まるおか》さん……ですよね？」

記憶をたどって名前を思い出した。彼は副社長の元秘書だ。

「はい。あ、今は秘書ではありませんが。少しお話ししたいのですがいいですか？」

目の前にあるカフェを彼が指さした。

いきなり話しかけられたので少し警戒したけれど、「副社長のことで、仕事の引き継ぎができていなかったから」と言われて、人目のある店でならば問題ないと思い、話を聞くことにした。

ふたり掛けのテーブルに向かい合って座った。お互いのコーヒーが運ばれてくると、丸岡さんが話を始めた。

「突然声をおかけしてすみませんでした。僕が自分の都合で急に秘書を辞めてしまったので、後任の小暮さんには迷惑をおかけしています」

噂では、副社長がクビにしたという話もあったけれど、違うみたいだ。

「いいえ、たしかに大変ですけど秘書課の皆さんに助けていただいています」

「そうですか、よかった」

それまで改まった顔をしていた丸岡さんが、安心したのか少し頬を緩ませた。

それから仕事に関することで、いくつか注意をすることを伝えてくれた。知らなかったこともあり、ずいぶん助かった。

共通の話題のおかげか、和やかに話が進んだ。

「副社長にはずいぶんお世話になったんです。だから、親の介護のためとはいえ急に辞めてしまったことが心残りでして」

正直、秘書になりたての頃にこの話を聞いていたら、納得しなかっただろう。けれど今は彼の言うことが正しいのだとわかる。

副社長のもとで働くのは大変だが、その分やりがいや達成感があるし、仕事を心から楽しいと思えた。

それは彼がなす正当な評価と人柄のおかげだと思う。今まで上司に恵まれていなかった反動も大きいのかもしれないが、彼はわたしの中で理想の上司になっていた。

きっと丸岡さんも、できれば副社長のもとでまだまだ働きたかったに違いない。

「あ、僕と今日会ったことは、副社長には内緒でお願いします。男の僕にこんなに慕われていると思ったら、『気持ち悪い』って言われてしまいそうだから」

ありありと想像できてしまい、わたしは思わず吹き出した。

「たしかに言いそうです。わかりました。今日のことはふたりの秘密で」

笑い合って、丸岡さんとカフェで別れた。

帰り道、なんだかほくほくとした気持ちでわたしは歩いていた。またより深く彼を知ることができたような気がしたからだ。

丸岡さんから聞いたことを早速明日から実践してみようと思った。


次の日の午後、わたしは昼休みに買ってきたコーヒーを淹《い》れて、副社長のもとに届けた。

デスクの上に置くと、すんっとにおいをかいだ副社長が「あれ？」という顔をした。

「飲んでみてください」

期待まじりに声をかけると、彼はすぐにコーヒーをひと口飲む。その瞬間、彼の表情が緩んだ。それを見たわたしはうれしくなる。

「これって、すごく俺好み。俺のためにわざわざ準備してくれたってことは、けっこうなびいてきた？」

相変わらずの言い方に思わず反発してしまう。

「そんなことないです。これは部下として――」

「本当に？　このコーヒーから、君の俺への愛を感じるんだけど？」

上目で見つめられて、ドキドキしてしまう。

「そ、そんなはずないですからっ！　これは昨日丸岡さんに――あっ」

〝内緒〟という話だったのにうっかり口を滑らせてしまい、慌てて口元を押さえたけれど、副社長の耳にはばっちり届いていたようだ。

「丸岡？　元秘書の？」

副社長の表情が一瞬にして曇る。眉間に皺《しわ》を寄せて、わたしの答えを待っているようだ。しかしこれまで聞いたこともないようなあまりにも低い声に、わたしは固まってしまった。

彼の秘書になって三カ月余り。色々なことがあったが、こんなふうに険しい表情の彼は記憶になかった。

いつもと違う彼の様子に口元がこわばり、すぐに返事ができない。

「丸岡とどこで会ったんだ？」

なにも言わないわたしにじれたのか、副社長は声をあげて立ち上がり、わたしの腕を掴んだ。

やだ、なんで、どうして？

よかれと思ってしたことで、こんなことになるとは思わなかった。

強い視線を向けられ、震える唇でやっと答えた。

「き、昨日、仕事の帰りに声をかけられて……」

「それで、なんの話をした？　いや、なにもされていないか？」

どうしたというのだろう。いつも冷静で飄々《ひょうひょう》としている彼が、ものすごい勢いでまくしたてるように問い詰めてくる。

そのせいでわたしはあっけにとられて、説明をすることもままならない。

「なにもなかったんだな、大丈夫なのかっ？」

両腕を掴まれて顔を覗き込まれた。彼の表情から、責められているのではなく心配されているのだと気がつく。

そこでやっと「はい」と小さくうなずくことができた。

すると、わたしの腕を掴んでいた手が緩み、副社長がうなだれて「はぁ～」と大きく息を吐いた。そして急に顔をもたげたかと思うと、わたしの目の前まで近づいた。

突然吐息まで感じるほど顔を寄せられて、心臓が飛び跳ねた。

「小暮さん、今後二度と丸岡には会ってはいけないよ。連絡もダメだ。わかったかい？」

真剣な表情から、彼が冗談で言っているのではないのだと理解はできた。けれど理由も知らされずに『はい』と返事はできない。

「なにか理由があってのことですよね？　それって――」

「いいから。君は黙って従えばいいんだ」

髪をかき上げながら、突き放すように言われた。いつもと様子があまりにも違う。

「そんな一方的に言われても、納得できません」

「君には関係のない話だ」

ばっさりと言いきられ、視線でもこれ以上の話を拒否される。自分に関わることなのに、どうして教えてくれないのか。

「わかりました。副社長が理由をおっしゃらないのなら、それでも構いません。しかし、このようなことは今回限りにしてください。わたしは、なんでも言うことを聞く操り人形ではありませんから」

悔しくて目頭が熱くなる。

彼に望まれて秘書になった。仕事はまだまだだけれど、信頼関係のもとうまくやってきたつもりだ。それなのに、それは自分の思い上がりだったのだろうか。そうでなければ、こんなに一方的に意見を押しつけてくるはずない。これまでやってきたことを否定されたような気がして、胸が痛い。

俯けていた顔を上げて、まっすぐに副社長を見た。すると彼は眉間に皺を寄せ、苦《く》悶《もん》に満ちた表情をしていた。

しかし今の状況で、相手を思いやることなどできない。

「失礼します」

　このままでは泣きだしてしまいそうだ。その前に執務室へ戻ろうと歩きだしたわたしを、副社長の大きな腕が背後から包み込んだ。ぎゅっと抱き込まれ、彼のにおいに包まれる。

「ふ、副社長？」

　驚いて足を止めたわたしの耳に、彼の絞り出すような声が聞こえた。

「すまない……今回だけは、言う通りにしてほしい。頼む」

　その切実さに、驚き目を見開いた。

　彼がこんなふうに言うということは、きっと重大ななにかがあるに違いない。こんなに真摯な態度を見せられて、これ以上反発するなんてできない。

　回された手に力が込められた。わたしはただ抱きしめられたまま、「わかりました」とだけ言うのが精いっぱいだった。


　それからというもの、丸岡さんの話題はふたりの間では出なかった。けれどあきらかに副社長の態度が変わったのだ。

　表面上はこれまで通り。軽口をたたき、難しい仕事もさらりとこなしている。

しかし、今までなら終業時刻が終わればすぐにわたしを帰そうとしていたのに、このところ残業を言いつけられることが増えた。そして電車がある時間だろうが残業に付き合わせたからという理由で、彼が車で自宅まで送ってくれることが増えたのだ。

たぶん丸岡さんのことで、なにか気になることがあるのだろう。けれど、あの日の副社長の様子を知っているので、踏み込んで聞くことができなかった。

その日も副社長は、わたしをさらうかのごとく車の助手席に乗せ、わたしの自宅マンションに向かって車を走らせていた。

しばらくして赤信号で停車した。ふと視線を外に向けると、屋台のたこ焼き屋が目に入った。

「あっ、たこ焼き屋さんだ」

「お、食べていく？」

「え？　副社長が、たこ焼きを？」

驚いたわたしに、副社長は不満顔だ。だって、そんな姿、想像できない。

「俺だって、たこ焼きぐらい食べるさ。ほら、行こう」

気がつけば車は停車していて、シートベルトを外した副社長はすでに外へと歩きだしていた。

熱々のたこ焼きがのった舟皿を手に持って、わたしと副社長は近くの公園のベンチに並んで座っていた。

すでに二十時を過ぎた公園は、犬の散歩や通り抜けに使う人が通りかかるぐらいで、人影はまばらだった。

「いただきます」

副社長が丁寧に手を合わせるのを見て、ちょっと笑ってしまった。たこ焼きを見る目がすごくワクワクしているように見えたからだ。

爪楊枝に刺したたこ焼きを、わたしが止める間もなく一気に口に放り込んだ。

「あっ……」

「熱っ！」

途端に副社長の顔がゆがむ。それと同時にハフハフと口を動かして、なんとか口の中のたこ焼きの熱を逃がそうとしている。

もうその姿が普段の彼とかけ離れていて、わたしは思わず吹き出してしまった。

いつもは社内外の女性たちの視線を釘付けにして、笑みを浮かべれば黄色い悲鳴があがるような人が、今、わたしの隣で、たこ焼きに悪戦苦闘している。

ちらっと睨まれたけれど、それでもわたしの笑いは止まらない。

「ふふふっ、おいしいですか？」

「はふっ、熱い」

そう言いながら、彼はまだ口に入っているにもかかわらず次のたこ焼きを爪楊枝に刺した。そしてごくんと口の中のたこ焼きを飲み込んだあと、爪楊枝に刺したたこ焼きをわたしの目の前に差し出した。

「俺、猫舌なんだ。だから冷まして」

さも当たり前のように言われて、わたしは一瞬どういうことかと考えた。

「わたしが、冷ますんですか？」

うんうん、と何度かうなずいている。

「ご自分でなさってください」

「どうして？　秘書ならこれくらいしてくれてもいいんじゃない？」

そんな秘書、この世のどこにもいないと思うけど。

「ほら、俺が口内やけどして明日仕事休んでもいいの？　ほらっ」

「それくらいで休まないでくださいよ。もう」

結局わたしは、彼のたこ焼きにフーフーと息を吹きかけて冷ました。それをパクッと口に放り込んだ副社長は、とても満足そうに味わっている。

「じゃあ、次は俺が」

そう言って、たこ焼きを冷ました彼は、わたしの目の前に「どうぞ」と差し出す。

「わたしは……いいですから」

恥ずかしくなって拒否するも、ぐいぐいたこ焼きを近づけてくる。強引な彼は笑いながらも、絶対に引く気はないようだ。

「おいしいよな？」

観念したわたしは思いきってパクッと大きな口を開けて、たこ焼きを頬張った。

「……はい」

そう答えたけれど実際のところ、ドキドキして胸がいっぱいで味なんてわからなかった。

だけどいい大人のふたりが、お互いにたこ焼きを食べさせ合っているのがなんだか楽しかった。

「あ〜あ。どうせなら、もっとうまいメシ食べさせたかったな。女の子が好きそうな店で」

「お気持ちはうれしいですけど、わたしはたこ焼きも好きですよ」

「こうやって、ふたりで食べさせ合いっこ、できるし?」

からかうような目の副社長を、軽く睨んでいなす。けれど彼は全然こたえていないようで、むしろ楽しそうに笑っていた。

それからお互い「熱い、熱い」と言いながらたこ焼きを頬張った。

「ほら、ついてるぞ」

「え?」

副社長の長い指が伸びてきて、わたしの唇の端をぬぐった。その指にはソースがついている。彼はそれを戸惑うことなくペロッとなめてしまった。

「ふ、副社長!」

驚いて声をあげたわたしを見て、彼がケラケラと笑っている。

「顔が、真っ赤だ。本当にこういうの慣れていないんだね」

「いけませんか?」

なんだかバカにされているような気がして、プイッと横を向いた。

「いけないことはないよ。俺はむしろ君のそういうところが好ましいと思っているから。ほら、こっちを向きなさい」

ゆっくりと彼の方を見ると、さっきまで浮かべていた笑みを消し、真剣な眼差しをわたしに向けてきた。

それまでの雰囲気が変わった。わたしもまっすぐに彼を見る。

「悪いな、ここ最近少し面倒なことになってしまって。帰りもこんな時間だ」

「いえ、大丈夫ですよ。わたし、仕事好きなんで」

それは事実だ。彼のもとでする仕事は社会人になって一番楽しい。これまでは総務課の中である程度のルールに従って仕事をしてきたが、今は自分で動き方を考えている。そしてそれを認めてくれる人がいるのは幸せなことだ。

「そう言ってくれると、助かる」

彼の大きな手のひらがわたしの頭を優しく撫《な》でた。

「俺のわがままで、君をそばに置いてしまった。なるべく早く解決するから、しばらく我慢してほしい」

副社長のいたわるような態度に、胸が疼《うず》いた。

いきなり秘書になれと言われたときは、正直反発する気持ちの方が大きかったのに、気がつけば彼と仕事ができることをうれしいと思っている。その上……こんなふうに近い距離にいる時間が増えて、わたしの気持ちは加速度をつけて彼に向かっていた。

「大丈夫です！　わたしけっこう強いんで」

場の空気を明るくするために、わたしはガッツポーズをしてみせた。

副社長の顔が和らいだ。

「そうか……。遅くなったな、そろそろ行こうか」

歩きだした副社長の背中を見ながら歩く。

すごく近くにいるけれど、彼とわたしは上司と部下だ。それ以外の感情を持つべきではないという思いと、それでも止められない湧き上がってくる感情がわたしの中で複雑に入り混じっていた。


「ん～やっぱり、ケーキも食べようかな」

会社帰りに寄ったイタリアンレストランで、わたしはメニューを真剣に眺めていた。一緒にテーブルに座っている公美子はさっさと決めてしまって、わたしを待っている。

「ほんと、そういう優柔不断なところは変わらないよね。そんなんで秘書なんて務まってるの？」

頬杖をついた公美子があきれた顔でこちらを見ていた。

「仕事はちゃんとやってるよ」

「本当に？　わたしの方が向いてるんじゃない？　一度交代してみる？」

「ダメ！」

冗談だとわかっているけれど、けっこう大きな声を出してしまった。

それを見た公美子はニヤニヤと笑っている。

「ふ～ん。そんなに副社長の秘書がいいんだ」

「え、あ、まあ……仕事の成果をきちんと認めてくれるしね」

「へえ、本当にそれだけ？」

疑惑に満ちた目で見られ、しどろもどろになってしまう。

「あんなに『チャラい男の人は嫌だ』って言ってたのに、由奈もとうとう副社長の手に落ちたのね」

「いや、その……そういうわけじゃ、ないこともないんだけど」

正直、自分の気持ちを持て余していた。

副社長の言動が軽いと思うことはあるけれど、それが必ずしも悪いことではないということを今では理解している。そうやって周りと接することで、余計なプレッシャーを与えずによりよい成果を出しているからだ。

そして彼自身はその見かけの〝チャラさ〟からは想像できないほど、真面目で信頼に値する人だということを、近くで仕事をしていてひしひしと感じていた。

歯切れの悪いわたしを見て、公美子は人の悪い笑みを浮かべている。

「まったくのタイプじゃない相手が、そこまで気になるなんてね。間違いなく恋よ」

「そ、そうかな」

「それに副社長の女遊びの話って全部噂じゃない？　やっかみを受けて、あることないことを吹聴《ふいちょう》されている可能性だってあるでしょう？　本当に女性に対してだらしないなら、修羅場の一度や二度繰り広げられていてもおかしくないと思わない？」

たしかに公美子の言う通りだ。先日だって、『デートだから早く帰りたい』と言っていたけれど、蓋《ふた》を開けてみればひとり徹夜で残業をしていた。デートどころかわたしの知る限りでは女性の影すら感じられない。彼の情熱は仕事に傾けられているように思えた。

色々と理由をつけて自分の気持ちをごまかしてきた。けれど自分の中の副社長に対する思いをもう否定できない。

一日のけっこうな時間を副社長のことを考えて過ごしているのだから。

やっぱりわたし……副社長に恋してるんだ。

はっきりと自覚したら、なんだかすっきりした。

「さあ、今日はそこのところ、根ほり葉ほり聞かせてもらうわよ」

なぜだか腕まくりをしている公美子に「勘弁してよ～」と言いながら、久しぶりの仲良し同期との食事を楽しんだ。

「はぁ～おなかいっぱい」

ふたりしてケーキまでしっかり平らげ、店を出た。

公美子は隣を歩くわたしをじっと見て、笑った。

「由奈、なんだか綺麗になったね」

「え⁉　本当に？」

「うん。副社長のこと、頑張ってみればいいよ。本当に好きな人なんて人生でそう何人も現れるわけじゃないからね」

公美子の言う通りだと思ったとき、スマートフォンにメールが届いた。差出人は副社長だった。

おかしいな。いつもなら用事があるときはだいたい電話なのに。

メールを作成する時間がもったいないと言っていた。ついでにわたしの声が聞きたいから、なんて言われると冗談とわかっていてもうれしくなってしまう……というのが毎度のことなので、ちょっと不思議に思った。

「仕事？」

「うん、副社長から。急ぎの用事みたい。ちょっと、会社に戻るね」

公美子と駅前で別れると、わたしは電車に乗り、会社に戻った。

社員通用口でＩＤカードをかざして解錠して中に入る。すでに終業時刻が過ぎ、人影はほとんどなかった。

いつもと違い暗い廊下は少し怖い。ヒールの音が普段よりも響く中を、急ぎ足で歩いた。

メールには、過年度のイベントの資料をすぐに探してほしいという用件が書いてあった。だから副社長室には寄らずに、まっすぐ三階の資料室へ向かう。

資料室に着くと、総務のときに資料室の管理をしていたわたしは、すぐに目当ての資料を探し出すことができた。

バインダーを手に持ったそのとき、背後で扉が開く音がした。

驚いて肩をビクッと震わせたあと、副社長が来てくれたのだと思い振り向いた。

「副社長……っ？」

だけど、そこにいる人物を見て、わたしは息をのんだ。

どうして彼がこんなところにいるの？

「あいにく、あなたの待っている人は来ませんよ」

ニヤッと笑ったその顔を見て、背中に悪寒が走る。

「ま、丸岡さん……いったいどうして？」

彼はすでにこの会社を辞めているのだ。なのにどうしてこんな時間にこんな場所にいるのだろう。

エマージェンシーコールが頭の中で鳴り響く。けれど焦ってどうしたらいいのかわからない。

「どうして？　あはは……あなたが電話に出てくれないから、直接会いに来たんですよ」

「……っ、だって……」

じりじりと近寄ってくる丸岡さんに、わたしは手に持った資料を強く握りしめ、後ずさって距離を取る。しかし彼はまるで獲物を追い詰めるかのごとく、にじり寄ってくる。

副社長から彼との接触を止められて以降、わたしのスマートフォンに非通知設定の不審な電話が続いていた。もちろん副社長には相談していたし、当分は相手がわからない電話には出ないことにしていたのだ。

しかしまさか、こんなところまで直接来るなんて。

「も、もしかして……あのメールって？」

「あはは、今頃気がついたの？　小暮さん仕事ができるって話だったのに、案外間抜けなんだね。僕、けっこうパソコンに詳しくてね。ちょっと副社長のＩＤを借りてメールを送ったんだ」

丸岡さんの言葉に、悔しくて唇を噛んだ。副社長からの呼び出しだと思い、疑うことなくこんなところにノコノコと来てしまった。

恐怖で奥歯がガチガチと音を立てた。食いしばり、なんとかこの場から逃げることを考える。

瞳孔《どうこう》を見開きニヤニヤ笑ってこちらに向かってくる彼は、どう見ても正気ではない。

「やっとゆっくり話ができるね。あなたもあの身勝手極まりない副社長にこき使われているのでしょう」

なにを言っているんだろう。本当にそんな話をするために、ここに忍び込んできたわけじゃないだろう。

返事ができないわたしを無視して、相手は一方的に話をする。

「同志のあなたには申し訳ないのだけれど、どうしても彼の悔しがる顔が見たいんです。協力してもらえませんか？」

「きょ、協力ですか？」

もちろん彼に手を貸すつもりなんてさらさらないけれど、相手を刺激しないように、なるべく冷静を装った。

「聞くところによると、小暮さんはたいそう副社長のお気に入りだとか。そんなあなたが、傷つけられたと知ったら、彼はどう思うでしょうか？」

「……っ」

ニヤリと笑ったその目に、暗い影を見た。わたしは体をこわばらせ、おびえたまま彼の動きを探る。

「きっと、あの自慢の顔をゆがめて、さぞ悔しがることでしょうね、そう思いません？」

じりじりと近づいてきていた丸岡さんが、こちらに手を伸ばしてきた。

つかまると思った瞬間、入口の近くの棚に置いたバッグの中で、わたしのスマートフォンから着信音が鳴り響いた。

丸岡さんの視線が一瞬逸れた、そのとき――。

今だ！

わたしは手に持っていたバインダーを思いっきり彼に向けて投げつけた。それが見事に彼の顔面にヒットして眼鏡が飛び、丸岡さんはうずくまった。

とっさに彼の横をすり抜けて、資料室から外に出る。必死で廊下を走りながらエレベーターホールまでたどり着いたけれど、待っている時間がないと判断して階段の方へ回った。

助けを呼ぼうにも、バッグは資料室に置いてきてしまった。とにかく少しでも遠くに行きたい。そう思ったわたしは無意識に副社長室を目指していた。

一階分駆け上っただけで、息が上がる。足もどんどん重くなってきた。踊り場で下を見ると、丸岡さんの顔が見えた。

「ひどいじゃないですか。小暮さん。おかげで眼鏡が壊れてしまいましたよ」

あれだけのことをされて、笑っていられるなんて絶対におかしい。きっと言葉で説得するなんて無理だ。

恐怖でドキドキと鳴る心臓。もつれそうな足。泣きだしてしまいそうな自分に活をいれてここまで逃げてきたけれど、すぐそこに丸岡さんが迫っている。

そのとき、わたしの手をねっとりした手が掴んだ。そして勢いよくわたしの体を壁に押しつけた。

肩や背中に痛みが走る。それでも必死で抵抗しながら、わたしは助けを呼んだ。

「助けて！　助けて……朝霧副社長っ！」

とっさに出た副社長の名前。

その瞬間、階段の上から「小暮さんっ！」と呼ぶ声が聞こえた。

空耳じゃない、たしかに聞こえた。と同時に、わたしの目の前にいた丸岡さんが、床に投げ飛ばされた。

大きな音と「ぐはっ」という声がして丸岡さんが倒れ込む。

解放されたわたしは、足の力が抜けてその場に倒れ込みそうになる。それを支えてくれたのは、副社長だった。

「大丈夫か⁉　どこか怪我はしてないか？」

額から汗を流し、わたしの様子を確認する。

驚いて声も出ないが、わたしは何度もうなずいて無事だと伝えた。

「ああ……間に合ってよかった。君の同期には感謝しないと」

いきなり広い胸に抱きしめられた。スーツ越しにもわかるほど彼の体が熱い。きっとここまで全速力で駆けつけてきてくれたのだろう。力の抜けきったわたしをかき抱くようにして、腕に力を込めた。

「気になることがあって君に電話をしたら出ないから、一緒に食事をすると言っていた同期の奥山さんに電話したんだ。まさかこんなことになっているなんて……。遅くなってすまなかった」

わたしは必死になって、頭を振って否定した。

「……助けてくれて、ありがとうございます。わたし……わた……し」

彼の温かい胸に抱かれて、安心したわたしの目から涙がこぼれ落ちた。堰《せき》を切ったように溢れだす涙を、副社長の長い指がぬぐってくれる。

それからすぐにバタバタと人の足音が聞こえて、視線を向けると警備員とともに秘書課の課長が駆けつけ、丸岡さんを取り押さえていた。

「遅くなってすみませんでした」

課長の視線が、副社長に抱かれているわたしに向けられた。

気まずさを感じて、副社長の腕から抜け出そうとするけれど、彼は頑としてその手を緩めてくれない。むしろ力を込めたほどだ。

知っている人にこんな姿を見られる恥ずかしさから、わたしは彼の胸に顔を押しつけて隠れ、その場をやり過ごした。

「大丈夫だ。俺は彼女を送っていくから、そいつのことは任せたぞ」

「かしこまりました」

できた秘書である課長はそれ以上なんの詮索《せんさく》もせずに、うなだれたままの丸岡さんを立たせた。

安心したわたしは、やっと副社長の腕から離れた。

しかし次の瞬間、それまで大人しくしていた丸岡さんが顔を上げ、狂気に満ちた目で雄叫びを上げると、わたしに飛びかかってきた。

「うあおああー！」

「きゃあ！」

髪を思いきり引っ張られ、わたしはガクンと階段を踏み外した。

大きく傾く体、目の前の光景がスローモーションで流れていく。

体に与えられる衝撃に備えて身を固くしたとき、わたしの体を副社長がかばうようにして抱きしめた。

ドンッと大きな衝撃が体に走った。けれど想像していたような痛みはない。はっとして、自分の下敷きになっている人物を確認する。

「ふ、副社長？　朝霧副社長？」

名前を呼んだけれど、返事がない。

「救急車だ！　すぐに救急車を呼べ！」

秘書課長の声が階段に響く。

しかしわたしは大切な人が目の前で倒れているのに、なにもできずに震えていた。

「やだ……どうして……、こんなの……」

ポロポロと涙が流れる。秘書課長が階段を急いで下りてきた。

「課長、副社長は死にませんよね？　大丈夫ですよね」

「今、救急車を呼んだから……」

パニックになったわたしは、子供のように泣きじゃくる。

「やだ……死んじゃ、やだ」

課長が止めるのも聞かずに、倒れている副社長にすがりついた。彼の胸に顔を押しつけ、涙を流す。

彼を失うかもしれない恐怖におびえていた。そのとき——。

「……っ、好きな女を抱いてもいないのに、死ぬわけないだろ」

「えっ⁉」

急いで体を起こして副社長を見ると、一瞬痛みで顔をゆがめたあと、目を開いた。

「副社長！」

うれしくて思いきり抱きついたら「痛い」と言われた。慌てて離れると起き上がろうとするので、彼の背を支えた。

「大丈夫ですか？」

「ああ、とりあえず救急車はキャンセルだ」

うなずいた秘書課長がすぐにどこかに電話をかけていた。そしてわたしと副社長の方を見た。

「病院の手配はしますので、必ず行ってください。あとは小暮さん――お願いしますね。副社長はきっと、あなたにそばにいてほしいでしょうから」

最後のセリフに顔を赤くしながら、わたしは「はい」と答えた。


すぐにタクシーで病院に向かい、お医者さまに診てもらった。

幸いなことに怪我は左手の捻挫《ねんざ》だけで済んだ。しかし巻かれた包帯が痛々しい。

診察を終えた副社長を自宅のマンションまで送った。

到着したのは深夜一時頃。

「それでは、明日以降のスケジュールについては出社後に調整いたします。本日はゆっくりとお休みください」

タクシーが車寄せに止まると、そう告げた。

「は？　小暮さんこのまま俺を見捨てて帰るつもり？」

「見捨てる⁉　どういうことですか？」

聞き捨てならない言葉に、わたしは目を見開いた。

「だってそうだろう。俺、こんな手で、ひとりでどうしろって言うんだ」

副社長は、包帯で巻かれた左手をわたしの方へぐいっと突き出した。

「どうしろって言われても……」

「冷たいんだな」

副社長は怪我をしていない方の右手で、わたしの腕を軽く掴んだ。そしてそのしなやかな指で手首をそっとさする。

ドキリと心臓が大きく跳ねた。

わたしの反応をうかがうような顔で見つめないで。こういうのはズルイと思う。

返事ができないわたしに、しびれを切らしたのは副社長ではなくタクシーの運転手さんだった。やりとりをしているわたしたちを、ちらっと見て不機嫌に言う。

「降りるんですか？　降りないんですか？」

「降ります」

わたしは、副社長のその言葉に反論しなかった。いや、できなかった。

手を繋がれたままエレベーターに乗せられて、部屋まで連れてこられた。

高級なタワーマンションだというのは肌で感じていたけれど、ドキドキと音を立てる心臓が壊れそうで、周りを見る余裕もなかった。

勢いに押されてついてきてしまった。でも決して無理矢理ではない。だからといって、覚悟を決めたかというと、それもちょっと違う。

正直混乱したままだったけれど、やっぱり手を繋がれるとうれしかった。

彼のあとに続いて玄関のドアをくぐる。わたしが鍵を閉めて振り向くと肩を抱かれてくるりと方向転換させられた。

頬に彼の右手が添えられて、上を向かされる。瞬きをする間もないほどすぐに、彼の唇がわたしのそれに触れた。

「んー……！」

驚いて一瞬目を見開いたものの、何度か啄《ついば》まれて角度を変えてより深くなるキスにわたしは自然と目を閉じた。

背の高い彼は、わたしの腰に右手を添えて押し上げるようにして、キスを繰り返す。彼を仰ぐような体勢のわたしは途端に息苦しくなった。

だけど拒むことはしたくなくて……。

食《は》むように唇を重ね、下唇が音を立てて吸われたあと、唇が離れた。

至近距離で見つめ合う。お互いの愛おしさが溢れて、照れくさいけれどやめたくない。二度、三度と啄むようなキスをして、額をくっつけて視線をからませる。

彼の目は、今までにないほど甘くそして艶めいていて、わたしは視線を逸らすことができずにいた。

「ごめん、こんなところでがっついて」

彼ははぁと大きく息を吐き、髪をかき上げた。

その色気の波に押し流されそうになる。呼吸が乱れ、彼に触れられたところから体が熱くなっていく。わたしの感情は痛いくらいに高ぶっていた。

「こっち、おいで」

副社長が手を繋ぎ直して、リビングへ連れていってくれた。

「そこに座って。ちょっと話をしよう。なにか飲むだろう？　ワインは？」

「お酒はダメです！　まだ手が腫れているんですから。わたしがお茶を準備しますから」

先ほど診察を終えたばかりなのに、アルコールなんてとんでもない。

「はい、優秀な秘書の言う通りにします」

副社長はわたしをキッチンに案内してくれた。

ケトルにミネラルウォーターを入れ、スイッチを押す。

頂き物だというほうじ茶を彼が出してくれたので、それを淹れることにした。

「あの、大丈夫ですから副社長は座っていてください」

さっきから気になるのは、カウンターの前に立って、ずっとわたしがお茶を準備しているのを見ている副社長の視線だ。

「いいから、続けて。俺は好きな子が自宅のキッチンに立っているっていうシチュエーションを堪能しているだけだから」

「……なに、言ってるんですか」

恥ずかしげもなく恥ずかしいことを言うので、こちらが赤面してしまう。

「ずっと君が欲しいと思っていた。手に入ったんだから、眺めるくらいいいだろ」

彼の言っている〝ずっと欲しいと思っていた〟ものがわたしだなんて、うれしいけれど恥ずかしさが勝ってしまう。

「いつのまに、わたしは副社長のものになったんですか？」

お茶を淹れながら、かわいくない言い方をした。

けれどそれを上回る甘い攻撃を相手が仕掛けてくる。

「あんなに、いやらしいキスしておいて、それはないよな」

そんなふうに言われたら、言い返すこともできない。

結局、顔を赤くしながら淹れたお茶をリビングに運んだ。

広いソファの彼の隣に座るように促され、素直に従った。これまでは上司と部下という関係上、向かい合って座ることの方が多かったので特別な感じがする。

彼がわたしの淹れたお茶を飲んだので、それに倣《なら》いわたしもひと口飲む。香ばしいにおいが、怒涛の一日の疲れを少し癒してくれた。

わずかな沈黙のあと、副社長が口を開いた。

「今回のこと、君を巻き込んですまなかった」

「あの、丸岡さんはなんで副社長に対して、あんな態度をとったのですか?」

今なら、きっと話をしてくれると思い、丸岡さんのことを尋ねた。

「アイツは――他社のスパイだったんだ」

「えっ⁉」

想像もしていなかったことに驚愕《きょうがく》して、それ以上言葉が続かない。

「ここ一年、我が社の機密情報が他社に流れていることが、何度かあった。それも俺が携わっている仕事が主だ。それで色々調査をした結果、丸岡がクロだと判明した」

手に持っていたカップを置いて、彼はテーブルの上を見つめたまま話し続ける。

「信頼していたから、最初は違うと信じたかった。けれど次々に証拠が出てきて。クビではなく自主退職という扱いにしたのはこれまでの恩義とアイツの家庭の事情をかんがみてだ。将来を閉ざすことまではしたくなかった」

苦渋の決断だったに違いない。けれどそれを丸岡さんは裏切ったのだ。

「うちの会社を辞めたら相手企業に行くつもりだったはずが、利用価値がなくなったと判断されて使い捨てにされてしまった。その恨みが俺に向かったんだろう。アイツが危険だという認識があったから、本当なら小暮さんを近くに置くべきじゃなかった」

副社長が、わたしを見つめる。

少し乱れた前髪の間から覗く形のよい瞳には、わたしがはっきりと映っていた。

「だけど、俺は君を見つけてしまった。出会ってしまった。ダメだとわかっていても、我慢できなかった」

彼の手が伸びてきて、わたしの頬を優しく撫でた。

「最初は、本当に秘書にとどめておくつもりだったんだ。自分の気持ちに気がついてからもこういう関係になるのだけは我慢しようと思っていたんだけどな。こればかりは止めようがなかった」

「なんだか……それってわたしがすごく愛されているように聞こえます」

「〝聞こえる〟じゃなくて、愛してるんだよ」

ストレートな愛の告白に、ドキンと胸が鳴る。

彼はまっすぐにわたしを見つめていたけれど、わたしは恥ずかしくてまともに彼を見ることができずに目を伏せた。しかし彼はそれを許してはくれない。

「小暮さん、俺のこと見て」

ゆっくりとまぶたを開き、彼を見上げた。そこには今まで見たことのない、ボスとしての彼ではなく、男の色香をまとった朝霧了という男性がいた。

「初めは、君の仕事に惚れた。だから一緒に仕事をしたいと思ったんだ。けれど一緒にいる時間が長くなればなるほど、それだけじゃ満足できなくなってきた」

彼の大きくて男性的な手が、わたしの頬を優しく撫でた。

「それからいつも一生懸命なところや、ちょっといじっぱりで、はっきりとものを言うところも好きだ。その上優しい気遣いもできて、からかうと恥ずかしそうにする姿を見ると、仕事を忘れてしまいそうだった」

その言葉を聞いて心がうれしいと声をあげている。けれど、それを素直に口にするのはばかられた。きちんと彼の口からあの噂が真実かどうか聞いておきたい。

「わたし、軽い男性は苦手なんです」

「じゃあ、俺には関係ない話だ……っと、そんな顔で睨まないで。キスしたくなるから」

「もうっ！　そうやってほかの女の子にも――」

副社長の人差し指が、わたしの唇に触れる。それ以上は言葉を続けられない。

「秘書を断ったのも、俺のことを軽いって思っていたから？」

無言でうなずくわたしに、副社長は小さくため息をついてから、気を取り直したように口を開いた。

「大いなる誤解だな。たしかに思っていることを口にする性格だから、そう思われても仕方ない。けれど一線はしっかり引いているつもりだ。俺の気持ちはいつだってひとつだけ。それは今、紛れもなく君に向かっている」

彼が情熱のこもった目で、わたしを見据える。その視線に肌が粟立ち、頬が染まる。

わたしは思わず、赤くなった顔を彼から逸らした。

「そう、その顔。それされると、すごく欲しくなるんだ」

彼がゆっくりと近づいてくる。唇が触れる間際、許可をとるような視線を向けられて、そっと目を閉じたわたしに彼はキスを繰り返した。

　副社長の気持ちが伝わるようなキスだった。

　甘やかすように啄まれ、誘惑するように唇をなぞられた。そして気持ちを刻みつけるように、彼の舌にとらえられたあと、わたしは夢中になって彼のキスに応えていた。

　やがて名残惜しそうに唇が離れて、短い呼吸を何度となく繰り返す。

　彼がわたしを自らの胸に抱き寄せた。

　少し落ち着いたところで、急に現実に引き戻された。

　全部が全部彼の思い通りに進んでいくみたいで、少し悔しい。結局初めてまともに会話したときに彼が言った通りに、わたしは彼のものになってしまった。

　うずめていた彼の胸から顔を上げて、チラリと上機嫌の彼を見る。

「まだお返事していないのに、キスするんですね」

　恥ずかしさも手伝ってかわいくないことを言ってしまう。

「仕方ない、キスしたかったんだから。それに小暮さんだって、同じ気持ちだろう？　俺はたしかに聞いたぞ。『死なないで！』って泣きそうになっていた」

「あ、あれはっ！」

　たしかにあのときは必死だった。けれど今その話を持ち出すのは反則だと思う。

顔をそむけたけれど、赤い顔はごまかしきれていないだろう。

「わたし『死なないで』って言っただけで、好きって言っていませんけど」

「そうだな。だけど俺には『愛してる』って聞こえた。違う？」

そういう熱のこもった目で見ないでほしい。

「違わない……です」

ゆっくりと彼に視線を移す。クスクスと笑っていた彼が愛に溢れた視線を向けてきた。わたしも同じ思いを込めて彼を見つめる。

目と目でお互いの気持ちを確かめ合い、わたしたちはもう一度キスをした。


「お茶、冷めちゃいましたね。淹れ直しましょうか？」

テーブルの上に置かれたカップの中のほうじ茶はすっかり冷めてしまっていた。

「それよりも、もっと俺の渇きを潤してくれるものがある。由奈、君が俺を潤して」

初めて名前を呼ばれたわたしの胸が、くすぐったく疼く。

顔をほころばせたわたしの額に、彼はチュッと小さな音を立ててキスをすると、わたしを優しく抱き寄せた。

「この期に及んで『待って』なんて言わないよな。こんなに必死なんだ。少しは譲歩自分にはもったいないくらいの相手にこんなことを言われて、ときめかない人などいないと思う。

笑いながら言った彼の首に腕を回して、ぎゅっと力を込めた。

「プレイボーイが形無しですね」

彼は心外だなとでも言いたそうな顔でわたしを見つめる。

「そんなもの、ただの噂話だ。俺をこんなに余裕なくさせるのは、君しかいない」

耳元に唇を寄せて、甘くささやく。

「今日からは、ずっと一緒にいてほしい」

ファーストコンタクトで言ったあの言葉と、それから一生忘れられない言葉をくれた。

「愛してる、由奈」

わたしはそれに、自ら彼の唇にキスすることで応えたのだった。

END

Destiny

白石さよ

The Office Love

Anthology

「ここなら立入禁止だから大丈夫です」

「千穂《ちほ》……」

大手化粧品メーカー本社ビル。定時を過ぎた重役専用会議室に、男女の囁《ささや》き声が甘ったるく響く。

でも彼らは知らないけれど、会議室にはもうひとり——机の下にしゃがんだまま出るに出られなくなった私がいた。

「ねえ……崎田《さきた》先輩とはいつ別れてくれるんですか？」

「もう少し待って。同じ部だし、千穂が恨まれたら怖いしな」

震える唇を噛みしめる。その〝崎田先輩〟は、数メートル先の机の下にいるのに。

週明けの重役会議の準備をしていた私は、落としたペンを探して床にしゃがみこんでいた。そして、突如開いたドアからもつれ合うようにして入ってきたふたりを見て、身を隠したまま衝撃のあまり動けなくなってしまったのだ。

入ってきたのは同じ部の同期で恋人である内野幹人《うちのみきと》と、二年後輩の前川《まえかわ》千穂だった。

会話の内容からして、ふたりの関係は今始まったものではないのだろう。自分の恋人と後輩の裏切りを、こんな生々しい形で知るなんて。

「今晩、行っていい……？」

ふたりのやり取りに気分が悪くなってくる。ここで私は大失敗を犯してしまった。耳を塞ごうとして、胸に抱えていたファイルを床に落としてしまったのだ。

紙が散らばる乾いた音が響くのと同時に、ふたりが立てるリップ音が停止した。心臓が壊れそうな思いで息を止める。でももう手遅れだった。

「おい。誰かいるのか？」

カツカツと歩み寄る靴音が近づいた時、私は覚悟を決めて立ち上がった。

「由香《ゆか》……！」

青ざめる幹人の背中に、前川さんが身を隠す。そのブラウスの胸元は乱れていた。

でも、私の第一声は冷ややかで落ち着き払っていた。

「ここは重役専用の会議室で、立入禁止よ。場所をわきまえて」

可愛げがないのは自分でもわかっている。でも裏切られた上に覗き見していたと誤解されてしまう状況があまりに惨めで、心の痛みも嫉妬も見せられなかった。

「千穂はいいから戻って。大丈夫だ。あとで電話する」

幹人が前川さんを庇《かば》うように振り返る。前川さんは普段私に対する反抗的な態度とはまったく違い、頼りなげに幹人を見上げた。ぎゅっと手を握り嫉妬に耐える。

前川さんが胸元を直しながら会議室を出て行くと、私は幹人に向き直った。

「別れ話は手短に片づけた方がいいわよね」

強気な台詞が喉で詰まる。本当は早く追い払わなければ泣いてしまいそうだった。

「待てよ、由香。ちゃんと説明するから」

「それより二課は展示ホールでアテンド中でしょ。戻った方がいいんじゃないの？」

私の言葉を聞いた幹人の顔が一瞬引きつり、それから皮肉な笑いが浮かんだ。

「お前って、いつもそうだよな」

言われた瞬間、まるで殴られたように感じた。何の形容詞も含まないこのたったひと言が、私のコンプレックスを鋭く突いているとわかったから。

「付き合ってて、正直つまらなかったよ」

幹人は嘲《あざけ》るような口調でそう言うと、会議室の出口に向かった。

「ベッドもまるで教科書でも抱いてるみたいに味気が——」

幹人の言葉はそこで急に鋭く飲み込まれた。

私たちは気付いていなかったけれど、ドアが新たな来訪者によって開けられていたのだ。内開きのドアの陰になり、私からその人物の姿は見えない。でも幹人の青ざめた表情からして、ただごとではなさそうだった。

「内野がなぜ第一会議室にいるんだ？」

低く響く声音を聞いた瞬間、私はさらなるショックで思わず瞑目《めいもく》した。

一番苦手で、一番怖い相手。そして、決してこんなみっともない場面を見られたくない相手——入社以来の上司、倉木潤一《くらきじゅんいち》の声だった。

「倉木部長……」

「内野はアテンドのはずだろう。もう終わったのか？」

「いえ、その……」

「持ち場に戻れ」

逃げるように会議室を出て行く幹人と入れ替わりに、ドアからは長身の幹人よりもさらに高い倉木部長が入ってきた。

理知的で怜悧《れいり》な印象の顔立ちに、相手の心の底まで見透かすような鋭い切れ長の目。部長が持つ独特の威圧感に、いつも私は緊張して息苦しさを覚えてしまう。それは入社五年目になった今でも変わらない。

「……準備は？」

彼が私に声をかけるまで、ほんのわずかな間が開いた。その一瞬で、今の出来事も私の顔に浮かぶ隠しきれない感情も、鋭い目にすべてを読み取られた気がした。

「あの、も、もう終わります」

答える声が少しつっかえた。倉木部長が私の返事を聞き終える前にこちらに踏み出し、私の足元に屈みこんだからだ。彼にごく近づいた時だけ香るかすかなフレグランスが、動作とともに起きた微風にふわりと運ばれてきた。

部長が屈んだのは、床に散らばる資料を拾うためだった。私が拾わなければと思うのに、間近な距離で見下ろす広い肩と漆黒の艶やかな髪は幹人とはまったく違う力強さに満ちていて、なぜか視線を外せない。

「す、すみません」

立ち上がった部長から資料と探していたペンを手渡され、慌てて頭を下げて謝った。

顔を上げると、冷徹な視線と間近な距離でぶつかった。思わず目を伏せ、ぎこちなく胸元のファイルを抱き直す。さきほどの出来事について何か言われるのが怖かった。

でも部長は「戻るぞ」とひと言あっさり告げただけで出口へ向かった。

重役フロアの廊下を進む間、部長は無言だった。それは今に始まったことではなく、倉木部長は私たち部下に軽口を叩くことは滅多にないし、たまに開かれる飲み会でも私たちとは交ざらない。

ブルーのシャツの広い背中を見上げながら、止めていた息をそっと吐く。そんな部長に慰められるのではないかと身構えた自分が間抜けに思えた。

部長と歩く緊張に慣れてくると、さきほどの生々しい光景が蘇り、私を苛《さいな》んだ。

「悪いが、六時から広報との打ち合わせが入った。出られるか？　俺も出席する」

考え込んでいると、ずっと無言だった部長から不意に話しかけられた。

「は、はい」

倉木部長はそれを私に伝えるために会議室に出向き、そこで図らずもあんな場面を目撃したのだろう。そう考えると耐えがたい恥辱に襲われた。

後輩に恋人を寝取られた女。こんなみっともない付加情報、倉木部長にだけは知られたくなかった……。

廊下の突き当たりに、私の所属部署である営業企画部の大部屋のドアが見えてきた。

私の足取りが重くなる。

社内恋愛は天国と地獄が背中合わせだ。略奪者が後輩だなんて、恰好のネタに違いない。今は幹人にも前川さんにも同僚たちにも、誰にも会いたくなかった。

「それを俺に」

いきなり倉木部長が立ち止まり、私を振り返った。

「えっ？……あ、はい」

胸に抱えている会議準備のファイルのことだと気づき、急いで部長に手渡す。

「先に広報室に行っていてくれ。俺もすぐに行く」

「はい」

「そこのエレベーターで八階だ」

「し、知ってます」

なぜか部長は知っていて当然の説明を残すと、エレベーターの前に私を置き去りにしてさっさと大部屋に戻っていった。


広報との打ち合わせを終えて営業企画部の大部屋に戻ったのは、もう夜の八時を大きく過ぎた頃だった。

「長引いたな」

倉木部長は短くそう言うとパソコンを開き、この二時間の間に入ったメールをチェックし始めた。

この人が疲れている顔というものを、今まで見たことがあるだろうか。いや、疲れだけではない。感情をほとんど見せないので、取り付く島もないのだ。

やっぱり苦手だなと思いながら、私も報告書を作成するためパソコンを開いた。

週末を前にした金曜日で皆は早めに退社したらしく、午後八時を過ぎた大部屋は人がまばらだ。展示ホールのアテンドを担当していた二課ももう役目を終えたようで、デスクは綺麗に片付いている。

画面越しにぼんやりと幹人の席がある二課の島を眺めていると、左手の部長席でノートパソコンを閉じる音がした。

「崎田は何を？」

「えっ？……あ、あの、さきほどの打ち合わせのまとめです」

私の指はあまり動いておらず、ほとんど作成できていないことはバレていただろう。

「それは作らなくていい」

「え？」

私って、「え？」しか言えないのだろうか。自分の頭の回転の悪さが嫌になる。今日だけではない。部長の前ではいつもこうだ。

「俺が作ったから」

こんな短時間で？　しかも本来なら私が作成すべきものなのに。

呆気に取られていると、倉木部長はさらに私を驚かせることを言った。

「飯、行くか」

今まで部の飲み会以外で部長と食事を共にしたことはない。なのに、いきなりふたりで？　特別な意味などないことはわかっているけれど、ポカンと部長の顔を眺めていると、部長は少し不機嫌そうな顔になった。

「どうせ予定はないだろう」

一瞬ぐっと詰まったあと、さきほどの失恋を当てこすられたようでムッとする。

「平日は仕事のためにありますから」

ムッとしたまま私がそう返すと、部長はかすかに微笑んだ。

「通用口で」

このやりとりで食事は成立とみなしたらしく、倉木部長は短いひと言を残し、コートを取って出口に向かった。

「一課はもう帰るから、消灯と戸締り頼んだぞ」

まだ残っている三課のメンバーに告げる声を聞き、私も慌ててパソコンを閉じた。

化粧品メーカー国内最大手。国内事業本部、営業企画部第一課主任。それが二十七歳になった現在の私の肩書だ。

主任に昇格したのは半年前だ。女性登用が盛んな企業とはいえ、入社五年目での主任昇格は男女合わせても過去最速だという。でも私自身に特別光る能力があるわけではなく、むしろ要領が悪いタイプだ。昇進が早かったのは、社会人にもなって要領の悪さで迷惑をかけたくなくて、人より何倍もの時間と努力を重ねていたからだと思う。

平日の退社後は資格取得のための勉強を、土日も時間ができれば仕事のヒントを得るために雑誌を読み漁り、ショッピングモールや百貨店を歩き回った。

学生時代の勉強もその調子だったから、恋の経験は人よりずっと少ない。初めて恋人ができたのは大学三年生の時で、それもわずか数か月で振られてしまった。

『見た目がタイプで告ったけど……ごめん』

そのときに言われた言葉だ。きっと幹人が言うところと同じで、女性としての天性の愛嬌とか柔らかさとか、甘い色気がないのだと思う。

女としての自分にコンプレックスを抱きつつ、恋は人生に必要不可欠なものではないと割り切ろうとしていた私に転機が訪れた。入社して三年が過ぎた頃、それまで社内の女性社員たちと浮名を流していた幹人に突然告白されたのだ。

『ずっとお前が気になってた。高嶺《たかね》の花だから手を出せなかった』

幹人のことはずっと敬遠していたのに、恋と縁遠かった私はそれまで見たこともない熱を持った幹人の視線と甘い言葉に呆気なく陥落し、身も心も任せたのだった。

女慣れしている幹人はそつがなく、お付き合いはとても充実しているように思えた。あまり経験がない私はベッドでも生真面目さが邪魔をしてなかなかうまくはいかなかったけれど、幹人は私を丸ごと受け止めてくれているのだと信じていた。

でも、幹人は私の女としての能力の低さに幻滅していたのだろう。

「好き嫌いは？」

「……へっ？」

通用口で落ち合ってから無言で歩いていた倉木部長からいきなり問いかけられ、回想に耽っていた私は飛び上がった。

「あ、な、ないです。何でも食べます」

焦って答えたあと、うじうじと後悔がわき始める。

何でも食べますだなんて、はしたなく聞こえたかもしれない……。

でも部長は特に変わった反応もなく「わかった」と答えただけだった。自分とはかけ離れて切れ者の部長の前で、私はいつもこんな感じで無駄に堂々巡りしている。

倉木部長が連れて行ってくれたのは、会社から十分ほど歩いた路地にあるダイニングバーだった。お洒落な住宅のようで一見店舗とはわからない、隠れ家のような店だ。

「ここに来たことは?」

「初めてです」

物珍しげに店内を見回していた私は、正面に座る部長に見られていることに気付き、恥ずかしくなった。目が合った瞬間の部長の表情がいつもより柔らかく見えたから。

でもそれは気のせいだったようで、倉木部長は普段通りの無表情でメニューを手渡してきた。部長とふたりきりでお酒を飲むという状況に今頃になって緊張してしまい、文字が頭に入ってこない。

ドリンクはとりあえず無難なスプモーニを選び、料理のチョイスは倉木部長にお任せしてオーダーを済ませると、私はほっとしてもう一度店内を見回した。

馴染みの店のようだけれど、部長は普段、誰とここに来ているのだろう。五年間も上司と部下としてペアを組んでいながら、私は部長のプライベートをほとんど知らない。

何かさりげなく質問してみようかと考え始めたところでドリンクが運ばれてきた。

「お疲れ様」

ビールのジョッキをこちらに向かって軽く上げた部長に緊張しながら頭を下げ、私もグラスに口をつける。ひんやりと冷たい柑橘《かんきつ》の香りが喉に染み、自分がひどく疲れていることに初めて気づく。同時に、幹人の一件で停止させていた思考や感情がいきなり動き出したように痛みが押し寄せてきた。

喉が渇いていたのと半ば自棄《やけ》を起こした気分のせいか、グラスはすぐに空になった。空きっ腹のアルコールに加えて寒い戸外から暖房の効いた店内に入ったために顔が上気し、やけに熱っぽい。

二杯目を追加してくれた部長にお礼を述べてから、私は思い切って質問した。

「あの……今日はどうしてご飯に？　私たちの悶着をお聞きになったんですよね。だから同情で――」

「同情はしていない」

部長の声は静かだったけれど、感情的に言い募っていた私は口をつぐんだ。憐れまれたくないと建前では思いながらどこかで優しい慰めを期待していた自分の甘さをたしなめられたような気がした。

「仕事に支障が出ることを懸念しただけだ」

畳みかけられて、途端に反抗的な気分になる。

「仕事に支障は出ません。メソメソ泣いたりするタイプではありませんから」

「確かに涙は苦手だな」

ほら、やっぱり。この人は冷血で無感情な倉木部長だ。

部長はそれきり何も言わずビールを飲んでいる。二杯目のスプモーニが届けられたテーブルに沈黙が落ちた。

グラスに口をつけながら、こっそり部長を観察する。薄暗い照明のせいで普段に増して陰影が深く、端整な顔立ちはとても男性的で魅力的に見えた。

そう、部長のルックスは極上だ。でもあまりに極上で、そしてあまりに有能で冷徹だから、男性として見ることすら許されない気がしていた。

うちの社は新入社員には必ず指導担当の上司が充てられ、数年間にわたりマンツーマンで育成するシステムになっている。私の年は入社人数が多かったため、通常なら主任クラスが担当する指導役が足りず、当時課長だった倉木部長が引き受けた。この五年間、フレンドリーな指導役が当たった同期たちを横目に、私ははるかに格上の部長に冷たく突き放されながらスパルタ教育を受けてきた。そういう意味でも私は彼から見ると〝子供〟なのだ。

今日の私はいつになくアルコールがハイペースで、料理が届く頃にはすでに三杯目になっていた。

「ああ、いいから」

トングを取ろうとした私を制し、部長が取り分け始める。

普段は上司と部下としてしか相対することがないのに、食事の場だからとはいえ一応女性として扱われることが面映《おもは》ゆく、私は息を詰めて彼の長い指を見つめていた。

「内野とはいつから？」

沈黙を破り、部長が口を開いた。

「一年半前です。……でした」

わざわざ過去形に言い直したら、私の意地を察したのか、部長が少し笑った。

「内野と付き合っていると知った時は意外だったよ」

部長にまで以前から私たちの交際がばれていたとわかり、頬が赤くなる。

「どうしてですか？　不釣り合いだと？　彼は人気者だから」

「不釣り合いと呼ぶなら、俺は崎田が言っている意味とは逆だな」

どういう意味なのか測りかねた。でも私を持ち上げてくれているのだということはわかったので、逆に恥ずかしくていたたまれなくなった。部長だって幹人の嘲りを聞いていたはずだ。そのせいで、誰にも明かしたことのないコンプレックスの一端を口にしてしまった。

「仕事で昇進が早いかどうかって、女としての価値とはまったく比例しないですね」

いくら自分を磨いても、女としての才能が上がった訳ではない。それを幹人の言葉で思い知らされた気がする。

「内野の言葉は忘れたほうがいい。男のプライドからでた出まかせだろう」

「いいえ。私、男の人からああいうことを言われたの、初めてじゃないんです」

ああ、私ったらまた打ち明けなくていいことを喋ってる……。

自覚はあるのに、しかも相手は一番怖くて苦手な倉木部長なのに、なぜか私の口は貧弱な過去とコンプレックスをぽつりぽつりと語り続けた。

「頑張ったって、身につけられないものがあるんですね。努力していないのに最初から手にしている人もいるのに」

会議室を出て行く前川さんの口元が勝ち誇ったように微笑んでいたのが目に焼き付いている。あの唇に幹人がキスをしたのだ。それ以外の場所にも、ずっと前から……。

『まるで教科書でも抱いているみたいに味気ない』

涙腺を刺す痛みを凌《しの》ごうとアルコールを飲み続ける。食事が終わるとビールからブランデーに切り替えて飲んでいた部長も、さすがに見かねたように私を止めた。

「それ以上飲むな。あまり飲めない口だろう」

「すみません」

部長に止められたものの、すでに私の視界は回り始めていた。店を出る前に化粧室でメークを直そうと立ち上がりかけて、膝に力が入らずまた座る。

それを見て部長が伝票を取り、立ち上がった。

「そのまま動かず待ってろ」

失恋当日とはいえ、よりにもよって倉木部長にこんな醜態をさらしてしまうなんて。部長が会計を済ませて戻ってくると、私は必死で膝に力を入れ、なんとか出口まで自力で歩き、部長が呼んでくれていたタクシーに乗り込んだ。

放っておくと危ないと思ったのか、倉木部長は同乗して私の住所から先に回るよう運転手に頼んでくれた。

「ご迷惑をおかけしてごめんなさい……あっ、すみません」

後部座席で隣を向き頭を下げると部長の肩に額をぶつけてしまい、余計に無様になった。

「何も。タクシーで帰るついでだ」

部長はいつも通り淡々とした態度だったけれど、妙に落ち込む。気合いで酔いを醒まそうと背筋を伸ばし、窓の外を流れるネオンを睨みつける。

そのとき、私のバッグの中でスマホが鳴った。時刻は夜の十一時を過ぎている。取り出した画面には〝内野幹人〟の文字が表示されていた。

別れると自分から口にしておきながら、心はすぐに従ってくれない。だって、ほんの数時間前までは、まだ私の恋人だと思っていたのだから。

言い訳を聞くぐらいはいいのではないだろうか。そんな迷いが頭をもたげてくる。

私のためらいから相手を推測したのだろう。鳴り続ける着信音が聞こえていないかのように、部長は黙って窓の外を眺めたままだ。

『由香』

思いきって通話ボタンを押すと、少し思いつめたような幹人の声が聞こえた。

『由香、ちゃんと話がしたい。今どこにいる?』

「今は……タクシーで帰る途中」

倉木部長と一緒にいることは言えなかった。あらぬ誤解を受けて部長に迷惑をかけることを避けたいという理由の他に、後から考えればどこかやましい気持ちが――倉木部長を異性として意識する気持ちがあったのだと思う。

『由香の部屋で待ってる』

電話の声が聞こえていたのだろう。それまでずっと窓の外を眺めていた倉木部長が不意にこちらを向いた。通話中のスマホを持ったまま、繋がった視線を解くことができず無言で部長を見つめる。

『由香、聞いてるのか？　部屋で待ってるから話を――』

いきなり部長の手がこちらに伸び、私のスマホを取り上げて通話を切った。

「部長、何を……」

「内野に合鍵を渡しているんだな？」

「………」

「代々木《よよぎ》に向かってください」

部長が運転手に自分の住所へと行先変更を告げたのを聞いて目をむく。

今夜、部長の部屋に私を泊めるということ？

「安心しろ。部下を襲う趣味はない。それも酔っ払いの」

私の驚愕と混乱はすぐに部長らしい容赦のない言葉でぴしゃりと潰された。

「介入はしたくないが、今の崎田では流されるだけだろう。内野に何をされたかをよく思い出せ」

「でも、あの鉢合わせはきっと前川さんが仕組んだことで……」

心の中にあった疑念を確たる証拠もないのについ漏らしてしまい、口をつぐむ。

前川さんはあの時間に私があの会議室で準備をしていることはわかっていたはずだ。

ふたりの仲を見せつけるために、わざと幹人をあそこに誘導したのではないだろうか。

「だから何だ？　内野がやったことに変わりはないだろう」

痛いところを突かれて、何も言えずに黙り込む。

しばらくの沈黙ののち、私はポツリと尋ねた。

「もしかして部長は前川さんと内野君のことを以前から知っていたんですか？」

「…………」

その沈黙で理解する。きっと部長は知っていたのだ。何も知らずにいた私は、ずいぶんとおめでたい女に見えたことだろう。

どん底に情けない気分に落ちたところで、運転手が目的地への到着を告げた。

倉木部長の自宅は私が住んでいる物件とは格違いの高級マンションだった。私ときたら車中で酔いがさらに回ったようで完全に膝が立たなくなってしまい、豪華で広いエントランスを部長に肩を貸してもらって無様に進む羽目になった。

「本当にごめんなさい」

「コートを脱いで」

「え？　……きゃっ」

玄関に入ったところで謝ると、いきなりコートを脱がされ抱えあげられた。

「手荒で悪い。この方が簡単だ」

突然のことに驚いて固まる私を軽々と抱えて部長は廊下を進み、幾つめかのドアに着くと軽く蹴り開けた。廊下から差し込む明かりで、シンプルな空間に大きなベッドがあるのが見える。

「今夜はここで休むといい。俺はリビングで寝るから心配するな」

部長はそう告げ、私が頷くのを確認してから寝室に入った。

〝手荒で悪い〟どころか、ベッドに私を下ろす部長の腕はまるで壊れ物を扱うように優しい。厳しくて怖い人のはずなのに、紳士的な気遣いが私を混乱させる。

「気分は？」

「大丈夫です」

部長がベッドサイドの明かりを点け、プライベートの空間が照らされた。

ベッドに横たわりながら倉木部長の顔を見上げると、彼の魅力を急に意識してしまう。目が合うと頬が赤く染まるのを感じてばつが悪かった。

「寒くないか？」

「はい」

「水を持ってくるから、まだ寝るなよ」

エアコンのスイッチを入れ、私に上掛けを掛けると、部長は一度部屋を出て行った。

どっと息を吐き、ベッドの中で緊張を解いて脱力する。それから自分が横たわるのがダブルベッドなのに気づき、部長には誰か恋人がいるのだろうかと考えた。

「起き上がれるか？」

「あ、はい」

水を持って戻ってきた部長に助けられ上体を起こし、冷えたグラスに口をつける。

水には丁寧に氷も入れられていた。水を飲むとき、私を見守る部長の視線と距離にひどく緊張してしまい、ごくりと喉が鳴る度に恥ずかしくてたまらなかった。

「ありがとうございます」

グラスを部長に返したところで、部屋の静寂を破って再びスマホが鳴り始めた。

「崎田の電話だ」

それはさきほど車中で部長に取り上げられたままの私のスマホだった。

ポケットからスマホを取り出した部長は、画面に表示された発信者名をちらりと一《いち》瞥《べっ》した。その表情からしても、発信者が幹人なのは間違いない。

「話すか？」

「………」

今度は部長が譲歩してスマホを差し出したのに、私は受け取ろうとしなかった。

倉木部長はそんな私をしばらく見つめたあと、黙って電源を落とし、幹人からのコールを遮断した。

部長に迷惑をかけている状況で、こうしてさらに着信を切ってもらうという自分の依存的な振る舞いが情けない。それでも今の私は孤独で、誰かに頼りたかった。

「次はもっとましな男を選べ。それだけの話だ」

布団の上に、ボソッと音を立ててスマホが投げ出されるように返された。

「鍵は明日にでも替えるんだな。合鍵を返してくれと内野に連絡すると元の木阿弥《もくあみ》だろう」

そう言いながらサイドテーブルの明かりを消し、部屋を出て行こうとする部長の背中に、私は自棄になって言葉を投げかけた。

「次の相手なんていません。人生で二兎を追えるほど器用じゃないです。仕事だけでいっぱいで……恋愛の才能なんかないんです」

去りかけたシルエットが向きを変え、ベッドの傍らに腰を下ろした。

「……内野と結婚したかったのか？」

答えは複雑だった。

毎年の人事希望調査で、私は海外赴任の欄に可能と記していた。事実上、結婚から遠ざかることを覚悟しなければならない進路だ。学ぶ機会を求めれば視線は世界に向く。

でも、仕事をする以上、限界を決めずにハードルを上げて挑戦しなければと思っていた。でも、二十代後半の女として迷いもある。仕事で挫折した時、人生から恋を排除したことをいつか後悔するのではないかと。そんな時に幹人に告白され、さらに揺れた。

でもそれは上司である部長に正直には言えず黙って俯いていると、部長がかすかにため息をつきながら言った。

「そんなに内野が好きだったのか」

「……わからないです」

ごまかすための言葉だったのに、意外と本心であるような気がして愕然とする。

「私、なりふり構わず男の人を追ったことがないんです」

初めての彼に振られた時も、私は平気な顔を装って背中を見送った。

「プライドとか理性とかが勝ってしまって、男の人の前で可愛くなれないんです」

お酒のせいだろうか。それとも部長がいつになく優しく感じられるせいだろうか。

今の今までずっと耐えてきたのに、こんなときになって涙が零れてきた。

「だから内野君にあんなことを言われたのは仕方ないんです。ベッドで……」

涙は苦手だという部長の前で泣いて、その上なぜ私はこんな話をしているのだろう。自分で自分が嫌になるのに、どうしてなのか抑えることができなかった。

「教科書とかいうやつか」

黙って涙を零しながら頷く。暗がりに慣れた目を上げると、倉木部長は今まで見たことのない表情で私を見つめているように思えた。

「その表現が本当だとしたら、内野はその程度しか女を溶かせない男だということを自ら認めたようなものだろう」

長く逞《たくま》しい腕が伸ばされ、起き上がったままだった上体をベッドに寝かされた。

「崎田は何も悪くない」

「……倉木部長」

立ち上がろうとした部長の腕をそっと掴む。さきほど抱えられたときはコートとスーツに隔てられていた腕の温もりが、シャツ越しの今はより鮮明に感じられた。

「行かないで」

私はいったい何を言っているのだろう？

「一緒にいてください」

倉木部長の目が驚きで見開かれた。止めなければと思うのに、どうしても涙と衝動が止まってくれない。こんなに自分をコントロールできないのは初めてだった。一番苦手で、一番怖い相手のはずなのに。五年間、ずっと私の教官だった人なのに。

「自分に自信を持てというのなら、部長が私にそれを教えて」

「崎田――」

「今まで誰にも溶けたことがないの。私を溶かして……お願い」

廊下からの薄明りの中で部長の目を見つめる。いつもは冷徹で近づきがたい彼が、今は身を投げ出したくなるほど男性としての力強い魅力に溢れて見えた。後から思えば、この瞬間、私は本能でこの人なら私は変われると確信していたのだと思う。

長い沈黙の間、私は孤独な迷子のように涙を零していた。この先ずっとひとりでいるのが心細かった。仕事の道を邁進する自分を信じられず、未来を見失った気がした。

「……崎田」

私に腕を貸していた倉木部長がようやく口を開いた。

「俺は部下には手を出さない」

胸を突き刺されたように感じたけれど、予想通りの拒絶の言葉だった。道理に厳しく、情に流されないこの人がそんなことを受け入れるはずがないのだ。

握りしめていた手から、彼の袖が外される。

「自分を大事にしろ。お前も明日になれば後悔する」

「後悔なんか——」

口答えはしたものの、すでに死にたくなるほど後悔していた。部長が意味する後悔ではなく、倉木部長という人にとんでもない誘いをかけたことへの恥という後悔だ。なのにやっぱり私は酔っぱらっていて、口が勝手に駄々をこねる。

「私が教科書みたいなつまらない女だから？」

「あの男の言葉は忘れろ！」

厳しい口調で怒鳴られ、ビクッと身体が震えた。続いて涙が滝のように溢れてきた。

「自分の今の状態を考えてみろ。男に振られて自棄を起こして、しかも酔っ払いだ」

本当にその通りだ。酔っていても、わずかに残っている理性がとんでもないことをしてしまったと自分を責め始める。

「ごめんなさい……」

「泣くな。全部忘れて、今はとにかく寝ろ」

顔を拭かれて瞼を閉じさせられる。素っ気ない口調と裏腹に、その手はとても優しかった。

部長は立ち去らず、そばにいてくれているようだった。涙も震える呼吸もしだいに収まっていく。夢うつつに頭を撫でられたような気がしたけれど、実際のところどうだったのかはわからない。相手が部長であることを考えると、たぶんアルコールが創り出した幻想だろう。

瞼を閉じた途端に睡魔が襲ってきて、私の意識はとろとろと落ちていった。

週明けの月曜日。私は当然ながら地獄にでも向かう気分で出社した。

正面の島には幹人。同じ島の右隣には前川さん。そして左手の部長席には文字通り合わせる顔もない倉木部長。どちらを向いても最悪だ。

倉木部長にどう接するかを考えると、恥ずかしすぎて消えてしまいたくなる。部長に迫ったあの一幕はアルコールの罪にして、私は覚えていないふりを貫くしかない。

部署に着くと、幸いにも幹人はまだ出社していないようだった。普段は遅刻ぎりぎりに出社する前川さんが今日はなぜか早かったらしく、二課の幹人の席の付近で友人の女子と大声で立ち話をしている。

彼女たちは私の姿を認めると急に声をひそめ、こちらを見て笑った。

前川さんはさっそく噂を広め始めたのだろう。覚悟はしていたけれど、これからますますのしかかってくる屈辱を思うと暗澹《あんたん》たる気持ちになる。

でも傷ついた顔を見せたら負けだ。自分を奮い立たせ、明るい笑顔を作った。

「おはようございます」

普段通りの調子で言うはずが、主に部長席を意識した私の挨拶はわずかに上ずった。

「おはよう」

倉木部長はパソコンからちらりと視線を上げただけで、低い声の素っ気ない挨拶を返した。彼の方は完璧にいつも通りだ。

まず最初の挨拶はクリア。気の重いミッションを遂行した自分を労い、バッグをデスク下の棚に手探りで置きながらノートパソコンを開く。

あの出来事があった翌日の土曜日、昼頃まで泥のように眠りこけて目覚めた私は天井を眺めてしばらくぼんやりしていた。けれど前の晩の記憶が徐々に戻り、ここが誰の部屋なのかを思い出した途端、弾かれたように飛び起きた。

それから二日酔いの頭痛を押して見慣れない廊下を恐る恐る進み、リビングで仕事をしていた倉木部長に平伏して謝った。

ただ、謝ったのは酔いつぶれて泊めてもらったことだけで、破れかぶれな誘惑には触れていない。部長も蒸し返すことはしなかったけれど、おそらく私の〝偽装記憶喪失〟はお見通しだろう。

そのあと洗面所の鏡で自分の顔を見た私はさらに仰天した。滝のように泣いた上にメークを落とさず寝たのだから、見たこともない悲惨さだ。

でも当然ながら部長は私の顔がどうあろうと特に興味はないようで何のコメントもなく、手早く朝食を作ってくれたあと、車で私のアパートまで送り届けてくれた。

至れり尽せりのサービスには目的があって、私のアパートに着くや否や部長は部屋に幹人がいないか確認し、業者に依頼して玄関の鍵を交換するところまで見届けてから帰っていった。その態度はとにかく事務的かつ迅速で、男性上司を自宅に招き入れるという特殊なシチュエーションについて余計なことを考える暇は一切なかった。

何事も自分の目で最終確認するところは仕事と同様で、それが親切心というより徹底した指導であるところが、いかにも倉木部長らしい。

「おはよう、由香」

システムが立ち上がるまで、かじかんだ指にハンドクリームをすり込みながら温めていると、同期で二課の島崎《しまざき》沙織《さおり》がこちらにやってきた。それと同時に倉木部長も席を立ち、二課の島に歩いていく。

「給湯室にコーヒーを淹《い》れに行くけど、由香もいる？」

沙織の背後では倉木部長が前川さんに声をかけ、ミーティングルームに行くよう促している。もうすぐ人事希望調査の時期だから、その類の話でもするのかもしれない。どこか遠くに異動してくれたらいいのにと心の中で念じる。

「うん。私も行く」

視線を沙織に戻し、にっこり笑って頷く。どこか気遣うような沙織の表情から単なるコーヒーの注文取りでないことを察し、私も自分のマグを持って立ち上がった。

前川さんのヒソヒソ話はきっと私と幹人の話題で、沙織はそれを聞いたのだろう。

誰もいない給湯室に入ると、沙織が声を潜めつつ単刀直入に尋ねてきた。

「内野と何かあったの？」

親友と呼んでいいのかどうかは照れ臭くて聞いたことがないけれど、入社以来同じ部で一緒にやってきた沙織は信頼できる間柄だ。

「うん。実はね、別れたの」

今さら隠しても仕方がないので、少し強がってドライに笑ってみせる。

沙織は複雑な表情を浮かべた。

「そっか……。でも私さ……正直、内野には由香がもったいないと思ってた」

「ううん、逆だよ。私は幹人みたいにもてないから」

マグを洗いながらシンクに向かって寂しく笑う。

「付き合っててつまらなかったって言われちゃった」

「そんなの、内野の負け惜しみだよ。嫉妬だと思う。由香が先陣切って昇格したし。あの頃から内野、やたらに仕事で焦ってイライラしたり、他の女に……」

そこで沙織ははっとしたように言葉を濁した。

「他の女って、前川さんでしょ？」

「由香、知ってるの？」

「うん。でも、そんな半年も前からとは知らなかった」

「ごめん……。由香に言った方がいいのか迷ったんだけど、私が現場を見たわけではないし、噂かもしれないしと思って、言えなかった」

「心配かけてごめんね。でも、別れたのは金曜日だったんだけど情報早いね」

「前川さんよ。朝っぱらから二課に来てさ。〝崎田先輩から内野先輩を奪っちゃった〟って周りに聞こえる声で自慢げに言ったのよ！　わざとだよ、あの大声」

「ああ……やっぱり」

「前川さんって前から由香に対抗意識バリバリだったもんね」

奪うだけでは飽き足らず、勝利宣言まで流して私を辱めるとは、女って恐ろしい。

「由香にはもっといい男がいるよ」

「恋愛は当分いいかな」

〝当分いい〟というより、もう無理だ。人生計画から潔く恋は切り捨てて、仕事一筋に歩む覚悟を決めるべきなのかもしれない。

ところが捨て鉢な気分で熱いコーヒーに口をつけた私に、沙織がとんでもないことを言った。

「世の中にはもっとハイレベルな男がいるじゃない。例えばほら、倉木部長とかさ」

「ブッ……熱っ」

偶然とはいえ、いきなり渦中の人の名前を出され、熱々のコーヒーを服に零しそうになった私は慌ててマグを口から離した。

「倉木部長、何気に由香がお気に入りだし。案外いいんじゃない？　怖いし難攻不落だけど、男としては極上でしょ」

沙織の発言は突っ込みどころ満載だ。

「どこがお気に入りなの？　この五年間、どれだけ叱られたか」

「それは愛のムチでしょ」

「愛はないって。ムチは確かだけどね。普段は無視だし、口を開いたと思えば叱責ばっかり」

百歩譲って私が無謀な気を起こしたとしても、元々ゼロだった成就可能性は今やマイナスレベルだ。この週末、部長に迫った一幕を思い出して何度会社を辞めたいと思ったことか。正直、幹人のショックよりそちらの落ち込みの方がひどかった。

「ま、確かにあの雰囲気はエベレストの氷壁だけどね」

エベレストと聞いて私が吹き出すと、沙織も笑った。

「私たちが入社する前、討死した女性社員の屍《しかばね》は数知れないらしいよ」

「私、まだ死にたくないよ」

とはいえ、今回の出来事で倉木部長は私の中で〝怖くて苦手な人〟から少し変化していた。〝できることなら顔を合わせたくない人〟という新しい位置づけには裏腹な感情が含まれている気がして、どこか落ち着かない。

「私、五年近くもペアを組んでいながら、倉木部長の歳すら知らないの」

「三十五歳だと思うよ」

思い出したくない存在にも拘わらず、なぜか倉木部長の話題を終えたくなくて続けた私に、沙織はあっさり情報をもたらしてくれた。沙織は情報通なのだ。

「その歳で部長って早いよね」

「四年前だから、正確には三十一歳で部長に昇格してるはず。部長が直々に指導役を務めるなんて破格の待遇だよ、由香」

「ほんと怖いんだからね！」

主任になった今はもう指導役は付かないのだけど、それまでの延長で〝崎田の指導役は倉木部長〟という職場の認識はそのままだ。

「あの歳で、あのハイスペックで独身っていうのも謎だよね。誰かいるのかな」

ふたりでマグを持って廊下を戻りながら沙織が首を傾げる。

「さあ……？」

寝室のダブルベッド、ごくシンプルだった洗面所。意外なほど手際が良い部長の料理の腕前。豪華で広いリビングの大きなソファー……。部長宅で目撃したあれこれを思い浮かべる。女性の気配があるような、ないような、どちらとも判断がつかない。でも、なぜか決定的な手掛かりを見つけたくなくて、私は思い出すのをやめた。

「あ……問題の男だ」

廊下の前方に出社してきた幹人の背中を見つけ、沙織が小声で囁いた。沙織との気楽な会話で紛れていた気分が暗く濁り始める。

そのことに気づいた沙織がそっと私の背中を叩いた。

「しばらく辛いだろうけど負けないでよ。私も噂の火消しに協力するから」

「ありがと、沙織。大丈夫、頑張る」

大部屋の入り口で手を振って沙織と別れると、私は問題の顔ぶれが揃う席へと戻っていった。


その日は覚悟していたほど嫌な思いをすることはなく、仕事に集中するうちに時間は過ぎていった。倉木部長は普段とまったく変わりなく無表情で——といっても多忙な彼はいつもほとんど席にいないのだけど、なぜか前川さんが朝とは打って変わって妙に静かなことが不思議だった。

ところが夕方、事は起きた。宣伝部との打ち合わせを終えた帰り、休憩室から出てきた幹人と廊下で鉢合わせてしまったときだ。

「待てよ」

他人行儀に軽い目礼で通り過ぎようとした私の手首を幹人が掴んだ。そのまま強引にすぐそばの非常階段のドアに引っ張り込まれた。

「放して！」

手首を振りほどき、一歩下がって幹人を睨みつけると、幹人は退路を塞ぐようにドアを背にして立った。恐怖に似た緊張と非常階段の冷気とで、脚が震えてくる。

「金曜の夜、どこに行ってたんだ？」

「もう関係ないでしょ」

ぎょっとしたけれど顔に出さないよう表情を繕った。

「倉木部長のところじゃないのか？」

けれど幹人は図星を突いてきた。

「今朝、千穂が会議室の不正使用で倉木部長に注意を受けた。あと、故意に周囲を乱す行いを今後も続けるなら厳しく処分する、と。俺はまだだけど多分これからだ。当然もっと重いだろ。部長を味方につけるなんて汚いよな」

軽くやり過ごそうと思っていたのに、苦々しげに吐き捨てる幹人の言葉を聞いているうちに頭に血が上ってきた。

「倉木部長はあの場を目撃した上司として、妥当に対処したんだと思う」

「部長はもともと由香贔屓《びいき》だからな」

「そんなことない」

「純粋な上司と部下の関係か？」

「何言ってるの……？」

怒りで脚の震えがひどくなってくる。でも、幹人の次の言葉に私は青ざめた。

「俺、土曜の夕方、由香のところにもう一回行ったんだよ」

幹人は含みのある言い方で止めた。でも、倉木部長と一緒に帰ってきたところを見られたのは確実だった。

「由香が主任に昇格したのだって今思えば怪しいよな」

幹人の綺麗な顔が皮肉に歪んだ。

「倉木部長と体の取引でもしたんじゃないのか？　由香で満足するなんて、部長も大した男じゃ――」

階段ホールに平手打ちの音が鋭く響いた。右の手のひらが痛みでひりひりする。誰かの頬を平手で打つなんて初めてだ。一生ないと思っていた。

自分を侮辱されたからではない。倉木部長を侮辱されたことにカッとなったのだ。

「倉木部長は幹人とはまったく違う人よ。金曜日、幹人のせいで私は泥酔したの。それぐらい傷ついたのよ」

幹人の言葉と裏切りに。でも今は失望でいっぱいだ。

「会社で起きたことだし部下同士の悶着だから、倉木部長は上司として仕事に支障が出ないよう事務的に対処しただけ。仕事に集中しろ、鍵を変えろ、って」

幹人の頬は赤くなっていて、きっとかなり痛かったはずだ。なのに彼は怒りもせず、ただ茫然と私の顔を見つめている。

「楽しかった。幹人を信じてた。なのに、昇進の理由まで疑うなんて……」

会社では絶対に涙を見せないと決めている。それでも悔しくて、視界が滲みそうだ。

「でも今は、好きだったことを後悔してる」

そう言い残すと私は身を翻し、階段を駆け下りた。幹人は追って来なかった。

やがて頭上で非常階段ホールから出て行くドアの音が聞こえると、私は降りるのをやめて壁に寄り掛かった。

発作的に叩いてしまったことを後悔するのと同時に、混乱していた。普段は感情を抑えるのが得意なのに、金曜日といい今日といい、どうして私はこんなに衝動的になってしまうのだろう……。

大部屋に戻ると、打ち合わせに出かける前は外出中だった倉木部長が帰社していた。

「宣伝部との打ち合わせが終わりました」

「……ああ」

ほんの一瞬こちらに無表情な視線を走らせただけの、いつもの倉木部長らしい反応だ。でもそれを見ると私はなぜか落ち着いた気分になった。ほっと息を吐き、パソコンを開いて報告書フォームを立ち上げる。

「あの……崎田先輩」

右隣の前川さんが遠慮がちに私を呼んだ。内心怖気《おじけ》づき、身構えながらそちらを向く。あの件以来、まともに視線を合わせるのは初めてだ。

でも前川さんはどこか元気がなく、写真資料の入ったクリアファイルを差し出した。

「これ、広報から預かりました」

「どうもありがとう」

笑顔を向けクリアファイルを受け取ると、前川さんもぎこちない笑顔で応えた。周囲はキーを叩く小刻みな音と資料をめくる紙の音が忙しなく響いている。

プライベートは滅茶苦茶でも、職場は以前と変わらない。その秩序はどこかコントロールされたものにも感じられた。それって——。

視界の左側の席にいる存在を思う。

前川さんの性格なら鬼の首を取ったように噂をまき散らすと思っていたし、朝は派手に勝利宣言をしていたらしいのに。でも職場でもお昼に行った社員食堂でも、ヒソヒソと好奇の視線を向けられているようには感じなかった。

部長はきっと会議室の件だけでなく、広範囲に警告したのだろう。前川さんとそれを察した周囲が口をつぐんだために何も広がらなかったのかもしれない。

今思えば金曜日だって、会議室を出た直後に私を大部屋に帰さず直接広報室に向かわせたのも、部長の配慮だったのではないだろうか。

考えるときりがなく、気づけば報告書を打つ指が止まっている。

部長の行動は優しさゆえじゃない。面倒なトラブルを回避しただけなんだから。

失恋の痛みとはまったく異質な、心の奥底のどこかにある不思議なざわめきを振り切ろうと、私は勢いよくキーを打ち始めた。

それから一か月ほどが過ぎ、街にクリスマスの装飾が溢れる季節になった。

私たち化粧品メーカーの社内もクリスマス仕様のPRポスターで飾られ、エントランスのディスプレイではクリスマスコフレのテレビCMが流されて華やいでいる。

私も企画に関わった今年のクリスマスコフレは大好評で、発売前から予約が殺到して品切れが続出し、緊急増産が決まった。

「よく頑張ったな」

「はい」

倉木部長に珍しく労《ねぎら》われ、頬が緩む。

昨年までは倉木部長に企画書を破られてばかりだったけれど、今年はほぼ修正なしでオッケーをもらい、商品企画会議に上程された。自力で送り出した商品はまるで我が子のように思い入れがある。

ポーチのデザイン選定には特に注力したし、アイテムの品質にもこだわった。保湿成分たっぷりのリップバームをベースにしたグロスはコフレ限定の目玉だ。実は来年に満を持して発売するリップスティックの新ブランドと同品質で、今回は先がけてユーザーの反響と品質の検証を行う目的がある。

「グロスの反応、いいみたいですね。私も使ってますけど、まったく唇が荒れません」

「今、塗ってるか?」

部長にじっと顔を見られ、慌てて横を向く。

「お、お肌が荒れてるから見ないでください。部長がこき使うからですよ」

どうしてだか、顔が真っ赤になってしまった。部長の方を見ることができず、出まかせに憎まれ口を叩く。

「もっとひどい状態を見たことがあるから今さらだ」

「…………」

絶対、大泣きして迫ったあの夜のことだ。翌朝見たら、涙で荒れた頬にマスカラがヒジキ状態でこびりついていた。

「ウォータープルーフマスカラの限界を試したんです」

私が澄ましてそう言うと、隣からは部長が鼻で笑うのが聞こえた。

今、私たちは外出中で、他企業を訪問した帰りだ。今回はメーク関連ではなく、美容液に配合するアンチエイジングの新成分について研究機関と情報交換を行った。勉強しなければならないテーマは山ほどある。

「薬学の知識はどこで？　崎田は文系出身だろう」

「入社してからの独学です。いつか役に立つかなと思って」

褒めてくれるかなと期待して見上げたけれど、部長はそれを読んだのか、横顔でにやりと笑っただけだった。たったこれだけでも、今まで怒られるばかりだった私にはかなりの進歩だ。

あの日から私たちは微妙に打ち解けた会話をするようになっていた。といっても従来比で、他の人から見たら「どこが？」と言われそうだけど。

でも私はその微妙な変化に勇気をもらい、倉木部長をもっと知りたくなっていた。

「倉木部長は何が専門だったんですか？」

「俺は――」

私は部長の経歴をほとんど知らない。思い切って尋ねてみると、こちらを振り返った部長は私がかじかんだ手をこすり合わせているのを見て、途中で言葉を止めた。

「予定より早く終わったから、温まるものでも飲むか。寒いだろう」

部長が指さす道路の反対側には小綺麗なカフェがある。

「がっかりするな。就業時間中だからアルコールではない」

「わかってます」

「というか、もう二度と飲むな」

「わかってます！」

嫌味を言われながらもなぜか嬉しくて、横断歩道を渡る足取りが軽くなる。

部長はコーヒーを、私はチャイラテを頼み、往来が見える窓際に座った。

熱いマグカップを両手で包み、しばらく湯気を吹きながら甘いチャイを味わう。部長はそんな私をちらりと見てから往来に視線を移し、コーヒーを飲んでいる。その口元はわずかに微笑んでいて、ああ機嫌がいいんだなと考えた。

新入社員の頃はいつもビクビクしていた。今思えばさほどきつく怒られていたわけでもないのに、他を寄せ付けない出世頭である倉木部長のオーラに、必要以上に萎縮していたのだろう。まあ、緊張するのは今でもだけど。

クリスマスムードに包まれた街でこうしてふたりでこんな場所にいると、不思議な気分になる。真冬の日の入りは早く、街路には明かりが灯り始めた。暖かな店内からそれを眺めた。

「あの、部長」

倉木部長は〝ん？〟という風に視線だけこちらに向けた。その背後では、ガラス越しに街路樹の電飾が星のようにまたたいている。

「部長は結婚しないんですか？」

いきなり口から飛び出した質問に、自分でびっくりする。クリスマスイルミネーションの魔法だろうか。今なら聞いても怒られない気がした。

「またえらくストレートだな」

「だって、謎です」

部長は街路を眺めたまま「どうだろうな」と言って少し笑った。はぐらかされたとわかり、ばつが悪くなって少し落ち込みながらチャイラテを飲む。

「元は俺の経歴について質問されたんだったな」

「えっ……あ、はい」

自分から質問しておいて他のことに気を取られていた私は慌てて背筋を伸ばした。

「あの、聞きたいです」

「そこまで変わった経歴ではないけどね」

それから倉木部長は自分のこれまでを大まかに説明してくれた。

大学の専攻は経済学。その後アメリカの大学院に進み、大手化粧品ブランドのニューヨーク本社で勤務したという。

海外企業は実力主義の厳しい世界だ。改革が進んでいるとはいえ、ある程度は年功序列で身が守られる日本企業とはまったく違う。他の同年代社員より並外れて見えるのは、恵まれたルックスのせいだけではなかったということだ。

「それからなぜうちの社に？」

「ヘッドハンティングだ。海外では珍しいことではないよ」

うちの社のアメリカ法人が部長を引き抜き、東京本社の企画マーケティング部門のテコ入れに配置されたという。だから昇進が規格外れに早いのだ。

「それって……」

倉木部長の日本配置がテコ入れなら、期間を限ったものということだろうか。部長の本拠地はアメリカなのだから。

「どうした？」

私の不安そうな顔に部長が気づいた。こんなに細やかな人だっただろうか。部長には今まで気づかなかったことがたくさんある。

「倉木部長は、いつか帰っちゃうんですか？」

「ああ、いずれね。嬉しいだろう」

「嬉しくないです」

本心だった。数年前なら、鬼上司と縁を切れることを喜んだだろう。でも驚いたことに、今の私は胸が締め付けられるような寂しさを感じた。

この気持ちは何……？　しくしくと痛む胸に手を当てる。

「だから、指導するのは崎田が最後だな」

倉木部長は窓の外のどこか遠くを眺めながら言った。

往来では人々がイルミネーションを見上げて歓声を上げている。ここよりもずっと煌びやかな街に部長はいずれ戻っていくのだ。

「俺はじきに去るから、短期間で育てようとして必要以上に厳しくしたかもしれない」

「そんなことありません」

不意に目頭が熱くなる。涙が苦手な部長にセンチメンタルな反応を見せてはいけないと俯いて答えたら、少しぶっきらぼうな言い方になってしまった。

「崎田は海外に希望を出していたよな」

「はい。あの……あれはダメ元です」

でももし現実に決まったら、怖気づいてしまうだろう。

恋愛、結婚、仕事、出産。女には各方面から様々な暗黙のミッションが課せられている。海外赴任してしまったら、不器用な私にはすべてを叶えることは不可能だ。恋愛すら満足にできないのに。

「実際は迷ってるんだな」

しばらく考え込んでいると、倉木部長が正確に言い当てた。私の表情を眺めていたらしい。

「はい。……これでも女ですから」

正直に認めて俯いた。あの日から、倉木部長の前ではなぜか嘘がつけなくなった。

「強く歩みたいという理想はあるんです。でも同時に……」

でも急に恥ずかしくなって口籠ると、部長が続けた。

「守られたいという女の本能、だな」

その通りだ。そのどちらも私は手に入れられず、もがいている。

顔を上げると、倉木部長と目が合った。そのまま見つめ合う。ふらふら迷う部下を歯がゆく思うだろうに、部長は包み込むような優しい目をしていた。

なぜだろう。その瞬間まるで電流に打たれたように強烈に、ああ私はこの人に守られたいのだと悟ってしまった。

『俺は部下には手を出さない』

あの夜の拒絶を思い出し、気持ちを読まれるまいと部長から視線を外した。自分でもこの感情を恋だと認めたくなかった。私はなんて高望みをしているのだろう。しかもいずれ去っていく人なのに……。

でもイルミネーションに包まれながら倉木部長を前にしている今は、そんな理性の警告は大した力を持たなかった。

ただひとつ、わかったことがある。私は本能的には幹人を求めていなかったのだ。

「その後、内野は大丈夫か?」

私の沈黙を幹人のせいだと思ったらしく、部長は初めてあの夜のことをはっきりと口にした。誤解だけど、部長への感情を見抜かれるより都合がいい。

「はい」

「付きまとわれたり、嫌な思いはしていないな?」

「はい、まったく」

答えながら苦笑した。ここまではっきりと否定できるのも恥ずかしい。

「あの、幹……内野君は処分を受けたりしないですよね?」

〝幹人〟と言いかけてすぐに訂正したけれど、倉木部長の眉がぴくっと上がった。

「二股をかけたからといっていちいち社員を処分したりはしない。当たり前の話だ」

「す、すみません」

「前川の場合は、以前から仕事の秩序を乱していた。今回は同僚への中傷攻撃という度を越したものに発展したから警告した。アメリカならとっくにクビだ」

前川さんは私に対して過度に反抗的だったし、頼んだ仕事をスルーされ私が被ったことが多々あった。些細なことだと思って我慢していたけれど、部長は把握していたのだろう。会議や打ち合わせでほとんど席にいないくせに、恐いぐらいの千里眼だ。

「内野はまた別だ。あいつは仕事はやっている」

「別、とは?」

思わず聞き返すと部長は溜息をついて窓の外を眺めた。

「人事情報は口外できないが、ひとつだけ教えておく。もうじき内野に辞令が下るが、処分ではない。今回とは別の純粋な人事だ」

「まさか遠方に……？」

「それは言えないが、悪い話ではない。安心していい」

「よかった……」

幹人が処分されないとわかり、私はほっと胸を撫でおろした。裏切られたとはいえ、一年以上付き合った情がある。

それにしても、安心していいというセリフのわりに部長はなぜか不機嫌そうだ。

「内野には言うなよ」

「はい」

本当はいけないことなのだろうけれど、あえて漏らしてくれた部長の配慮が嬉しかった。この親密さが、上司と部下の関係を越えたものになったらいいのに。

部長が腕時計を見て、コーヒーの残りを飲み干した。もうすぐこの時間が終わってしまう。できるだけ長く居たくて残しておいたラテはもうとっくに冷めている。

何か話題を探した私は、ずっと気がかりだったことを思い出した。

「あの、それと部長。内野君が……」

「内野がまた何だ」

部長にじろりと睨まれると、胸の底がきゅっと震えた。今まで怯えてばかりいたけれど、私はこの人から離れたくないのだ。

それは冷ややかさの裏に優しさが隠されていると知ったからだけではない。五年の間、私がいつも部長の前で緊張してばかりいたのは、彼を男として意識していたのだと思う。まだ後戻りできるうちに思い止まらなければと思うのに、一度自覚すると坂を転がり落ちるように感情が走り始める。

「実は、内野君に見られてしまったようなんです。部長と一緒にアパートに戻ったところを」

「別にいい」

あまりにあっさり流され、目を丸くする。

「いいんですか?」

「崎田は都合悪いのか? あの男にまだ未練が?」

「ないです!」

誤解させておけばよかったのに、咄嗟に全否定してしまった。

「ならば問題ないだろう」

部長は事も無げに言ったあと、さらに付け加えた。その口角は気のせいか意地悪に上がっている。

「あの夜、結局は何もなかったんだから」

「そ……、そうですよね」

あの夜の寝室での出来事が頭の中にボワンと音を立てて蘇る。

「修羅場ではあったが」

スタートは真剣な話題だったのに、何のお仕置きなのか今は完全に私の破廉恥な誘惑を当てこすられている。

「ご、ごめんなさい」

「なにが?」

「わかってるくせに聞かないでください」

『今まで誰にも溶けたことがないの。私を溶かして』

このセリフは何度思い出しても死にたくなる。ついに私はごまかしきれなくなり、両手で顔を覆ってしまった。顔から湯気が立つほど恥ずかしい。

「はは、悪かった」

倉木部長が声を上げて笑い出した。部長がそんな風に笑うのを聞いたのは初めてだ。

「笑うなんてひどいです……」

両手の隙間から涙目で部長を睨みつけると、部長はふと笑うのをやめ、驚くようなことを言った。

「可愛かったよ」

今、何て……？　反応できずに、聞こえた声を頭の中でリピートする。

「部下でなければ、危なかった」

本当に？　顔を隠すのも忘れ、部長を見つめた。

ところが倉木部長は再び意地悪な笑いを浮かべた。

「ま、ヒジキで我に返っただろうが」

破廉恥な誘惑に代わり、今度は翌朝見た自分の〝ヒジキ〟だらけの顔が浮かんだ。

「マスカラのおかげで命拾いしたな、崎田」

部長は軽く笑いながら立ち上がり、椅子の背からコートを取った。グレーのコートを羽織る背中を睨みつける。結局、からかわれただけらしい。

でも私の胸にはこの一か月に感じていた失恋の痛みとは違う、新しい甘い痛みが生まれていた。

もう恋はしないつもりだったのに。そんな風に意地悪するから、そんな顔で優しくするから、気づいちゃったじゃない。

恋をすれば私は弱くなってしまうのに。部長の期待に応える部下でいることができなくなってしまうのに。

「さて、戻るか」

部長の隣を歩きながら、光またたく街路樹を見上げる。その上には遠い世界とつながる夜空が広がっていた。部長の視線はこの空の向こうにあるのだろうか。

お願い、手の届かないところに行かないで——。

怒涛のような年末の業務を片付けるうちにクリスマスが終わり、年が変わった。

冬期休暇は山梨《やまなし》の実家に帰った。お正月ぐらいしか帰らないのは、年々実家の居心地が悪くなるせいだ。妹からは〝お姉ちゃん、相手してくれる彼氏いないの？〟と図星を刺され、両親からは〝仕事ばっかりしてないで〟と結婚を急かされる始末だ。

家族のことは大好きだけど、帰省を終えて東京の小さなアパートに戻ってくると、ほっとする。早く初出勤したくて武者震いするのだから、私も大概仕事人間だ。

だから仕事始めを迎えるのは満員電車も苦にならないほど嬉しかった。溜息やマスク越しの咳であふれるだるそうな初出勤の人混みをくぐり抜け、朝日を反射するビル街を歩く。

大部屋に入ると、部長席にいる彼の姿は遠くからでも際立って見えた。彼の周りは引き締まった空気に満ちていて、心地よい緊張感とともに胸が躍る。

「おはようございます」

「おはよう」

パソコンから顔を上げた彼が私を見て微笑む。一週間ぶりの倉木部長の挨拶に、私は張り切った笑顔を浮かべた。

「今年もよろしくお願いします」

「ああ、よろしく」

普通なら一瞬しか視線を向けられないはずなのに、部長は数秒間、私を見つめた。

「……………?」

問いかけるように首を傾げると、倉木部長は微笑を浮かべてわずかに頷いてから画面に顔を戻した。

何だろう？　いつもとは違う、柔らかで慈しむような視線だった。それは嬉しい気配のようで、でもそうではない気もして、どこか不安で胸がざわめいた。

「おはようございます」

そんなざわつきは前川さんの挨拶で脇に押しやられた。

「おはよう」

新年らしく、晴れやかな笑顔を向ける。前川さんも同じように笑顔を返してきた。

部長の叱責以降、しばらく萎縮していた前川さんは、最近は元気を取り戻している。私に対する態度も以前よりぐっと良くなった。幹人がようやく前川さんときちんと付き合い始めたので、彼女の気持ちが落ち着いたのだろう。

正面の二課でこちら向きに座っている幹人をちらりと眺め、パソコンを立ち上げる。

『もうじき内野に辞令が下る』

入社からまだ同期の異動ラッシュはなく、変わらない環境でやってきた。でも中堅社員に差し掛かるこれからは、私たちが歩く道はそれぞれに分かれていくのだろう。


幹人の異動は、仕事始めからまだ日が浅いうちに公《おおやけ》になった。二月一日付で、関西支社への辞令が下りたのだ。部長の予告通り、主任昇格を伴っての人事だった。

一月下旬に私たち同期は新年会を兼ねて幹人の送別会を開いた。

宴会が盛り上がり席移動で無礼講になってきた頃、幹人がグラスを持って私の隣にやってきた。幹人と喋るのは久しぶりだ。

「昇格おめでとう」

「由香より半年以上遅れたけどな」

幹人のグラスにビールを注ぐ。カツンとグラスを合わせてから私たちは並んで座り、壁に寄り掛かって同期たちの大騒ぎを眺めた。

「最後だから白状すると、俺さ。実は由香に告ったの、動機が不純だったんだ」

驚いて隣の幹人を見る。

「由香の指導役は倉木部長だったじゃん？　絶対昇進早いよな、って妬んでたんだよね。だからちょっとからかってやろうと」

「最低……」

「まあ最後まで聞いてくれ」

頭からビールをかけてやろうかという迫力で睨みつけると、幹人は笑った。

「でも、本気で好きになったんだ。あと、由香の評価が高いのは当然だってことも知った。すごい努力家なんだなと。そういうところもひっくるめて、全部好きだった」

じゃあなぜ、浮気なんかしたの？

でもそれを口にする前に重ねられた幹人の言葉は、私をはっとさせるものだった。

「だけど、由香は気付いてたか？　由香が求めてるのは、本当は俺ではなかっただろ」

「…………」

「もう自覚したか」

幹人はビールをひと口飲んでから苦笑した。

「由香が頼りたいのは倉木部長だろ。俺は絶対、部長には敵《かな》いっこないからな」

私は無自覚だったのに、幹人は見抜いていたのだ。申し訳なさがこみ上げる。

「会議室でひどいこと言って悪かった。あれは自虐だ。俺が頑張っても由香は熱くならない。イライラして、誘ってきた千穂を受け入れた。言い訳にはならないけどな」

何も言えなかった。否定しても、今はもうそれが嘘になると知っているから。

「浮気が見つかった時、ビビりながらちょっと期待したんだ。由香は泣いてくれるかなってね。でも、あの態度だからな」

「ごめん。ほんと可愛くなかったね」

グラスには幹人が控えめに注いでくれたビールが半分ほど入っている。あんな形で別れたけれど、お酒に弱い私への自然な気遣いは、私たちの日々の確かな名残だ。

「本当はわんわん泣きたかったの。でも前川さんがいたじゃない？　嫉妬もあるしプライドもあるし、もう悔しくて、突っ張っちゃった」

「それを聞いて救われたよ、俺の一年半の片思い」

「浮気したくせによく言うよ」

睨みつけたけれど、あの出来事を幹人と話せるようになったことが嬉しかった。

「ありがと、幹人。楽しかった。階段ホールで私もひどいこと言ったけど、幹人と付き合えたこと、後悔してないよ」

「それでも絶対に〝好きだった〟とは言わないんだな」

隣で幹人が苦笑する。

「でも前川さんのこと、大事に思ってるんでしょ？」

「うん。きったねーことする女だけどな。由香とは逆だ」

「でも、放っておけないんだよね？」

幹人の気持ちを私が拾うと、幹人は笑って頷いた。

「由香は進展したのか？」

「……ううん。手の届かない人だから」

俯いて笑い、グラスを揺らした。倉木部長への恋は語るほどのことは何もない。このままになってしまうのだろう。

「でもさ。倉木部長と由香は完璧に上司と部下の関係でありながら、なんつーの？男と女の緊張感がビンビンしてた」

「ブホッ」

ちょうどビールを口に含んでいた私は派手にむせた。

「へ、へんなこと、言わないで」

炭酸の刺激が喉に張り付いて痛い。咳込みながら抗議する私を見て幹人は大笑いしている。私の咳が治まると、私たちはまた壁に背中を預けて落ち着いた。

私と幹人がこうしてふたりでいることに同期たちは気付いているはずだけど、みんな素知らぬ顔で騒ぎ、騒音で会話を消してくれる。いい仲間たちだ。

「真面目な話。俺、今でも倉木部長に嫉妬してる」

「どうして？　まさか前川さんまで倉木部長が好きとか言わないでよ」

華やかな顔立ちに、天性の愛嬌。しかも若い。女子力の高い強敵に焦る。

「千穂が好きなのは俺だよ。当たり前だろ」

「その自信、鼻につくわ」

ふたりで笑ったあと、幹人が指摘したのは階段ホールのひと幕だった。

「由香っていつも感情を抑えてて、絶対に怒らないよな。でも俺の前で一度だけ激怒したことがある。俺が倉木部長を侮辱したときだ。会議室であんな侮辱を受けても平気な顔で俺を無視した由香が、倉木部長のために俺を平手打ちした」

もうとっくに気づいている。私が衝動に走るのは倉木部長のことだけ。あの夜の誘惑だって、単なる自棄ではなく無意識に部長を求めていたのだと。

「ごめんね、幹人。叩いたりして……」

「すんげぇ痛かったぞ。どこで鍛えたんだ？」

「いや、人生初ビンタなんだけど」

幹人は「そりゃ光栄だな」と笑った。

「あれで俺、諦めついた。足掻いても無駄だって」

そう言うと幹人は腰を上げた。もっと話したいような気分だったのに、少し名残惜しい。関西に赴任してしまったら、もう顔を見る機会はあまりないだろう。

「幹人。頑張って」座ったまま幹人を見上げ、心を込めて言った。

「仕事も、前川さんのことも全部。応援してる」

「ああ」

私が注いだビールを幹人がぐっと飲み干し、別れの挨拶のようにグラスを掲げてみせた。私も自分のグラスを空けようとすると「酒弱いのに無理すんな」と止められた。

「由香も頑張れよ。倉木部長もじきにいなくなるぞ」

「え？」

「辞令を俺に言い渡すとき、自分ももうすぐだって言ってた。急げよ」

そう言い残すと、幹人は大騒ぎの集団に戻っていった。茫然とその背中を見送る。

長くは居ないだろうと覚悟しているつもりだった。でも、本当に近いのだ。おそらく具体的な時期まで部長本人には知らされているのだろう。年始の挨拶のとき、倉木部長が妙に私に優しい目を向けていた理由を悟る。

せめて部下としてだけでもいい、ずっと私をそばに置いてよ。

叶わないと知りながら、心の中で呟いた。


二月に入り、幹人は関西に赴任していった。私の席から眺めた正面の島の景色は、ひとり抜けただけでぐっと寂しく感じられた。同期で元カレなのだから当然と言えば当然だ。

右隣では、前川さんがあくびを噛み殺している。週末は関西に行っていたのだろう。

「関西に行ってたの？」

私が目覚ましガムを渡しながら尋ねると、前川さんは素直に頷いた。

「まだ慣れなくて、あちこちで迷子になっちゃいます」

「大阪駅《おおさか》ってダンジョンよね」

笑って頷いて、パソコンの画面に顔を戻した。近いうちに幹人は前川さんと将来を決めるだろう。なんとなくそんな気がする。

そうなると結婚式はあの会議室事件のメンバーが全員揃うのだろうか。倉木部長が嫌味ったらしい祝辞を述べるところを想像して心の中で笑っていると、前川さんが私を呼んだ。

「崎田先輩」

「なに？」

「あの、ありがとうございます」

妙にかしこまった雰囲気を感じて隣を向くと、微笑む前川さんはなんだか泣きそうな顔に見えた。本当は〝ごめんなさい〟と言いたかったのではないだろうか。

「ああ、ガム？　たくさんあるからいつでも言って。ここって船を漕ぐと部長席から丸見えだから嫌よ」

たぶん私の気持ちは伝わっている。苦手だったはずなのに、遠くへ行ってしまうのはやっぱり名残惜しい。心が通じたと思ったら仲間は去っていくものだなと思う。

「崎田は船漕ぎ常習犯だからな」

突然背後から靴音がして、驚いて飛び上がる。部長が外出から帰社して部屋に入ってきたことに気付いていなかった。

「おかえりなさい」

部長がコートを脱ぐと、二月の戸外で冷えた布地がふわりと風を起こした。

もうすぐバレンタイン、それからホワイトデーだ。お返しに最適なミニサイズのハンドクリームのセットは二課の沙織が担当していて、今私たちの席は二課から回ってきたハンドクリームのサンプル品だらけだ。

「崎田、入れるか？」

部長は不在中の案件を手早く確認すると、休みもせずに私に声をかけた。

「はい」

ミーティングルームを指していると理解し、ノートと筆記用具、それからリップグロスの企画書を手早く揃える。何も言われなくてもミーティングの議題まで察することができる阿吽《あうん》の呼吸は五年間の重みだ。

秋に発売されるリップグロスは、従来の主力ブランドから全面切り替えを図る戦略商品だ。ライトな質感にシフトするメークの傾向を受け、リップグロスと口紅の中間にカテゴライズされるテクスチャーと機能性を狙っている。

保湿成分や色素の加工技術は部長が長期にわたり研究所と協議を続けてきた。昨年から発足したプロジェクトチームには私も加わって色味やテクスチャーの改善を重ねた。発売年を迎え、ここからはパッケージや宣伝、プロモーションが加わってくる。

筆記用具を置き、帰社したばかりの倉木部長のために給湯室でコーヒーをふたり分淹れてミーティングルームに戻ると、部長は真剣な表情で何か考え込んでいた。

「ありがとう」

目の前にコーヒーを置くと、部長は考え事をやめて表情を緩めた。

「何も言わなかったのに、これだとよくわかったな」

部長が言っているのは私がテーブルの上に置いたリップグロスの企画書だ。

「五年も生徒やっていますから嫌でもわかります」

冗談だったのに、部長は笑わなかった。ただ私を見つめている。

それは年が明けた時に見たのと同じ、優しく慈しむような表情だった。怪訝《けげん》に思い、部長の目を見つめ返す。

その時、私は理由もなく悟ってしまった。この時が来ないよう、もう少し、もう少しだけと願っていたのに。

部長は私に別れの時が来たことを告げようとしているんだ、って。

何も言えず、長い間ただ部長を見つめていた。そこには言葉にならない会話があったように思う。

「……いつですか？」

しばらくして私が尋ねると、倉木部長は短く答えた。

「来月。三月だ」

「三月……」

そんなの、早すぎる。頭をガツンと殴られたようで、何も考えることができなくなった。心に砂漠のような空虚感が広がっていく。

ところが、ここで部長は茫然としている私の顔を見つめたまま思いがけないことを言い渡した。

「来月からは俺と交代して、崎田がこのプロジェクトのチーム長を務めてくれ」

「えっ……？」

自分の耳を疑った。代わりなら他の管理職クラスが務めるのが妥当だろう。部長のアメリカ帰国に加え、さらなる打撃に私はまともに息もできないほど動揺した。

「だって、これは部長が……、部長と私と二人三脚でやってきたじゃないですか！　途中で抜けるなんて……」

動揺と寂しさと苦しさがごっちゃになって、言葉が支離滅裂にほとばしる。

「急すぎます。こんな、こんな……」

「急じゃない。この企画を立ち上げた当初から、自分が最後まで見届けられないことはわかっていた。そのために崎田をチームに入れたんだ」

「…………」

「今まで厳しく育ててきた。お前ならできる」

「……できません」

どんなに厳しい課題を与えられても、この五年間で私が〝できない〟と答えたことはない。これが初めてだ。

「部長がいなきゃ、できません」

仕事だけじゃない。もう二度と会えない苦しさに耐えて生きていく自信すらない。

頭がおかしくなるほど私は倉木部長が好きで、それはとても〝はい〟の一言で諦められるほど浅い感情ではないのだと、今になって知った。

「置いていくなんてひどいです」

まただ。私は倉木部長に限り、自分をコントロールできなくなってしまう。

子供みたいな我儘《わがまま》だとわかっている。抵抗しても引き留められないことはわかっている。けれど恋心を口にできない私は抗議し続けた。

「無理です。部長がいなきゃ――」

「できる」

今までなら、もし私がこんな情けない反抗をしようものなら部長は激怒するか氷のような冷ややかさで突き放しただろう。でも今の倉木部長はまるでお留守番を嫌がる子供をなだめるように優しかった。だけど私は子供じゃない、お留守番でもない。だって部長はもうここに帰ってこないのだから。

その時、私ははっとした。だからこそ巣立たなければいけないのだ、と。

「できる。間違いない。俺が手塩にかけて育ててきたんだからな」

あの夜以来、そして仕事の場で初めて私は泣いた。でも、涙が苦手な部長は怒らなかった。その優しさが余計に本当のお別れであることを告げていた。

「――はい」

やがて私は絞り出すように答えた。涙を堪えると口がへの字になって、ひどくみっともない。私の涙の本当の理由に部長は気付いているだろうか。

企画書と資料をテーブルに並べ、私は深々とお辞儀をした。

「よろしくお願いします」

部長と一緒に仕事できる時間はあと一か月。背筋を伸ばし、震える声で仕切り直す。

「よし。始めるか」

部長は優しい目で頷いた。

それからの一か月、私は脇目もふらず、がむしゃらに仕事をした。倉木部長の言葉は一語一句漏らさず頭に叩き込み、彼の仕事のやり方を今まで以上に丹念に踏襲した。

倉木部長の異動は三月上旬に公にされた。部長から聞いていたのはアメリカに帰るということだけだったから、ニューヨーク支社長という人事を聞いた時は驚きと嬉しさと、そしていよいよ彼が手の届かない人になる寂しさを覚えた。

残業が続いた深夜、給湯室でコーヒーを淹れていると沙織がやってきた。

「由香、お疲れ」

「沙織もお疲れ」

沙織が手渡してくれたサンプル品のハンドクリームを手に塗り込みながら、コーヒーメーカーの音を聴く。

「ごめん。せっかくコーヒーのいい香りがしてるのに、ラベンダー臭い」

「あはは」

根を詰めて仕事していたから、沙織節にほっとする。

「アロマなんだから、いっぱい吸い込んで肌荒れ治さなきゃ」

「うんうん」

ふたりして手の匂いを嗅いでいるうち、そんな自分たちが可笑しくなって笑った。

「由香、最近すごくお肌が綺麗。もともと綺麗だったけどさ。色白だし」

「でも乾燥肌なのが悩みよ」

そう答えた私の顔を沙織がしげしげと眺めた。

「なんていうのか、キラキラしてる」

「それ、テカってるってことじゃない」

慌てて鏡を取り出して鼻の頭を確認する。

「違うって。恋する女の輝きだよ」

鏡をポケットに仕舞う私の手が一瞬止まった。

「内野と付き合ってるとき、由香にそんな輝きはなかったよ。今、すごく綺麗」

返事をする前に、ふたつのマグに丁寧にコーヒーを注ぐ。沙織は返事を急かしたりしない。何事にも心の準備が要る私の慎重な性格をよく理解しているのだ。

「……でも、片思いよ。これからもずっとね」

沙織にマグを渡しながら、ようやく私は頷いた。

「部長でしょ」

沙織のストレートな指摘に、マグに口をつけようとしていた私は驚きのあまりごまかすのも忘れ、目を丸くして沙織の横顔を見た。

「まさか、私、バレバレ？」

「いやいや、大丈夫よ。私の勘」

「ああ……よかった」

どっと脱力する。気持ちが露骨に出ているのだとしたら恥ずかしすぎる。

「まったくもう由香ったら、えらく極上な男に行ったね！」

怒ったふりをして沙織を睨んだあと、私は俯いた。

「でもね、部下には手を出さないって」

今度は沙織が驚いて目をむいた。

「えっ、由香、まさか氷壁に告ったの？」

「いやいや、告ってはいない」

きっと破廉恥な誘惑をカミングアウトしたら沙織は爆笑するだろう。いつか失恋の痛みが癒えて、笑い話にできるようになったら打ち明けよう。今はまだ無理だ。

「部長、もうすぐ行っちゃう」

私はマグで手を温めながらポツリと言った。

「部長から見たら私は子供なんだよね」

「そうでもないと思うけど」

「ほんと？　部長に何かそんな素振りがあったとか？」

思わず期待をこめて沙織に向き直る。

「いや。ま、ただの勘だけど」

「なーんだ」

苦笑してから、私は未練を焼き切るように熱いコーヒーをぐいと飲んだ。

「このままでいいの。私、部長が残していく仕事を立派にやり遂げるから」

強がると、少し火傷した舌がヒリヒリ痛んだ。

「真面目なのもいいけど、後悔だけは残さないで」

沙織は私の背中をポンと叩いてから、戻ろうかというように廊下を指さした。

「私の勘って結構当たるんだからね」

席に戻り、出張中の倉木部長の席を見つめる。

今月に入ると倉木部長は残務処理と引継ぎで飛び回っていて、ほとんど席にいない。

でもたとえ姿がなくても、出張が終わればここに帰ってくる。またあの厳しい叱咤を受けられる。そう思うだけで私は頑張れた。

あと二週間で、それも終わり——。

倉木部長が東京本社を去る最後の日、営業企画部全体での送別会が開かれた。

主役である部長は最終日も外部との折衝《せっしょう》が何件も入っていて、会場に到着したのは開始から小一時間が過ぎた頃だった。

「遅れて申し訳ない」

多岐にわたり担当していたから、それらをすべて処理しなければならなかったこの一か月は怒涛のような忙しさだっただろう。最後の仕事を終えた部長はさすがにほっとした表情だった。厳しい人で普段は近寄りがたいだけに、こうして彼が最後に柔らかな笑顔を見せると、周囲は人だかりになった。

私は昨日の打ち合わせで倉木部長に最後の挨拶を済ませているので、ここは皆に譲り、談笑する彼を遠くから見つめていた。

この一か月、私は心の中でたくさんお別れをしてきた。彼の声、表情、仕草、時折見せる笑顔。右手の甲にある小さな傷跡、それから気に入らないことがあると眉がかすかに上がる癖も知っている。それから、それから……。

姿を見るのはこれで最後だと思うと喉がきりきりする。彼という人を私の中に永久に鮮明にとどめるには五年の年月でも全然足りなかった。もうカウントダウンを終えてしまうロスタイムのような残りわずかな時間、私は一心に彼を見つめ続けた。

やがて閉会の時間になり、倉木部長が最後の挨拶を終えると、道路に流れ出した社員たちは二次会の点呼をとり始めた。

「由香はどうする？」

沙織が心配そうな顔でそっと私の隣に立った。

「人数多くて、全然喋るチャンスないね」

「私は昨日、お別れの挨拶を済ませたの。それに五年間も部長を独占してきたしね」

笑おうとしたけれど、たぶん私の顔は全然笑えていなかったと思う。送別会の間中、大きな石が喉に詰まっているみたいで、なにかの刺激でわっと感情を見せてしまいそうな気がした。

沙織とそんな会話をしていると、人だかりの中の部長と目が合った。

「参加してみて、近い席が取れなかったら諦める？　それとも……」

隣で喋る沙織の声が遠くに聞こえた。

遠く離れた距離でも部長が私を見ているのがはっきりわかる。その目が私の不参加を察し、〝元気で〟と告げていることも。

部長に向かって深々と一礼する。

「由香……。いいの？」

部長と私の視線でのお別れに気づいた沙織が慌てている。

「最後だよ？　私、付き合うよ？」

「沙織、お酒飲めないくせに」

泣き笑いのように引きつった顔で笑った。

「大丈夫よ、沙織。帰ろう」

部長に最後の目礼をすると、私は人だかりに背中を向け歩き始めた。


感情を抑えるあまり完全無表情になった私を心配した沙織がお茶に誘ってくれて、小一時間ほど喋ったあと、自宅アパートに帰った。沙織と何を喋ったのかはあまり覚えていない。たぶん、ほとんど沙織が喋っていたはずだ。

スプリングコートのまま、冷えたリビングにぼんやりと座る。ひとりでいると、会社でのたくさんの思い出とともに、いろんな彼の記憶が押し寄せてくる。こんなにたくさんの記憶をどうやって忘れられるというのだろう？

四か月前、目の前のテーブルの向こう側で業者の鍵交換を待っていた部長の姿が今も見える気がした。私が緊張のあまり濃く入れすぎた緑茶を、文句も言わず飲んでくれた。後で自分で飲んでみて、舌が痺れるほどの渋さに仰天したんだった。

腕組みをして部屋の隅にあるチェストをやけに睨んでいるなと思ったら、幹人の私物があるせいだと後で気づいたんだっけ。

『あの男が言ったことは忘れろ！』

彼の記憶も自分の恋心も鮮明過ぎて、息もできなかった。

『後悔だけは残さないで』

突然、私は立ち上がった。このままではダメだ。まだ本当のさよならはできていない。もう二度と会えないのなら、どうしても伝えなければいけない言葉がある――。

玄関を飛び出し、私は深夜の道を駆け出した。

倉木部長のマンションの前でタクシーを降りると、私はにわかに緊張し始めた。夜の冷え込みはまだまだ厳しく、震える手でスプリングコートの襟元を掻き合わせる。

エントランスで部長の部屋番号を押し、応答を待った。スマホで時刻を確認すると、日付が変わる頃だった。もしかするとまだみんなに捕まっているかもしれない。そう考えたとき、インターホンが応答した。

『はい』

倉木部長の声だ。インターホン越しの声なので機嫌まではわからない。

「あの……崎田です」

おずおずと名前を告げると、一瞬間があいたあとエレベーターホールに通じるドアの開錠の音がして『上がって』と短く応答があった。

「どうした？」

てっきり怒るか迷惑そうな顔をされると思ったのに、ドアを開けた部長は優しく尋ねた。まだスーツを着ていて、帰宅したばかりとわかる。

リビングのソファーに腰掛け、バッグの柄を握り締める。思い詰めてここまで来たというのに、どう言うのかをまったく考えていなかった。

「部長……私……」

部長が私の目の前に屈んで座った。そのまま私の言葉の続きを待っている。部長は知っているはずだ。私が何を言いにきたのかを。そして彼は拒絶するのだろう。

端正で理知的な顔を真正面から見つめる。

「部長が好き」

部長を見つめる私の口から自然に零れたのは、何の飾りもない純粋な言葉だった。

部長の目の奥がわずかに揺れたけれど、その揺れはすぐに深い色に隠れて見えなくなった。

「今日は飲んだのか？」

「飲んでません」

幾分か腹を立てて私は答えた。

「今日は酔っていません。内野君に振られた自棄でもありません」

「最初の頃は震えてばかりいたくせに、すっかり口答えするようになったな」

苦笑する部長を睨みつける。

「子供扱いしてごまかさないでください」

部長の背後に広がるリビングは前回来たときと違い、すっかり物がなくなっている。

本当にこの人はもう行ってしまうのだという現実が私を駆り立てる。

「内野君が言ったこと、今ならわかるんです。私、内野君を好きだと思っていたけれど、そうじゃなかった。私が守られたいと願うのは部長だけなんです」

「上司への感情を取り違えているんだろう」

「取り違えていません。部長だってもうわかっているんでしょう？」

部長は黙っている。その表情から何も読めない。でも私は受け入れてもらうためにここに来たのではなかった。

「守られたいと思うのも、触れられたいと願うのも、傷つけられても構わないと思うのも、私をこんな風に暴走させるのも、全部全部、部長だけ」

彼はしばらく黙って私を見つめたあと、根負けしたような笑いを浮かべた。

「黙って行くつもりだった」

どういう意味かわからずにいると、彼は自身のことを語ってくれた。

「ヘッドハンティング時、アメリカ支社との契約条件はマネージャー候補だった」

「マネージャーって、支社長ですか……?」

「そう」

二十代で彼にはもう支社長への道が用意されていたということに絶句する。

「最初から日本に長くいないとわかっていた。俺は男として誰かを守れる立場ではない。だからいくら自分のものにしたくても、他の男に委ねるしかなかった」

「そんな女性がいたんですね……」

予想できないことではないのに、想い人の存在を部長の口から聞かされると、少なからずショックを受けた。

「ああ、いるよ」

そう言って部長は微笑んだ。普段は震えあがるほど厳しさをたたえている端整な顔が、今は優しい表情を浮かべている。過去形ではないことが、さらにショックだ。

「でも相手の男は浮気者でね。彼女に相応《ふさわ》しくなかった。見ていて内心苛々したよ。何度忠告したかったか」

ということは、その女性は社内の人ということだ。羨望で胸がしくしくする。

部長はそんな私の表情を面白そうに眺め、さらに続けた。

「本人に自覚はないが綺麗な人だ。真面目で努力家で、いつも必死で俺についてきた。可愛かったよ」

ついてきた、ということは部下だ。彼がその人を愛おしそうに褒める度、失恋の痛みが胸を刺した。それが誰なのかを知っても嫉妬に苦しむだけなのに、過去の営業企画部のメンバーを思い浮かべ、頭の中でそれらしい女性を探す。

「まだわからないか」

部長は半ば呆れたように笑った。

「めったに泣かないが、泣くと手が付けられない駄々っ子になる」

私の頭の中で、過去のメンバーの列挙作業が停止する。

「酒癖が悪く、顔にヒジキをつける女だ」

「………」

「崎田。お前だよ」

目を丸くして部長をまじまじと見つめる。とても信じられなかった。

「……私？」

「ああ」

「……私、酒癖悪くないです」

何か言わなきゃと思ったら、口が勝手にそんなどうでもいいことを言った。そうして、部長に想われていたという温もりと感動が胸いっぱいに広がっていく。

でも、身じろぎもせず部長を見つめる私と同様、倉木部長も私に腕を伸ばすことをせず、座ったままだ。それは彼が選ぶ答えを示していた。

「でも男であると同時に、俺は崎田の上司だ。お前の可能性を奪うわけにはいかない。連れて行くために私情や俺の都合で人事を動かすこともしたくない」

想いが通じたと知ってしまったら、一度は覚悟した別れが辛くなる。

「可能性なんか捨てても構わない。私は部長のそばにいたいんです。ずっと部長に守られていたいんです」

まったく、部長の前で泣くのは三度目だ。でもこんなに素直な感情を見せられるのは彼しかいない。

「部長以外に恋をすることなんてない。置いていかないで、連れて行って」

「ほら、泣くとこれだ」

苦笑する声とともに逞しい胸に抱き締められた。温もりに顔を埋め、泣きたいだけ泣いた。やっとたどり着いたのに、離れなければならないことがわかっていたから。

「前に言っていたな。強く歩みたいという理想と、守られたいという女の本能の間で揺れると」

部長は私を抱き締める腕をほどき、濡れた頬を両手で挟んで私の顔を上げさせた。

「理想を諦めないでくれ」

部長の短い言葉には、私たちが積み重ねた五年の年月があった。走馬燈《そうまとう》のように色んな思い出が蘇る。すべて彼が導いてくれたもので、彼なりの愛だったのだろう。それを理解しているから、どんなに口で駄々をこねていても、私はそれを捨てることができないのだ。

涙を零しながら黙って頷くと、再び抱き締められた。涙を鎮めようと震える私の髪を、部長はずっと撫で続けていた。

「……部長」

やがて私は彼の腕の中で顔を上げた。衝動なのかもしれないし、そうでない気もする。けれど絶対に後悔しないという確信があった。

「一度だけ、私を抱いて」

倉木部長は驚かなかった。包み込むような目に最後のお願いをする。

「この先、誰にも恋をしないから。私に一生に一度の恋を教えてください」

「崎田」

私を呼ぶ彼の声は、私を受け入れたことを感じさせるものだった。こんな時にもお互いの呼び名は〝崎田〟と〝部長〟で、それが私たちらしい。

「私にそれを教えられるのは部長だけ」

彼は何も言わず、私の唇を優しく塞いだ。


薄明りの寝室で私たちは肌を重ねた。

ブラウスを開かれ、露わになっていく肌に部長の息が触れる。自分から求めておきながら、五年もの間上司と部下という防御線を隔てていた彼に服を脱がされ触れられるのはものすごく恥ずかしい。そのせいで余計に感じてしまうのか、私は息の乱れを抑えることができなかった。

一糸纏《まと》わぬ姿にされ、彼の逞しい肌に抱き締められると、それだけで感じてしまう。

肌と肌が触れているところから自分が溶けてなくなっていく気がした。

「トーストに乗せた、バター、みたい」

まだ繋がってもいないのに押し寄せる快感を逃そうと、私は息を乱しながら喋った。

「バター？」

「溶けて、なくなっ、ちゃう……」

言葉の最後は喘ぎになる。喋っていないと我を忘れてしまいそうだった。

「でも、なくなっても、いいの」

「……崎田」

私の身体から顔を上げた部長が苦しそうに息を吐いた。

「頼むから黙ってくれ」

まるで仕事の叱責のような歯に衣着せぬ調子に、反射的に落ち込む。

「私、み、みっともないですか」

「違う。俺が必死で抑えているのがわからないのか」

「な、何を？」

緊張すると言葉がつっかえてしまうのも機転が利かないのも最後まで変わらない。

仕方ない奴だなという風に部長が笑い、上体を伸ばして私の唇に深いキスをした。

「可愛いよ。可愛いお喋りで俺を煽るなという意味だ」

噛んで含めるような辛抱強い説明にようやく落ち込みを解き、彼の状態を理解する。

「抑えないで、私に部長の全部を教えてください」

「だからそれをやめろと言っているのに」

ひとつになると、我を忘れるほどに溶かされ、私ははしたなく声を上げてしまった。恥ずかしさは消えていた。

「もっと……お願い」

もう限界だと思うのに、終わりが来るのが怖かった。部長の首にしがみつき、揺れて乱れながら懇願する。

「お前のどこが教科書なんだ」

部長が苦しそうな吐息とともに呟いた。彼も私と同じ気持ちなのだと、繋がる身体から伝わってくる。

「部長……、好き、好き」

一度きりの夜がもうすぐ終わってしまう。人生で唯一の人との別れに、きっともう告げることのできない言葉を、乱れる声で必死に振り絞った。

「部長――」

うわごとのような囁きは、荒々しいキスで封じられた。

「もう言うな」

仕事のときの厳しさではなく、熱に浮かされた男の声で。

「手放せなくなる――」

限界を超えて落ちていきながら、彼の全部を記憶に刻み付けた。

部長は明朝、部屋の引き渡しを済ませて空港へ向かわなければならない。部長の足手まといにはならないよう、私はまだ暗いうちに彼の腕からそっと身を起こした。

「タクシーを呼びますから大丈夫です」

起き上がり、服を着る彼を制する。彼の感触がまだ濃く残る身体に衣服を纏うと、私は薄明りの中で部長に別れを告げた。

「行きますね」

五年間、部下として追いかけ続けた人。その広い肩と背中をいつも見上げていた。怜悧な顔立ちを最後に見つめる。企画書チェックのとき、彼が書類から顔を上げた瞬間はいつも〝叱られる〟と身をすくめたものだった。

「部長、お、お元気で」

泣いたらダメ。綺麗に去る女でいる決意が早くも崩れかけ、私は背中を向けた。どうして私は部長の前ではこうもダメなのか。

すると不意に後ろから抱き締められた。

「崎田」

励ますような、優しい声だった。振り返りたいのをぐっと我慢する。

「あの企画、絶対に成功させますから。安心して行ってください」

〝行ってきて〟というのは、いつか帰ってくる人へ向ける言葉の気がしたから、語尾を変えた。私の決意を部長はわかってくれただろうか。

「大事だった」

彼の唇が愛おしむように髪に触れる。

「ここからは自分の足で歩いてこい」

顔を後ろに向けられ、最後のキスを受けながら、別れの言葉を聞いた。

その日、倉木部長は遠いアメリカへ旅立っていった。

春が過ぎ、リップグロスの企画はいよいよ大詰めになってきた。今はネーミングとパッケージの詰めの段階だ。

別れを経ても恋情が消える訳ではなく、私は部長への行き場のない想いを仕事へ向かう力に変え、毎日を疾走していた。

「五年も一緒にいながら、画像の一枚もないなんて」

昼休み、自席でスマホをタップしながらひとりごちる。

「隠し撮りでもしておけばよかったかな」

でもそんなことを言いながら、本心ではなかった。

社内HPを見れば、アメリカ支社のページに彼の顔写真ぐらい載っているのだろう。でも私は敢えて見ようとしなかった。いくら遠いといっても航空券一枚の距離と言えばそうで、衝動にかられたら最後、何もかも放り出して飛んでいってしまう気がする。部長限定で暴走する前科があるから、私はひたすら企画成功だけを目指していた。

「ちょっと、由香ー！」

突然ドアが勢いよく開き、休憩中で人のまばらな大部屋に沙織の大声が響いた。

「来てよ来てよ」

「どうしたの？」

いったい何にそんなに興奮しているのかと呆れながら、私は腰を上げた。

「今年の社内公募、募集要項見た？」

「ううん。公募には応募する気ないよ。グロスの企画を成功させなきゃいけないし」

冷静にコメントする私の腕を、沙織はぐいぐい引っ張っていく。

「沙織が希望する職種の募集があったの？」

「まあ、見て」

到着したのは廊下の突き当たりにある掲示スペースで、そこには社内公募の一覧のポスターが貼りだしてあった。リストには大小の募集が無作為に並んでいる。

「うわっ、営業企画も募集かかってるじゃない！　へぇ……。課長クラスかぁ」

「そこじゃないっ」

沙織が横で苛々している。さっさと教えてくれたらいいのに、と口の中でブツブツ呟きながら一覧をなぞっていた私の視線が、ポスターの中ほどで止まった。

〝ニューヨーク支社　プロダクトマーケティング部門〟

「応募資格は主任以上よ！」

沙織が隣で興奮している。

「募集一名って厳しいけど、でもね由香！　バットは振らなきゃ当たらないんだよ！」

選考決定は年末。赴任時期は来春。

スポ根《こん》のように檄《げき》を飛ばす沙織の声を聞きながら、私は何も言わずにただポスターを見つめていた。

『ここから先は自分の足で歩いてこい』

部長の言葉が蘇る。あれは巣立つ雛を突き放す親鳥の別れの言葉だと思っていた。でも――〝歩いて行け〟じゃない。

あれは、自分の力で海を渡って来いという意味だったの？ そういう意味だと思っていいの？

「え、由香、目が赤い」

これはきっと部長が私に投げた本当の課題だ。私がそのことに気付くかどうか、それを決意できるかどうか、そして難関を突破するかは賭けだろう。それでも甘やかさないところは、いかにも倉木部長らしい。彼は私が自分の意志と力で人生を選ぶことを望んでいるのだ。

目をしばたたき、私は沙織に微笑んだ。

「私、挑戦する。行くよ」

一年後の春。

私は宣言通り、ニューヨーク支社ビルの前に立っていた。

誰もが憧れるニューヨーク支社のポスト争いは当然ながら激戦で、面接を突破するごとに運も奇跡もここまでだろうと祈る気持ちだった。決め手になったのは、リップグロス新ブランドの成功だったと思う。市場は大反響で、発売からわずかで早くも過去の記録をいくつも塗り替えている。

新ブランド名は「リップデスティニー」と名付けた。デスティニーとは運命という意味で、これこそ求めていたものだと感じてもらえるよう、これを使う女性たちが素敵な運命を手にできるよう、私たちの願いを込めている。

「初日は無事終了」

緊張の赴任初日をなんとか無事にやり抜き、夕暮れのニューヨークの街を大きな窓から眺める。一日中慣れない英語で喋らなければならないのだから、疲れは半端ない。

私のデスクは個室になっていて、周囲を気にせず集中できる環境とプライバシーが確保されている。主任クラス程度なのに、重役ですかと聞きたくなるぐらい、ここは待遇がいい。それは同時にそれだけの能力を求められているということでもあり、新しい挑戦に武者震いする。

その一方で、私は寂しかった。一年前の別れ以降、部長には連絡していない。彼からも連絡はない。

社長ともなれば一部門の社員に誰が選ばれたかなんて構っていられないのかもしれないけれど、知らないはずはないだろう。私に課題を投げておいて薄情なものだ。それともあの〝歩いてこい〟の解釈は勘違いだったのだろうか。

「別にいいし！」

勘違いでも、私は意地をかけてここで再び大きな成果を上げてみせるんだから。

そんな風にやる気を出してみたものの、この豪華なビルを見るとそれを統率する彼の遠さを痛感して寂しかった。のこのこやってきた自分がひどくちっぽけに思えた。

社内を闊歩《かっぽ》する女性社員はみんな洗練されていて、女優かモデルと見まがうような人ばかりだ。着任の興奮が鎮まってくると、私はいろんな意味で現実に落ち込んだ。

「もしかして誰か見つけちゃったのかな……」

窓ガラスに額をつけ、呟いた。

「あんな美人ばっかりじゃ仕方ないか……」

日本語に飢えているから、余計に独り言が多くなる。

「でも、ひどいよ」

私のことをずっと好きでいてくれるって信じちゃったじゃない。なのに放置なんて。

「部長のバカ。浮気者。いいかげん野郎」

「誰がバカだって？」

突然入口で低い声がして、驚いて飛び上がった私は窓ガラスで額を強打した。

驚いたのは英語のみのオフィスでいきなり日本語を聞いたからではない。それは忘れるはずもない、ずっと恋焦がれていた声だったから。

額に手を当てたまま、恐る恐る振り向いた。聞こえた声は恋情が起こす幻聴で、誰もいないのではと怖かった。

でもそこには紛れもなく、彼が立っていた。

いつからそこにいたのだろう？　彼は腕組みをしてドアに寄り掛かり、可笑しそうに、そして愛おしそうに笑っている。

「窓ガラスを壊すなよ」

「倉木部長……」

彼が支社長になっても、私の口から出たのは相変わらずこの呼び名だ。

でもそこからは胸が詰まって何も言えなかった。ずっと焦がれた人の顔が、こみ上げる感情で霞んでいく。強く成長したのに、部長の前でだけ私は弱くなる。

「相変わらず泣き虫だな」

「部長――」

「由香」

両腕を差し出すと、彼がこちらに踏み出すのが見えた。でもあとは何も見えず、ポロリと零れた涙の最初のひと粒は彼のシャツに染み込んだ。一年前、一度だけと抱かれた胸に再び帰ってきたのだ。彼が初めて私を名前で呼んだのは、ふたりのゴールを意味していたと思う。

「頑張ったな」

息もできないほどにきつく抱き締められた。私を労う彼の声は押し寄せる感情のせいか、わずかに震えている。広い背中に腕を回し、私も彼を抱き締める。

「もうずっとここにいろ」

彼が腕を緩め、私の顔をしげしげと眺めた。またヒジキとでも言われるのかと思ったけれど、彼は私の唇を優しく撫でて呟いた。

「デスティニーか。いい名前つけたな」

私が主導して決めたネーミングなので、少し照れ臭く頷いた。そのネーミングには、私自身の密かな願いと決意も込められている。これまでのすべてが運命だったと自分に証明するために、この商品を育てた一年間、私は歯を食いしばって頑張った。

「立派だったよ。遠くから見守ってた」

五年間も部長への恋に気付かず緊張ばかりしていたことも、幹人に裏切られた会議室での出来事も、辛い別れも、すべてはここにたどり着くために、きっと最初から決まっていた。

「俺のひよっ子」

彼の冷徹な目がこれまで見たこともないほどに緩んだ。

愛しい人の顔に触れ、ちょっとつねってみて現実なのを確かめてから、私は微笑んでゆっくりと目を閉じる。

彼の背中を追いかけて、これからも私は強く歩んでいくだろう。

「由香……愛してる」

窓に広がるのはまだ浅い春の空。

摩天楼を染める黄昏《たそがれ》の光に包まれて、終わりのない恋を甘いリップで受け止めた。

END

あさぎ千夜春先生、佐倉伊織先生、水守恵蓮先生、
高田ちさき先生、白石さよ先生への
ファンレターのあて先

〒104-0031
東京都中央区京橋1-3-1
八重洲口大栄ビル7F
スターツ出版株式会社　書籍編集部　気付

あさぎ千夜春先生　佐倉伊織先生
水守恵蓮先生　高田ちさき先生
白石さよ先生

本書へのご意見をお聞かせください

お買い上げいただき、ありがとうございます。
今後の編集の参考にさせていただきますので、
アンケートにお答えいただければ幸いです。

下記URLまたはQRコードから
アンケートページへお入りください。
https://www.berrys-cafe.jp/static/etc/bb

ベリーズ文庫溺甘アンソロジー2

極上オフィスラブ

2019年3月10日　初版第1刷発行

著　者　あさぎ千夜春　©Chiyoharu Asagi 2019
佐倉伊織　©Iori Sakura 2019
水守恵蓮　©Eren Mizumori 2019
高田ちさき　©Chisaki Takada 2019
白石さよ　©Sayo Shiraishi 2019

発行人　松島 滋
デザイン　hive & co.,ltd.
D T P　久保田祐子
校　正　株式会社鷗来堂
株式会社 文字工房燦光
発行所　スターツ出版株式会社
〒104-0031
東京都中央区京橋1-3-1　八重洲口大栄ビル7F
TEL　出版マーケティンググループ　03-6202-0386
(ご注文等に関するお問い合わせ)
URL　https://starts-pub.jp/
印刷所　大日本印刷株式会社

Printed in Japan

ISBN 978-4-8137-0641-0　C0193

ベリーズ文庫 2019年3月発売

『お見合い婚　俺様外科医に嫁ぐことになりました』　紅《くれない》カオル・著

お弁当屋の看板娘・千花は、ある日父親から無理やりお見合いをさせられることに。相手はお店の常連で、近くの総合病院の御曹司である敏腕外科医の久城だった。千花の気持ちなどお構いなしに強引に結婚を進めた彼は、「5回キスするまでに、俺を好きにさせてやる」と色気たっぷりに宣戦布告をしてきて…

ISBN 978-4-8137-0637-3／定価：本体640円＋税

『次期家元は無垢な許嫁が愛しくてたまらない』　若菜《わかな》モモ・著

高名な陶芸家の孫娘・茉莉花は、実家を訪れた華道の次期家元・伊蕗と出会う。そこで祖父から、実はふたりは許婚だと知らされて…その場で結婚を快諾する伊蕗に驚くが、茉莉花も彼にひと目惚れ。交際0日でいきなり婚約期間がスタートする。甘い逢瀬を重ねるにつれ、茉莉花は彼の大人の余裕に陥落寸前…!?

ISBN 978-4-8137-0638-0／定価：本体640円＋税

『極上御曹司のイジワルな溺愛』　日向野《ひなたの》ジュン・著

仕事人間で彼氏なしの椛は、勤務中に貧血で倒れてしまう。そんな椛を介抱してくれたのは、イケメン副社長・矢嶌だった。そのまま彼の家で面倒を見てもらうことになり、まさかの同棲生活がスタート！　仕事に厳しく苦手なタイプだと思っていたけれど、「お前を俺のものにする」と甘く大胆に迫ってきて…!?

ISBN 978-4-8137-0639-7／定価：本体650円＋税

『愛育同居～エリート社長は年下妻を独占欲で染め上げたい～』　藍里《あいさと》まめ・著

下宿屋の娘・有紀子は祖父母が亡くなり、下宿を畳むことに。すると元・住人のイケメン紳士・桐島に「ここは僕が買う、その代わり毎日ご飯を作って」と交換条件で迫られ、まさかのふたり暮らしがスタート!?　しかも彼は有名製菓会社の御曹司だと判明！「もう遠慮しない」――突然の溺愛宣言に陥落寸前!?

ISBN 978-4-8137-0640-3／定価：本体630円＋税

『ベリーズ文庫 溺甘アンソロジー2 極上オフィスラブ』

「オフィスラブ」をテーマに、ベリーズ文庫人気作家のあさぎ千夜春、佐倉伊織、水守恵蓮、高田ちさき、白石さよが書き下ろす魅惑の溺甘アンソロジー！　御曹司、副社長、CEOなどハイスペック男子とオフィス内で繰り広げるとっておきの大人の極上ラブストーリー5作品を収録！

ISBN 978-4-8137-0641-0／定価：本体660円＋税

タイトル、価格等は変更になることがございますのでご了承ください。

ベリーズ文庫 2019年3月発売

『次期国王はウブな花嫁を底なしに愛したい』 真崎奈南《まさきなな》・著

小さな村で暮らすリリアは、ある日オルキスという美青年と親しくなり、王都に連れて行ってもらうことに。身分を隠していたが、彼は王太子だと知ったリリアは、自分はそばにいるべきではないと身を引く。しかしリリアに惹かれるオルキスが、「お前さえいればいい」と甘く迫ってきて…!?

ISBN 978-4-8137-0642-7／定価：本体630円＋税

『異世界平和はどうやら私の体重がカギのようです～転生王女のゆるゆる減量計画！～』 友野紅子《とものこうこ》・著

一国の王女に転生したマリーナは、モデルだった前世の反動で、食べるのが大好きなぽっちゃり美少女に成長。ところがある日、議会で王女の肥満が大問題に。このままでは王族を追放されてしまうマリーナは、鬼騎士団長のもとでダイエットを決意。ハイカロリーを封印し、ナイスバディを目指すことになるが…!?

ISBN 978-4-8137-0643-4／定価：本体640円＋税

『転生王女のまったりのんびり!?異世界レシピ』 雨宮《あまみや》れん・著

カフェを営む両親のもとに生まれ、絶対味覚をもつ転生王女・ヴィオラ。とある理由で人質としてオストヴァルト城で肩身の狭い暮らしをしていたが、ある日毒入りスープを見抜き、ヴィオラの味覚と料理の腕がイケメン皇子・リヒャルトの目に留まる。以来、ヴィオラが作る不思議な日本のお菓子は、みんなの心を動かして…!?　異世界クッキングファンタジー！

ISBN 978-4-8137-0644-1／定価：本体630円＋税

ベリーズ文庫 2019年4月発売予定

Now Printing

『俺に絶対に惚れないこと』 滝井《たきい》みらん・著

OLの楓は彼氏に浮気をされバーでやけ酒をしていると、偶然兄の親友である遥と出会う。酔いつぶれた楓は遥に介抱されて、そのまま体を重ねてしまう。翌朝、逃げるように帰った楓を待っていたのは、まさかのリストラ。家も追い出され心労で倒れた楓は、兄のお節介により社長である遥の家に居候することに…!?

ISBN 978-4-8137-0654-0／予価600円＋税

Now Printing

『スウィートなプロポーズをもう一度』 夢野美紗《ゆめのみさ》・著

OLの莉奈は彼氏にフラれ、ヤケになって行った高級ホテルのラウンジで容姿端麗な御曹司・剣持に出会う。「婚約者のフリをしてくれ」と言われ、強引に唇を奪われた莉奈は、彼を引っぱたいて逃げるが、後日新しい上司として彼が現れ、まさかの再会！　しかも酔った隙に、勝手に婚姻届まで提出されていて…!?

ISBN 978-4-8137-0655-7／予価600円＋税

Now Printing

『先輩12か月』 西《にし》ナナヲ・著

飲料メーカーで働くちえはエリート上司・山本航に密かに憧れている。ただの片思いだと思っていたのに「お前のこと、大事だと思ってる」と告げられ、他の男性と仲良くしていると、独占欲を露わにして嫉妬をしてくる山本。そんなある日、泥酔した山本に本能のままに抱きしめられ、キスをされてしまい…!?

ISBN 978-4-8137-0656-4／予価600円＋税

Now Printing

『俺様ドクターと極上な政略結婚』 未華空央《みはなそらお》・著

家を飛び出しクリーンスタッフとして働く令嬢・沙帆は、親に無理やり勧められ『鷹取総合病院』次期院長・鷹取と形だけのお見合い結婚をすることに。女癖の悪い医者にトラウマをもつ沙帆は、鷹取を信用できずにいたが、一緒に暮らすうち、俺様でありながらも、優しく紳士な鷹取に次第に惹かれていって…!?

ISBN 978-4-8137-0657-1／予価600円＋税

Now Printing

『意地悪御曹司とワケあり結婚いたします～好きになったらゲームオーバー～』 鳴瀬菜々子《なるせななこ》・著

平凡なOLの瑠衣は、ある日突然CEOの月島に偽装婚約の話を持ち掛けられる。進んでいる幼馴染との結婚話を阻止したい瑠衣はふたつ返事でOK。偽装婚約者を演じることに。「俺のことを絶対に好きになるな」と言いつつ、公然と甘い言葉を囁き色気たっぷりに迫ってくる彼に、トキメキが止まらなくて…。

ISBN 978-4-8137-0658-8／予価600円＋税

タイトル、価格等は変更になることがございますのでご了承ください。